Danica Brückner · Meeresrauschen für Lara

AF216099

Dieser Roman war schon einmal unter unseren bürger-
lichen Namen Gabriele und Jürgen Jost erschienen unter
dem wir in Zukunft nur noch unsere Kriminalromane
veröffentlichen. Alle Romane, die nicht diesem Genre
angehören werden zukünftig zur besseren Abgrenzung
unter dem Pseudonym ‚Danica Brückner' erscheinen.
Weitere Erläuterungen dazu finden Sie auf unserer
Homepage unter:
www.Gabriele-und-Jürgen-Jost.de oder
www.Danica-Brückner.de

# Danica Brückner

# Meeresrauschen für Lara

Roman

Bibliografische Information der Deutschen Nationalbibliothek:
Die Deutsche Nationalbibliothek verzeichnet diese Publikation
in der Deutschen Nationalbibliografie; detaillierte bibliografische
Daten sind im Internet über < http://dnb.d-nb.de > abrufbar.

© 2017 Danica Brückner
2., unveränderte Auflage
Satz und Layout: Buch&media GmbH, München
Umschlaggestaltung: Kay Fretwurst, Spreeau
Herstellung und Verlag: Books on Demand GmbH, Norderstedt
Printed in Germany
ISBN 978-3-7448-8419-8

# Kapitel 1

Sie ging schnell, ja sie rannte fast die Straße entlang. Nach einem flüchtigen Blick auf ihre Armbanduhr, deren braunes Lederarmband schon ziemlich mitgenommen aussah, erschrak die blonde, recht große und gertenschlanke Frau bis ins Mark.

Weil sie den Weg aus dem Bett erst nach dem dritten Klingeln des Weckers gefunden hatte und so für ihre Morgentoilette außergewöhnlich wenig Zeit geblieben war, musste sie sich nun auch noch sputen, um die Bahn in die Stadt zu erreichen. Heftig schnaufend überquerte sie an der Fußgängerampel, die – oh Wunder – auf Grün stand, die Willi-Senger-Straße und rannte auf das alte, aus rotem Sandstein erbaute Bahnhofsgebäude zu. Mit zwei mächtigen Sätzen sprang sie die vier ausgetretenen Stufen am Eingang hinauf, rannte durch die leicht vergammelt wirkende Halle und kam gerade am Gleis eins an, als der Zug quietschend hielt.

Nachdem sie sich zwischen all den Leuten, die sich im Einstiegsbereich des Kleinbahnzuges häuslich eingerichtet hatten, durchgedrängt hatte, stellte sie fest, dass auch an diesem Morgen mal wieder nicht an einen Sitzplatz zu denken war.

Auch das noch, der Tag fängt ja mal wieder gut an, dachte die knapp dreißigjährige Frau hektisch, beruhigte sich dann aber und murmelte: »Na ja, es sind ja nur drei Stationen.«

»Haben Sie was gesagt?«, fragte der Mann neben ihr.

Lara starrte ihn an und sagte verständnislos: »Nein, wieso?«

Musste dieser Simpel sie ausgerechnet heute Morgen blöd anlabern? Warum ging eigentlich immer alles auf einmal schief? Vermutlich würde sie schon wieder zu spät zur Arbeit kommen und ihr Chef, dieser alte Griesgram, würde wieder meckern.

Oh, wie habe ich diesen Laden satt, dachte sie, war sich im gleichen Moment aber klar darüber, dass es in einer anderen Firma auch nicht anders wäre. Außerdem lagen Arbeitsplätze auch hier in Kahlenfurth, einer mittelgroßen Stadt am nördlichen Rand der Mittelgebirge, nicht auf der Straße.

Aber so kann's ja auch nicht weitergehen, wetterte Lara nun stumm vor sich hin und dachte an Patricia Pletsch, die mit ihrer intriganten Art das Betriebsklima vergiftete. In diesem Augenblick waren sie am Hauptbahnhof angekommen. Lara sprang, noch bevor er völlig stand, aus dem Zug und strebte an den wenigen Gleisen des Bahnhofs vorbei dem Ausgang entgegen, denn draußen auf dem Vorplatz stand bereits ein Wagen der Straßenbahnlinie 2. Dieser würde gewiss nicht auf sie warten, wenn sie langsam durchs Gebäude schlich. Gerade noch rechtzeitig erwischte sie die Bahn und ließ sich erschöpft auf einen der letzten freien Plätze fallen.

Es waren nur fünf Stationen, am Schlossgarten mit dem alten Schloss vorbei zum Marktplatz, aber Lara genoss diese zehn Minuten Fahrt, bevor es ernst wurde. Am Ostrand des Marktplatzes, eigentlich schon in der Hildesheimer Straße, stand das imposante Gebäude, in dem ihr Arbeitsplatz war. Es war im Grunde das einzige Gebäude der Stadt, das in Höhe und Eleganz mit dem Turm des Domes einigermaßen mithalten konnte.

Es beherbergte die Zentrale der »Norddeutschen Industrieversicherung«.

Kaum hatte Lara das Gebäude betreten und war grüßend am Portier vorbei zum Aufzug gegangen, erfolgte die nächste herbe Enttäuschung des Morgens. An beide Aufzugtüren war ein großes Schild geklebt, auf dem stand: »Wegen Wartungsarbeiten außer Betrieb«.

»Zum Kuckuck, nicht auch das noch«, knurrte Lara so laut, dass selbst der Pförtner, der fast zwanzig Meter von ihr entfernt saß, verwundert den Kopf hob.

Dann zuckte sie mit den Schultern, murmelte: »Was soll's«, und strebte dem Treppenhaus entgegen.

Wenig später war sie an ihrem Schreibtisch in der fünften Etage des siebenstöckigen Gebäudes angekommen und ließ sich erschöpft daran nieder.

Geschafft, dachte sie und ihre Stimmung hob sich wieder etwas, als sie bemerkte, dass sie noch vor ihrem Chef angekommen war. Da hatte sich die Rennerei wenigstens gelohnt. Der Motzer, oder auch der Motzer vom Dienst, wie ihr Chef von der ganzen Abteilung scherzhaft genannt wurde, war im Grunde gar nicht so schlimm wie sein Ruf. Er hatte eben nur den fürchterlichen Namen Emil Motschmann und brummte oft Unverständliches vor sich hin, sodass man den Eindruck hatte, er motze sein Gegenüber an.

In diesem Moment ging die Tür zum Vorzimmer des Chefbüros auf und ein nicht gerade großer, dafür aber umso dickerer, nahezu kahlköpfiger Mann betrat den Raum. Für den Bruchteil einer Sekunde lächelte er Lara an, nickte ihr knapp zu und brummte: »Morgen.«

»Guten Morgen, Herr Motschmann«, grüßte Lara freundlich und nahm den Telefonhörer ab, da es schon wiederholt geklingelt hatte. »Guten Morgen, Norddeutsche Industrieversicherung, Bereichsleitung Süd-West,

Büro Motschmann, Lara Bräunig am Apparat, was kann ich für Sie tun?«

»Guten Morgen, Frau Bräunig. Ich bin's, Annette Tänzer. Ist Herr Motschmann schon im Haus?«

»Ja, Frau Tänzer, er ist gerade gekommen. Ich stelle Sie sofort durch.« Flink tippte sie die Durchwahl ihres Chefs ein und als sie hörte, wie ihr Chef abhob, legte sie selbst diskret auf. »Was die Tänzer nun schon wieder von dem Alten will«, murmelte sie hinter vorgehaltener Hand. »Irgendwie ist das doch verdächtig. Aber was soll's, mich geht das alles nichts an. Ich mache meine Arbeit, alles andere interessiert mich nicht.«

Grinsend dachte Lara an das Klatschmaul vom Dienst, Patricia Pletsch, die ziemlich sauer darüber war, dass Lara so diskret war und ihr nichts, aber auch nicht die geringste Kleinigkeit erzählte.

»Darauf kannst du lange warten, du Lästermaul«, murmelte Lara und dachte auch etwas neidisch daran, dass die fast ein Meter neunzig große Frau gerade mal siebzig Kilo schwer war. Da kann ich nicht mithalten, dachte sie, obwohl ich ganz gewiss nicht dick bin und kaum noch etwas esse. Aber dann fiel ihr ein, dass ihr Patricia einmal im Schwimmbad begegnet war, und sie erinnerte sich daran, dass diese Frau so spindeldürr war, dass man bei ihr die Rippen zählen konnte.

»Nein, nein, so ein Klappergestell möchte ich dann doch nicht sein«, sagte Lara grinsend zu sich selbst und dachte: So, jetzt reicht's aber mal mit dem Blödsinn. Wenn ich nicht bald zu arbeiten anfange, muss ich am Ende heute Abend Überstunden machen.

Schnell zog sie den Aktenberg zu sich heran und sortierte ihn nach Dringlichkeit. Nun sah die Sache schon bedeutend weniger bedrohlich aus. Rasch arbeitete Lara sich durch und hatte nach einer guten Stunde nahezu die Hälfte geschafft. Als die Texte und Zahlen begannen, vor ihren Augen zu verschwimmen, sah sie kurz auf, rieb sich die Augen und bemerkte erst jetzt, dass ihr Chef an ihrem Schreibtisch stand.

»Na, das sieht aber schon ganz gut aus«, sagte Emil Motschmann freundlich. »Sie haben sich ja ordentlich rangehalten. Dafür haben Sie sich eine Verschnaufpause redlich verdient.«

»Danke, das ist gut, Herr Motschmann«, freute Lara sich über das Lob ihres Chefs, »ich habe nämlich einen Bärenhunger. Ich werde erst einmal frühstücken.«

»Tun Sie das«, meinte Emil Motschmann, machte aber keine Anstalten, in sein Büro zurückzukehren.

Deshalb stand Lara auf und ging zu dem kleinen Schrank neben dem Fenster, ohne sich weiter um ihren Chef zu kümmern. Sie nahm die Kaffeekanne und holte frisches Wasser. Es dauerte gar nicht lange, da begann dampfender Kaffee in die Kanne zu tropfen. Nach einem schnellen Seitenblick auf ihren Chef, der noch immer bei ihrem Schreibtisch stand, lächelte Lara ihn an und fragte: »Wollen Sie auch einen Kaffee, Herr Motschmann?«

»Wenn Sie mich so fragen, sage ich natürlich nicht nein«, antwortete Motschmann grinsend.

»Okay«, sagte Lara und drehte sich ein Stück zur anderen Seite hin, damit er nicht sah, dass sie schmunzeln musste.

Denn Motschmanns Reaktion war für sie mindestens so voraussehbar gewesen wie die Tatsache, dass es am nächsten Morgen wieder hell würde. Sie griff routiniert in den Hängeschrank, holte zwei Becher heraus und schaltete mit der anderen Hand die Kaffeemaschine ab. Mit dem freundlichsten Lächeln, das sie zustande brachte, drehte sie sich zu ihrem Chef um, hielt ihm die Tasse entgegen und sagte: »Bitteschön. Dort drüben sind Milch und Zucker, bedienen Sie sich am besten selbst.«

»Das ist wohl besser so«, sagte Motschmann, der in Bezug auf Milch und Zucker in seinem Kaffee sehr eigen war. Denn je nach Stimmungslage variierte er die Menge so sehr, dass zum Beispiel bei Wut kaum noch Platz für den Kaffee blieb.

»Danke«, sagte er, nachdem er sich bedient hatte, und wandte sich der Tür, die in sein Büro führte, zu.

Noch bevor er sie erreicht hatte, rief Lara ihm nach: »Herr Motschmann, Sie können sich in Zukunft einfach hier am Kaffeeautomaten bedienen. Milch und Zucker werde ich daneben stehen lassen. Ich weiß von meiner Vorgängerin, dass sie das auch so gehalten hat.«

»Ja, okay, und danke noch mal, Frau Bräunig«, sagte der Motzer, dann fiel die Tür hinter ihm ins Schloss.

Nun nahm auch Lara ihre Kaffeetasse und ging an ihren Platz zurück. Aus dem Stoffbeutel, den sie als Arbeitstasche mitführte, holte sie ihre Frühstücksbrote, die sie wie immer in Alufolie gewickelt hatte. Da sie sich schon seit einiger Zeit einmal wieder als zu dick empfand, gab es nur zwei Scheiben Knäckebrot und Magerquark. Den Abschluss bildete ein saurer Apfel. Als sie sich gerade ihre dritte Tasse Kaffee einschenkte, fiel ihr auf, dass ihr Chef sie heute in Ruhe frühstücken ließ, was nicht sehr oft, eigentlich fast nie vorkam. Meist hatte er gerade um diese Zeit irgendwelche wichtigen Papiere fertig, die unbedingt raus mussten.

Aber Lara hatte nicht lange Zeit, sich darüber zu freuen, denn kaum hatte sie den Satz zu Ende gedacht, da ging die Tür zum Flur auf und das größte Lästermaul der Firma, Patricia Pletsch, trat ein.

Anklopfen hätte sie ja wenigstens können, dachte Lara noch, da kam diese Tratschtante auch schon direkt auf ihren Schreibtisch zugesteuert. Dass sie sich dabei gründlich im Büro umsah, war so selbstverständlich für sie, dass sie sich nicht darum scherte, dass Lara es bemerkte.

»Na, was gibt's?«, wollte Lara eigentlich schnippisch fragen, aber Patricia war schneller und rief fröhlich: »Ach, schon am frühstücken? Der Tag hat doch gerade erst angefangen!«

So viel Frechheit verschlug Lara erst einmal die Sprache. Das musste gerade die Person sagen, die Raucherraum und Kantine besser kannte als ihren Arbeitsplatz.

So dachte sie nur: Na, also, irgendwann muss ich ja mal was essen. Immerhin ist es fast zehn und ich habe schon gut was weggearbeitet; was man von dir bestimmt nicht behaupten kann. Außerdem machst du bestimmt mal wieder Nulldiät; anders könntest du nie so mager sein.

Dann riss Lara sich zusammen und bevor ihre ach so nette Kollegin zur nächsten Frechheit ansetzen konnte, sagte Lara zu ihr: »Gut, dass Sie da sind. Haben Sie die Unterlagen von Hitzbrandt und Co. mitgebracht? Es wird auch langsam Zeit, denn ich muss dringend die Konferenz vorbereiten. Sie ist übrigens für übermorgen um vierzehn Uhr angesetzt.«

Das hatte gesessen, denn nun wurde Patricia ganz verlegen und auch etwas blass, was bei ihr weiß Gott nicht oft vorkam. Doch Sekundenbruchteile später ging sie zum Angriff über: »Was erlauben Sie sich eigentlich? Bin ich vielleicht Ihre Untergebene? Diese Unterlagen habe ich noch nicht einmal selbst zu Gesicht bekommen und was ich nicht persönlich geprüft habe, verlässt das Schreibbüro nicht. Diese Unterlagen können Sie keinesfalls vor Ende der Woche haben!«

Nun war es Lara, die auffuhr. »Wie bitte? Das ist ja

wohl nicht Ihr Ernst. Wie ich schon sagte, ist der Termin für die Konferenz übermorgen und er ist nicht mehr verschiebbar. Wenn der Termin platzt, platzt auch das Geschäft!«

»Was geht mich das an?«

»Sehr viel. Schließlich ist es ein großes, um nicht zu sagen sehr großes Geschäft, das unsere Arbeitsplätze sicherer macht. Ist das vielleicht nichts – in unserer Zeit? Also, noch mal zum Mitschreiben: Ich brauche die Unterlagen bis heute Nachmittag vierzehn, oder meinetwegen fünfzehn Uhr; sonst werde ich mit der Organisation nicht fertig.«

»Na, dann halten Sie sich mal ran, Frau Bräunig«, erwiderte Patricia schnippisch, »und frühstücken Sie nicht so lange, damit Sie wenigstens mit Ihren anderen Arbeiten bis zum Feierabend fertig werden.«

Triumphierend drehte sie sich um und wollte davonstolzieren, erschrak aber heftig, denn Herr Motschmann war nahezu geräuschlos ins Zimmer gekommen und hatte sich hinter ihr aufgebaut. Arrogant und respektlos wie Patricia war wollte sie sich in einem eleganten Bogen an Motschmann vorbei aus dem Vorzimmer drücken, aber der Motzer war schneller. So flink, wie man es ihm gar nicht zugetraut hätte, schnellte seine Hand vor und packte Patricia Pletsch am Arm.

»So geht das aber nicht, junge Dame«, sagte er mit Nachdruck. »Frau Pletsch, ich lasse es nicht zu, dass Sie Frau Bräunig in ihrem eigenen Büro derart anfahren. Solange Sie hier in meinem Hoheitsgebiet sind, gewöhnen Sie sich gefälligst einen anderen Ton an. Was Sie in Ihrer Abteilung machen, geht mich nichts an. Sollte ich noch einmal miterleben, dass Sie meine Sekretärin derart herunterputzen, sehe ich mich gezwungen, mal ein ernstes Wörtchen mit Ihrem Vorgesetzten zu reden.«

Emil Motschmann hatte seine Standpauke noch nicht richtig beendet, da drehte er sich auch schon um, nickte Lara Bräunig kurz zu und verließ das Vorzimmer genauso geräuschlos, wie er es betreten hatte.

Hätte er mitbekommen, wie Frau Pletsch hinter seinem Rücken »Alter Fettsack« zischte, er wäre vermutlich sofort zu ihrem Chef, Wolfgang Timpe, dem Leiter der Abteilung für Schriftverkehr einen Stock tiefer, gegangen. So aber verschwand er und ließ Lara mit ihr allein. Patricia nahm das natürlich sofort zum Anlass, über den Motschmann herzuziehen. Sie tippte sich an die Stirn und sagte: »Bild dir bloß nichts darauf ein. Der blöde Motzer steht ohnehin nicht hinter dir.«

»Hinter Ihnen und Sie bitte, so viel Zeit muss sein«, sagte Lara, der es tierisch auf die Nerven ging, von dieser Zicke, wie sie die Pletsch insgeheim nannte, geduzt zu werden.

»Ach, stell dich nicht so an, mit andern duzt du dich auch«, erwiderte Patricia.

»Aber nur mit den wenigen, mit denen ich befreundet bin«, stellte Lara richtig.

»Sind wir nicht befreundet?«

»Ganz bestimmt nicht«, erklärte Lara mutig wie selten, denn meist ging sie einem Streit mit Patricia lieber aus dem Weg.

»Also gut, Sie Mimose, lassen wir's beim Sie. Aber Sie brauchen sich nachher nicht zu beschweren, dass Sie die Unterlagen erst am Freitag bekommen. Für eine Freundin hätte ich das vielleicht anders noch hingebogen. Aber so …«

Bei ihren letzten Worten drehte sich Patricia bereits um und stürmte wutentbrannt aus dem Büro. Die Tür warf sie derart fest hinter sich ins Schloss, dass man es bestimmt ganz oben in der Vorstandsetage noch hörte.

Lara seufzte tief auf und schüttelte den Kopf. Was war das mal wieder für ein Tag. Diese Patricia wurde, seit Lara aus dem Schreibbüro weg war, immer schlimmer. Irgendwie schien diese intrigante Person ihr den Aufstieg übel zu nehmen, obwohl sie es doch war, die im Schreibbüro am lautesten Beifall geklatscht hatte.

Na ja, was soll's, dachte Lara und war in diesem Moment froh, sie nicht mehr jeden Morgen sehen zu müssen. Das hielt auf die Dauer doch kein halbwegs vernünftiger Mensch aus.

Sie nahm ihren angebissenen Apfel in die Hand, sah ihn lange und eindringlich an, packte ihn dann aber weg. Nach dem Streit mit Patricia war ihr der Appetit auf Obst gründlich vergangen. Seufzend nahm sie die Aktenmappe in die Hand, die ihr der Motzer vorhin, als er Patricia so kalt erwischte, mitgebracht hatte. Es war, wie sie befürchtet hatte, der Quartalsbericht, den sie ins Reine tippen und dann unverzüglich durch den Büroboten in die Vorstandsetage schicken musste. Das hieß, dass dank Patricias Störung die Mittagspause nur sehr kurz ausfallen würde.

So sehr sie sich darüber gefreut hatte, diesen Job als Chefsekretärin zu bekommen – und die Gehaltserhöhung konnte sie ja wirklich gut gebrauchen –, so hatte sie den Tag doch schon oft verflucht. Daran war vor allem Patricia schuld, denn seit sie, Lara, aufgestiegen war, war sie das bevorzugte Ziel dieser unmöglichen Person. Das Perfide daran war, dass Patricia überall herumerzählte, sie hätte zu Laras Gunsten auf den Job verzichtet und sie vorgeschlagen. Dabei war da so gut wie nichts dran, denn Patricia selbst hatte für den Posten nie zur Debatte gestanden. Aber davon wusste Lara damals noch nichts, als sie im vergangenen Sommer eines vormittags zu Herrn Taleske ins Personalbüro gebeten worden war. Lara hatte sich gewundert, was der wohl von ihr wollte, und schon gefürchtet, irgendeiner Rationalisierungsmaßnahme zum Opfer zu fallen. Als sie dann endlich das Personalbüro betreten und Herrn Taleske gegenüber gesessen hatte, wusste sie bald mehr. Der Personalchef hatte ihr erzählt, dass zum ersten September der Posten der Chefsekretärin bei Bereichsleiter Emil Motschmann frei würde, da Frau Hendrich in den Vorruhestand ginge. Frau Hendrich selbst hätte Lara Bräunig als ihre Nachfolgerin vorgeschlagen.

Lara hatte sich einige Tage Bedenkzeit erbeten und als sie erfuhr, dass sie allein und in eigener Verantwortung arbeiten würde, begeistert zugesagt. Frau Hendrich, mit der Lara in der Kantine ab und zu an einem Tisch gesessen hatte, war in den letzten Jahren gesundheitlich sehr angeschlagen gewesen. Deshalb hatte sie, als sie die Arbeit nicht mehr schaffte, eine Hilfskraft an die Seite bekommen. Aber irgendwie kamen Motschmann und diese junge Frau, die aus dem Sachbearbeitungsbüro im dritten Stock kam und die Lara übrigens vom Sehen her kannte, nicht besonders gut miteinander aus. Deshalb hatte der Motzer auch nichts dagegen, als die Frau nach Marita Hendrichs Pensionierung in ihre alte Abteilung zurückwollte.

Das Schreibbüro, in dem bis vor wenigen Monaten auch Lara gearbeitet hatte, glich in der Zwischenzeit mehr einem Raubtierkäfig als einem Arbeitsplatz. Nur dass Patricia Pletsch darin Raubtier und Dompteurin zugleich war. Sie hatte dort das Sagen und war nur noch dem Abteilungsleiter Schriftverkehr, Wolfgang Timpe, unterstellt. Der Ton, den Patricia ihren Kolleginnen gegenüber anschlug, war mehr als frostig und fauchen konnte sie prima.

Eine der Schreibkräfte in diesem Büro war Silke Jansen, deren Schreibtisch gegenüber dem von Lara gestanden hatte, als sie noch dort arbeitete. Die achtunddreißigjährige Frau mit den braunen Naturlocken war nicht gerade schlank, aber fleißig und flink. Sie verstand sich so gut mit Lara, dass sie, so oft es ihre Zeit zuließ, Papiere persönlich zu Lara hinauf ins Vorzimmer von Motschmann brachte. Manchmal tranken sie einen Kaffee zusammen und Lara erfuhr aus erster Hand von den neuesten Schikanen, die Patricia ersonnen hatte, um ihre Kolleginnen zu ärgern.

Die Dritte im Bunde, mit der sich Lara gut verstanden hatte, war Katja Kern gewesen. Aber Katja hatte vor drei Jahren ganz überstürzt von heute auf morgen ihren Job gekündigt und den Kontakt zu ihnen abgebrochen; warum, wusste keiner. Es wurde zwar gemunkelt, sie sei dazu gezwungen worden, aber einen Hin-, oder gar Beweis, hatte niemand dafür gefunden. Einige Monate später erfuhr Silke Jansen zufällig, dass Katja Kern, die im gleichen Ortsteil wie Silke und Lara gelebt hatte, in die Innenstadt gezogen war und kurz darauf einen Selbstmordversuch unternommen hatte. Ihre Eltern hatten sie zwar gerade noch rechtzeitig gefunden, um sie zu reanimieren und ins Krankenhaus bringen lassen, aber es war dennoch zu spät gewesen. Sie hatte zwar überlebt, durch den langen Atemstillstand aber einen geistigen Schaden davongetragen, der aller Voraussicht nach irreparabel bleiben dürfte. Silke und Lara waren einmal in das Sanatorium gefahren, in dem sie nun lebte. Aber Katja hatte nur apathisch auf einem Stuhl gesessen und in die Luft gestarrt. Ihre ehemaligen Kolleginnen hatte sie nicht erkannt.

Lara kehrte mit ihren Gedanken wieder in die Gegenwart zurück und dachte daran, dass sie es Silke nicht verdenken konnte, auch aus diesem Schreibbüro wegzuwollen. Das war bei dem Drachen Patricia schließlich kein Wunder. Auch deshalb hatte sie ihr versprochen, sich umzuhören und ihr Bescheid zu geben, sobald sie etwas erfuhr.

Während sie daran dachte, machte sie den eiligen Brief, den ihr Herr Motschmann vor einigen Minuten gebracht hatte, fertig und brachte ihn persönlich zur Poststelle. Auf den Büroboten, der auf seiner Runde erst in einer Stunde wieder bei ihr reinschauen würde, konnte sie nicht warten, denn der Brief müsste als Eilsendung noch vor Mittag per Kurier das Haus verlassen. Als sie auf dem Rückweg in ihr Büro war, durchzuckte sie ein Gedanke: Die Arbeit in der Poststelle wäre doch auch etwas für Silke. So viel sie wusste, ging doch der alte Bernsdorff bald in Rente. Ich muss mal nachhaken, ob sie den Posten neu besetzen, dachte sie, und vor allem herausfinden, wie das Betriebsklima dort so ist. Die Ärmste soll ja nicht vom Regen in die Traufe kommen.

Nichtsahnend und fröhlich kam Lara zu ihrem Büro zurück, doch als sie die Tür öffnete, verschlug es ihr fast die Sprache. Patricia Pletsch stand an ihrem Schreibtisch und hatte Unterlagen in der Hand, die ganz eindeutig nicht für sie bestimmt waren. Als Patricia auch noch anfing, sie durchzublättern, platzte Lara der Kragen.

»Was soll denn das?«, fuhr sie ihre ehemalige Vorgesetzte an. »Das hier ist mein Büro und mein Schreibtisch. Das geht Sie überhaupt nichts an. Und überhaupt, was machen Sie hier schon wieder?«

»Ich … ich«, stammelte Patricia im ersten Moment, bekam dann aber schnell wieder Oberwasser und sagte schnippisch: »Ich wollte nur die Unterlagen, die ich heute Morgen gebracht habe, noch mal holen. Unser Lehrling hat da Mist gebaut. Ein Glück, dass ich meine Augen überall habe.«

»Jetzt reicht's aber endgültig, Frau Pletsch«, ging Lara die Kollegin recht unsanft an. »Erzählen Sie mir doch nicht einen solchen Unfug. Sie haben mir die Unterlagen doch bis zum Freitag verweigert. Dass Sie mir außer Ärger irgendetwas gebracht haben, müssen Sie geträumt haben. Schließlich warte ich schon seit Tagen darauf!«

Da Patricia das nicht auf sich sitzen lassen wollte, fiel ihre Antwort entsprechend heftig aus und auch Lara nahm kein Blatt vor den Mund. So wurden die beiden, ohne dass sie es selbst recht merkten, immer lauter und erschraken recht heftig, als die Tür zum Chefbüro aufflog und ein wutschnaubender Emil Motschmann ins Vorzimmer stürmte.

»Könnten die Damen vielleicht die Freundlichkeit besitzen, ihre Privatgespräche in gemäßigter Lautstärke fortzuführen? Der ein oder andere in diesem Haus möchte ganz gern noch etwas arbeiten!«, polterte er los und machte seinem Spitznamen alle Ehre.

Während Patricia ihn kampfeslustig anfunkelte, war Lara auf Schadensbegrenzung ihrem Chef gegenüber bedacht und sagte demütig: »Entschuldigen Sie bitte, Herr Motschmann, aber ich habe nur meinen Schreibtisch verteidigt.«

»Was soll denn das heißen«, fragte Motschmann, der schon nicht mehr ganz so erregt schien. Schließlich hatte er in den vergangenen Monaten seine neue Sekretärin als kompetente und stets freundliche Person kennengelernt.

»Das bedeutet«, schob Lara darum schnell nach, »dass ich Frau Pletsch zur Rede gestellt habe, warum sie meinen Schreibtisch durchwühlt hat.«

»Wie bitte?«, sagte Herr Motschmann nur und schnappte schockiert nach Luft. »Ist das wahr?«

»Ja, Herr Motschmann«, bestätigte Lara.

»Ich wollte nur meine Unterlagen zurückholen«, verteidigte sich Patricia.

»Frau Pletsch, Sie wollen doch nicht allen Ernstes behaupten, dass Sie es für normal halten, auf dem Schreibtisch anderer Leute, dazu noch in einer fremden Abteilung, nach Unterlagen zu suchen. Das wird ein Nachspiel haben, darauf können Sie sich verlassen.«

»Ach ja?«, entgegnete Patricia großspurig. »Damit können Sie mich weder ärgern noch einschüchtern. Denn zum einen haben Sie mir nichts zu sagen – und außerdem, wer hat Frau Bräunig denn für den Posten der Chefsekretärin vorgeschlagen?«

»Das ist ja schön«, entgegnete Motschmann völlig ruhig. »Endlich zeigen Sie mal offen, welch Geistes Kind Sie sind. Zum einen wäre ich an Ihrer Stelle vorsichtig damit, was ich zu sagen habe und was nicht, denn ich bin, wie Sie vielleicht wissen, zweiter Beisitzer bei den Vorstandssitzungen der Versicherung. Ich bin zwar nicht direkt weisungsbefugt, aber mein Wort gilt schon etwas bei den hohen Herren. Ich würde es an Ihrer Stelle also nicht übertreiben. Im Übrigen kann ich nur sagen, dass Sie zwar kräftig gerührt haben, aber dass Frau Bräunig hierher gekommen ist, hat nichts damit zu tun, dass Sie gern einen Außenposten in meinem Büro haben wollten. Das ist ausschließlich auf die Fürsprache zurückzuführen, die Frau Hendrich uns über Lara Bräunig zukommen ließ. Lassen Sie es sich also im Guten gesagt sein: Ich werde nicht zulassen, dass Sie mit meiner besten Mitarbeiterin so umspringen wie damals mit Katja Kern.«

Lara sah ihren Chef an und dachte: Was weiß der denn von Katja? Da sprach Emil Motschmann, diesmal mit einem sehr viel gefährlicheren Unterton in der Stimme, weiter: »Im Fall Katja Kern konnte ich damals leider nichts machen, da ich nicht Ihr Chef war und mir das Ganze leider zu spät zu Ohren kam. Aber mir hat diese kleine zierliche Person unendlich leid getan. Es ist jammerschade, dass Frau Kern so sehr unter Ihnen litt, dass sie keinen anderen Ausweg sah, als ihre Lehre abzubrechen. Dass Sie die arme Frau auch außerhalb des Geschäfts fertig gemacht haben und sie versuchte, sich das Leben zu nehmen, habe ich erst kürzlich erfahren, aber das passt zu Ihnen wie die Faust aufs Auge. Dass Sie Ähnliches mit Frau Bräunig machen, werde ich nicht zulassen.«

Lara sah ihren Chef entsetzt an. Sie hatte nicht geahnt, dass Herr Motschmann mehr über die Angelegenheit wusste als ihre anderen Kolleginnen und Kollegen. Vor allem nicht, dass es in den höheren Etagen jemanden gab, der wusste, dass es Patricia Pletsch war, die das Klima im ganzen Gebäude vergiftete. Vielleicht bestand ja doch noch Hoffnung, dass alles irgendwann besser würde.

In diesem Augeblick begann das Büro sich um Lara zu drehen und ihre Beine drohten nachzugeben. Mit letzter Kraft ließ sie sich auf ihren Bürostuhl sinken und stöhnte leise auf.

Sogleich war Motschmann bei ihr. »Frau Bräunig, was ist denn?«, fragte er fürsorglich. »Geht es Ihnen nicht gut?«

»Doch, doch«, beeilte sich Lara zu versichern. »Ich habe nichts, es ist alles in bester Ordnung.«

»So kommt mir das aber nicht vor«, konnte es sich der Motzer nicht verkneifen zu sagen.

Patricia warf Lara mit funkelnden Augen einen triumphierenden Blick zu, mit dem sie sagen wollte: »Sei bloß ruhig. Kein Ton zu deinem Chef oder das war erst der Anfang, denn dann mach ich dich restlos fertig.«

Langsam drehte sich Motschmann um, sah Patricia tief in die Augen und das Wunder geschah: Sie senkte ihren Blick.

Dann sagte er ruhig, verdächtig ruhig zu ihr: »Gehen Sie zurück an Ihren Arbeitsplatz und tun Sie etwas für Ihr Geld. Hier werden Personen wie Sie nicht gebraucht. Ich will Sie in Zukunft hier oben nur noch so lange sehen, wie Sie etwas zu erledigen haben. So, und nun gehen Sie.«

Patricia, die ihr Selbstbewusstsein oder das, was sie dafür hielt, inzwischen wiedergefunden hatte, würdigte den Motzer keines Blickes mehr, drehte sich provozierend langsam um und stolzierte auf ihren hochhackigen Sandälchen hinaus. Dennoch konnte sie es sich nicht verkneifen, die Tür so fest hinter sich ins Schloss zu pfeffern, dass das Kaffeegeschirr im Schrank klirrte.

»Sehen Sie, selbst das Geschirr ist froh, dass die draußen ist«, versuchte Motschmann einen Scherz, bevor er ernst wurde und bedächtig meinte: »Frau Bräunig, ich glaube, wir sollten mal ein paar private Takte miteinander reden. Kommen Sie mit, wir gehen in mein Büro.«

Lara erhob sich vorsichtig von ihrem Stuhl. Motschmanns Blick begleitete sie fürsorglich, für den Fall, dass ihr erneut schwindelig würde, was glücklicherweise nicht geschah.

»So«, sagte er freundlich, als sie in seinem Büro angekommen waren, »wir setzen uns am besten rüber auf die Ledersitzecke an den runden Tisch; da lässt es sich ungezwungener reden.«

Emil Motschmann wartete höflich, bis seine Sekretärin saß. Dann nahm er ihr gegenüber Platz und begann nach einer Weile zu reden: »Sie wissen ja, dass ich mit Ihrer Leistung mehr als zufrieden bin. Aber ich denke, das haben Sie selbst schon gemerkt. Außerdem haben

Sie sich unheimlich schnell hier eingearbeitet; so schnell wie noch keine Sekretärin vor Ihnen. Sogar schneller als Frau Hendrich vor fünfzehn Jahren, als auch ich auf diesem Posten noch neu war. Übrigens hat Frau Hendrich Sie sehr gut eingeschätzt. Sie hat damals gesagt, mehr als zwei Monate Anleitung würden Sie nicht brauchen, und sie hat Recht behalten. Ich finde, dass der Laden nach dem knappen halben Jahr, das Sie nun hier sind, so gut läuft wie unter Frau Hendrich. So, aber nun genug der Lobhudelei. Was ich sagen wollte, ist, dass ich alles daran setzen werde, dass es so bleibt. Aber unser Problem hat einen Namen: Patricia Pletsch.«

»Wem sagen Sie das.«

»Ja, es geht nicht nur darum, dass sie auf Ihrem Schreibtisch herumgesucht hat, nein, das ist mir auch aus anderen Abteilungen schon zu Ohren gekommen. Da geht Frau Pletsch auch an die Schreibtische und räumt sie auf, wie sie das selbst nennt. Mich wundert nur, dass sie noch von niemandem eine Abmahnung bekommen hat. Ich erzähle Ihnen das alles, weil ich weiß, dass ich mich auf Ihre Diskretion verlassen kann. Ich habe Sie einige Male getestet, indem ich Ihnen von mir erfundene Meldungen zukommen ließ, die sich hervorragend zum Verbreiten eigneten. Keine davon ist je im Haus aufgetaucht; alle Achtung, Frau Bräunig.«

»Etwa so wie diese mit den Rationalisierungsmaßnahmen …?«, fragte Lara und als Motschmann nickte, war sie froh, es nicht Silke gesagt zu haben. Silke war zwar in der Regel verschwiegen, aber bei so einer Sache?

»Diskretion ist bei mir selbstverständlich«, erklärte Lara. »Wenn ich Informationen von Ihnen bekomme, landen die selbstverständlich nicht außerhalb meines Büros.«

»Genau so habe ich mir das vorgestellt«, sagte Motschmann zufrieden, um dann unvermittelt auf sein eigentliches Anliegen zu sprechen zu kommen: »Seit wann schikaniert Sie Frau Pletsch? Ich muss das jetzt ganz genau wissen.«

Lara schluckte heftig, denn diese Frage hätte sie am allerwenigsten erwartet. »Eigentlich schon immer; seit ich in der Firma bin. Aber früher war es nur das Übliche, das im Grunde jeder zu erleiden hat. Richtig schlimm ist es, seit ich bei Ihnen angefangen habe. Als Frau Hendrich noch da war, konnte Pletsch nicht so, wie sie wollte, aber jetzt, da ich allein im Büro bin, fährt sie regelrecht Schlitten mit mir. Mit der Zeit artet das richtig in Stress aus …«

»… und Sie haben morgens schon Magenschmerzen, wenn Sie ins Büro kommen, stimmt's?«

»Woher wissen Sie das?«, fragte Lara freundlich, aber verwundert zurück.

»Ich habe die Tabletten auf Ihrem Schreibtisch gesehen; ich habe die gleichen.«

»Ach wirklich?«

»Ja. Aber auch sonst ist mir einiges aufgefallen. Denn auch wenn man mich den Motzer nennt, was sicherlich nicht böse gemeint ist und von mir auch nicht so verstanden wird, habe ich immer ein offenes Ohr für die Sorgen und Nöte meiner Mitarbeiter. Was übrigens niemand hier weiß und auch nicht wissen muss: Den Spitznamen Motzer hatte ich schon in der Schulzeit. Fragen Sie mich nicht warum, aber dieser Spitzname gefällt meiner Frau so gut.«

»Dann ist es ja umso besser«, entgegnete Lara schon nicht mehr so betrübt und lächelte ihren Chef kurz an, bevor sie sagte: »So, jetzt muss ich aber schleunigst wieder an meine Arbeit gehen, sonst sitze ich um acht Uhr heute Abend noch immer über den Akten.«

Lara wollte sich schon erheben, aber Motschmann brachte sie mit einer freundlichen Handbewegung dazu, sitzen zu bleiben.

»Damit sind wir bei dem zweiten Thema, über das ich mit Ihnen einmal sprechen wollte.«

»So?«

»Haben Sie abends denn niemals etwas vor? Haben Sie keinen Freund, der auf Sie wartet?«

»Bitte?«, fragte Lara verständnislos.

»Verstehen Sie mich bitte nicht falsch. Ich wollte Ihnen nicht zu nahe treten. Aber mir ist aufgefallen, dass Sie abends oft Überstunden machen. Ihr Arbeitszeitkonto ist mehr als voll. Wenn Sie das nicht abfeiern, verfällt es zum Jahresende.«

»Ich weiß. Aber ich arbeite gern. Außerdem habe ich tatsächlich keinen Freund.«

»Welch eine Verschwendung!«, rief Motschmann aus. »Eine so junge und attraktive Frau wie Sie … Ich sage das nur, weil ich glücklich verheiratet bin und weiß, wie wichtig eine harmonische Beziehung ist.«

»Das mag sein, aber darüber bin ich hinaus«, erklärte Lara.

Motschmann merkte, dass es zu diesem Thema zwar noch viel zu sagen gab, aber Lara bestimmt nichts mehr sagen würde. Deshalb fragte er: »Meinen Sie nicht, dass es fürs Erste mal reichen würde, wenn Sie um siebzehn Uhr Feierabend machen? Schließlich sind Sie morgens auch schon um halb acht da.«

»Ja, aber die Arbeit macht sich nun mal nicht von allein …«

»… und morgen ist noch genügend Zeit für den Rest«, fügte Motschmann hinzu und weil er gerade so schön dabei war, sagte er gleich noch: »Unter uns gesagt, ich finde, Sie sind reichlich dünn. Essen Sie doch mal ordentlich was. Von dem bisschen, das Sie zu sich nehmen, kann doch kein vernünftiger Mensch satt werden.«

Lara dachte schuldbewusst an den angebissenen Apfel, der seit der Frühstückspause, als Patricia ihr den Appetit verdorben hatte, vor sich hin gammelte.

Als hätte Motschmann ihre Gedanken gelesen, sagte er grinsend: »Oder wollen Sie am Ende gar so aussehen wie diese unsägliche Person, diese Pletsch? An der kann man ja durch die Kleider hindurch die Knochen zählen.«

Als er das gesagt hatte, musste er herzhaft lachen, und Lara konnte nicht anders, sie lachte genauso herzhaft mit.

Nach einer Weile sagte Motschmann: »So, ich muss heute früher weg. Ich habe noch einen Termin, bei dem mir nicht so zum Lachen zumute ist; ich muss zum Zahnarzt.«

»Ach, Sie Ärmster«, entfuhr es Lara unbeabsichtigt.

»Na, endlich mal jemand, der mich bedauert«, sagte er und ergänzte grinsend: »Meine Frau sagt immer, ich solle mich nicht so anstellen. Und Sie, stellen sich bitte um fünf auch nicht so an und gehen nach Hause. Auch wenn nur Ihre Couch und der Fernseher auf Sie warten; etwas Entspannung braucht jeder.«

Bei seinen letzten Worten nahm er Hut und Mantel vom Garderobenständer, bat Lara, die Verbindungstür zum Vorzimmer abzuschließen, winkte ihr noch einmal fröhlich zu und verließ sein Büro zum Flur hin.

Lara stand noch eine Weile im Chefbüro und lauschte Motschmanns Schritten, die auf den Granitfliesen des Flures widerhallten. Obwohl er bestimmt schon sechzig war, klang es, als wenn ein junger Mann zum Aufzug gehen würde.

Als die Schritte verklungen waren, drehte sie sich

um und verließ das Büro ihres Chefs. Beinahe hätte sie vergessen, die Verbindungstür abzuschließen, so sehr wirkten die letzten Worte von Motschmann noch in ihr nach. Sie riss sich aus ihren Gedanken, setzte sich an den Schreibtisch und zählte den Stapel mit der Ausgangspost durch, die sie noch fertig machen musste.

Oh, nur vierundzwanzig Briefe heute, das ist bis fünf zu schaffen, dachte sie und machte sich ans Werk. Aber irgendwo zwischen Brief Nummer zehn und fünfzehn schweiften ihre Gedanken wieder ab, hin zu ihren Essgewohnheiten und wie sie so geworden waren.

»Ja, das Essen«, murmelte Lara halblaut vor sich hin, »ist wirklich ein leidiges Thema bei mir.«

Dann dachte sie an ihre Kindheit, in der sie an keiner Chipstüte, an keinem Gummibärchen vorbeigekommen war, ohne darüber herzufallen. In Nullkommanichts waren die Tüten leer und die nächste musste her. Das wurde so schlimm, dass sie mit siebzehn, als sie aus der Schule kam und ausgewachsen war, bei 1,78 Meter Körpergröße stattliche hundertzwanzig Kilo auf die Waage brachte. Sie wusste noch genau, wie prall, wie vollgestopft sie sich damals gefühlt hatte. Dann begann ihre Ausbildung zur Versicherungskauffrau in diesem kleinen Versicherungsbüro. Dort wurde sie zwar nicht gehänselt, aber in der Berufsschule ging das weiter, was in der Grundschule begonnen hatte und sich wie ein roter Faden durch ihre gesamte Schulzeit zog. Sie war und blieb die Außenseiterin, mit der man sich besser nicht abgab. Die wenigen Freundinnen, die sie während ihrer gesamten Schulzeit hatte, konnte sie mühelos an einer Hand abzählen. Darum mampfte sie auch weiter, bis gar nichts mehr passte. Selbst die Rundumgummizughosen, wie sie diese unförmigen Dinger selbst nannte, passten irgendwann nicht mehr. Inzwischen hatte sie die Nase zwar mehr als voll von ihrer Fresserei, aß aber mit unvermindertem Appetit weiter. Ihre Mutter war alles andere als eine Hilfe, auch wenn sie es nicht böse meinte. Aber ihre Kommentare ließen sie aus Frust eher noch mehr futtern. Dann, kurz nach ihrem dreiundzwanzigsten Geburtstag, hatte der Spießrutenlauf ein Ende. Die Wende zum Besseren kam derart unerwartet, wie sie es selbst nicht für möglich gehalten hatte. Was als harmlose Erkältung begann, wuchs sich schnell zu einer heftigen Bronchitis aus und fesselte sie drei Wochen lang ans Bett. Aber kaum ging es ihr wieder etwas besser, da war auch der Heißhunger auf die Chips wieder da. Zwei Tüten hatte sie in wenigen Minuten verschlungen. Das Ergebnis war, dass auch die Husterei wieder losging. Als es dann endlich wieder besser wurde, ging sie zu ihrer Hausärztin, die sie von klein auf kannte, um gesundgeschrieben zu werden. Die Ärztin maß sie mit einem durchdringenden Blick und sagte: »Lara, wenn du so weitermampfst, nimmt das ein schlechtes Ende. Deine Blutwerte sind jetzt schon schlechter als die von deiner Mutter.«

Das hatte gesessen. Lara heulte sich bei ihrer Hausärztin den ganzen Frust von der Seele und berichtete ihr von all den Gewaltkuren, die sie sich angetan hatte. Angefangen bei zahllosen Nulldiäten bis hin zu Pülverchen, die nichts bewirkten, außer das Portemonnaie zu leeren.

Die Ärztin wollte, dass Lara sich Gedanken darüber machte, was sie so alles zusammenmaß. Als Lara vierzehn Tage später erneut einen Termin bei ihrer Hausärztin hatte, fragte diese rundheraus: »Sag mal, warum kaust du eigentlich den lieben langen Tag vor dich hin?«

»Weil ich Frust habe«, hatte Lara geantwortet.

»Warum?«

»Weil ich so fett bin.«

»Deshalb isst du noch mehr? Meinst du, das ist normal?«, hatte ihre Hausärztin vielleicht nicht sehr diplomatisch gefragt, aber es hatte gewirkt und endlich Klick gemacht.

Lara hatte begriffen, dass es nur sie allein war, die daran etwas ändern und den Teufelskreis durchbrechen konnte. Aber es war die reinste Berg- und Talfahrt. Einige Tage ging es gut, dann folgten harte Tage, an denen es mehr schlecht als recht ging, dann kam der Absturz. Das ging fast ein Jahr lang so. Aber kurz vor ihrem fünfundzwanzigsten Geburtstag, es war auf einer Firmenfeier und sie war unter fünf Mitarbeiterinnen mal wieder die einzige Fette, hatte sie endgültig genug. Sie stellte sich selbst einen Ernährungsfahrplan auf und hielt sich auch daran. Der Anfang war hart, hin und wieder gab es Rückschläge, aber dieses Mal blieb sie am Ball – und es lohnte sich. Denn irgendwann nach einigen Monaten begannen die Pfunde zu purzeln. Sie hatte sich an das wenige Essen gewöhnt. Trotzdem dauerte es noch eineinhalb Jahre, bis sie sich wieder im Spiegel anschauen konnte und neuen Lebensmut schöpfte. Das Erste, was sie änderte, war ihr Job. Sie sagte dem kleinen Versicherungsbüro Lebewohl und fing im Schreibbüro der »Norddeutschen Industrieversicherung« an. Das war vor nahezu dreieinhalb Jahren gewesen.

So weit war Lara mit ihren Gedanken gerade gekommen, als ihr Blick auf ihre Armbanduhr fiel.

»Was, schon wieder halb sechs?«, sagte sie zu sich selbst, packte ihre Sachen zusammen und machte sich auf den Heimweg.

# Kapitel 2

Im Raucherraum ging es an diesem Tag zu wie im Tollhaus. Selten wurde so viel gequalmt wie an diesem Mittwoch Mittag. So langsam merkte man auch, dass der Herbst sich dem Ende zuneigte, denn die alte Kastanie draußen vor dem Fenster wurde zusehends kahler. Auch kam seit einigen Tagen endlich wieder frische Luft durch das gekippte Fenster, denn dieser Herbst schien bisher dem vergangenen Sommer aufs Heftigste Konkurrenz machen zu wollen. Temperaturen von deutlich mehr als zwanzig Grad waren in diesem Oktober weiß Gott nicht die Ausnahme gewesen. Aber nun war auch das vorbei und mancher dachte mit Grausen an den herannahenden Winter. Dennoch wäre niemand in diesem Zimmer auf die Idee gekommen, über das Wetter zu reden.

Erwin Kohlmann, der dicke, weißhaarige Endfünfziger aus der Schadensbearbeitung, sagte zu seinem Duzfreund und Kollegen Reinhard Laubach: »Hast du schon das Neueste gehört? Die Bräunig war über zwei Stunden bei ihrem Chef drin. Was das wohl zu bedeuten hat?«

»Na ja«, meinte Laubach trocken und nahm einen tiefen Zug aus seiner filterlosen Reval, »ich denke mir dabei nicht allzu viel. Die werden eben was zu besprechen gehabt haben.«

»Ich denke, geredet habe die nicht«, spekulierte Kohlmann geifernd, der, wie alle wussten, schon einige Jahre sexuell auf dem Trocknen saß.

»Du musst nicht alles glauben, was du hörst, und schon gar nicht, wenn es von dieser blöden Pletsch aus dem Schreibbüro kommt. Ich bin ein gebranntes Kind, ich hab mich schon mal in die Nesseln gesetzt, als die erzählte, die Mutter von unserem Personalchef sei gestorben. Ich war so blöde, bin hingegangen und habe ihm mein Beileid ausgesprochen. Das passiert mir nicht noch mal. Wer weiß, was die dum... Person da wieder gesehen hat. Schließlich ist die Bräunig Chefsekretärin. Es kann zum Beispiel auch nur ein längeres Diktat gewesen sein.«

»Ach was, wo Rauch ist, ist auch Feuer«, beharrte Kohlmann auf seiner Meinung und Laubach sagte lapidar: »Wem nicht zu raten ist, dem ist auch nicht zu helfen.«

»Eigentlich hast du ja recht«, sagte Kohlmann nun beschwichtigend. »Aber wer hört denn nicht gern Klatsch- und Skandalgeschichten?«

Auch Laubach wollte keinen Streit; deshalb sagte er schnell: »Ja, klar, was hat man denn sonst zu lachen. Aber du kennst auch Patricia Pletsch. Die saugt sich die haarsträubendsten Geschichten aus ihren hervorstehenden Rippen und schon blüht der schönste Klatsch. Ich wette zehn zu eins, da ist nicht ein Körnchen Wahrheit dran.«

»Wahrscheinlich hast du ja recht«, lenkte Kohlmann endgültig ein und sagte: »Ach Mist, die Mittagspause ist auch schon bald wieder zu Ende.«

Nach einem kurzen Blick auf seine teure Armbanduhr stellte Reinhard Laubach fest, dass »bald« reichlich untertrieben war, und stand abrupt auf.

»Jetzt muss ich aber weitermachen«, entschied er schnell, »sonst kommt der alte Knottermann auch noch auf die Idee, ich könnte zu viel tratschen. Tschüss, bis dann.«

Er stand auf, drückte seine Zigarette im Aschenbecher aus und ging zur Tür hinüber. Er streckte die Hand zum Türgriff aus und wollte sie gerade öffnen, als sie schwungvoll aufflog. Laubach konnte gerade noch zur Seite springen, sonst wäre er voll gegen die aufschwingende Tür gelaufen. Es war keine Frage, wer da so schwungvoll hereinspazierte. Er wäre verwunderlich gewesen, wenn es jemand anderes als Patricia Pletsch gewesen wäre. So kam nur sie zur Tür herein. Sie grinste Laubach frech an und meinte: »Na, schon wieder am Qualmen? Und wer macht die Arbeit?«

Du bestimmt nicht, dachte Laubach.

Erwin ging das Gleiche durch den Kopf. Er verließ den Raum fast noch schneller als sein Freund Reinhard, nur um dieser arroganten Zicke zu entkommen.

Patricia sah den beiden eine Sekunde lang grinsend nach und man hatte den Eindruck, sie sei stolz darauf, zwei gestandene Männer in die Flucht geschlagen zu haben. Dann ging sie an den drei kleineren Tischen, an denen sechs Frauen saßen, vorbei und steuerte den großen runden Tisch in der hintersten Ecke an, an dem sieben Männer um die Wette qualmten, als gelte es, allen Nebel dieses Herbstes auf diesem Weg zu produzieren.

Patricia konnte sicher sein, dass sieben Augenpaare sie wie gebannt anstarrten, was aber in sechs Fällen nichts mit der äußerst freizügigen Bluse zu tun hatte, die sie anhatte. Was hätte es bei einem derart abgemagerten Körper auch viel zu sehen gegeben. Aber Patricias Gesicht nach zu urteilen, würde sie gleich einen Knüller vom Stapel lassen. Der kam auch sofort.

»Habt ihr es schon gehört? Der Motzer hat die Bräunig wegen Unfähigkeit fristlos entlassen.«

»Wie meinst du das?«, fragte der hoch aufgeschossene und dabei recht unterernährt wirkende Bernhard

Peters, der schon seit einiger Zeit ein Auge auf Patricia geworfen hatte, und starrte ihr ungeniert in den tiefen Ausschnitt.

Bernhard hatte, wie alle in seiner Abteilung wussten, den Bezug zur Realität schon vor Wochen verloren und gebärdete sich wie ein liebeskranker Gockel. Da er im Bezug auf Frauen nicht der Hellste war, bemerkte er aber nicht, dass Patricia ihn absichtlich aufreizte, um ihn hinterher ein ums andere Mal zum Trottel zu machen; dabei halfen Bernhards Kollegen gern mit.

So frotzelte Günther Liebisch: »Bernhard, zieh doch Frau Pletsch mit deinen Blicken nicht so an« und Roland Weber, der wegen seiner enormen Leibesfülle selbst oft genug von seinen Kollegen verspottet wurde, versuchte Pluspunkte zu sammeln, indem er losprustete und sagte: »Immer noch besser, als wenn er sie ausziehen würde.«

Patricia Pletsch, die ganz bestimmt nichts von Bernhard wollte und der es Freude bereitete, den armen Mann in Verlegenheit zu bringen, nahm sich einen Stuhl. Sie setzte sich einen Meter vom Tisch entfernt, direkt ans Fenster, und sagte: »Ich brauche heute frische Luft.«

Dann kramte sie eine zerknautschte Schachtel Zigaretten aus ihrer winzigen Handtasche, die sie scheinbar nie aus der Hand legte, und schlug ihre Beine so übereinander, dass Bernhard genau unter ihren ohnehin schon recht kurzen Rock sehen konnte. Der kaum dreißig Jahre alte Mann brachte es nicht fertig, seinen Blick abzuwenden, lief blutrot an und stand vor Verlegenheit auf.

»Na, wo willst du denn hin?«, fragte Günther.

»Zur Toilette.«

»Was er da wohl macht?«, fragte Roland anzüglich und Patricia sagte lachend, während Bernhard auf die Tür zustürzte: »Was wohl?«

Es war nicht zu vermuten, dass Patricia oder die beiden Kollegen Bernhards auch nur eine Sekunde darüber nachdachten, was sie da taten, als Bernhard, mühsam die Tränen zurückhaltend, nach draußen stürzte.

Kaum war er fort, zog Patricia ihren Stuhl an den Tisch und stöhnte theatralisch auf: »Ach, ist das wieder ein Stress heute. Ich habe mir meine Mittagspause redlich verdient. Den ganzen Morgen habe ich getippt. Meine Güte, jetzt kann ich mich kaum noch bewegen.«

»Was?«, fragte Peter Johling, ein Mittvierziger mit rundem, haarlosem Vollmondgesicht, scheinbar entsetzt. »Patricia, seit wann spielst du denn Lotto?«

Er war einer der wenigen Leute im Haus, die Patricia duzten, was kaum einer seiner Kollegen verstand, da diese Frau alles andere als beliebt war. Aber Peter duzte im Grunde jeden.

»Blödmann«, sagte Patricia, die Peters Art, dumme Scherze zu machen, kannte und selten um eine Antwort verlegen war. »Einen solchen Unfug habe ich ja noch nie gehört.«

Dann rauchten die sechs Männer und Patricia eine Weile schweigend vor sich hin.

»Glaubt ihr«, fing Patricia nach einer Weile erneut an, »dass mir jemand die Arbeit abnimmt? Die muss ich …«, wollte sie sich gerade auslassen, da ging die Tür zum Raucherzimmer auf.

Alle sahen zur Tür hin, denn sie erwarteten Bernhard zurück, aber der hatte sich inzwischen längst krank gemeldet. Stattdessen kam die Auszubildende Janika Senger herein.

»Frau Pletsch«, begann die nicht gerade schlanke Siebzehnjährige, aber Patricia ließ die junge Frau, die zu ihren Lieblingsopfern zählte, nicht weiterreden.

Stattdessen fuhr sie Janika an: »Was gibt es denn nun

schon wieder Dringendes, dass Sie mich bis in den Rau-cherraum verfolgen? Haben Sie mal wieder Mist gebaut und ich soll es ausbügeln?«

Damit spielte Patricia auf einen Fall im Sommer an. Janika hatte erst wenige Tage zuvor ihre Ausbildung begonnen, sollte alte Akten schreddern und irgendwie war ein wichtiger Geschäftsbrief dazwischen geraten. Janika hatte es um Sekundenbruchteile zu spät gemerkt und sich mit dem ausgefransten Brief Hilfe suchend an Patricia gewandt. Patricia hatte ihr zwar geholfen, zog sie aber seitdem damit auf. Hätte Janika gewusst, dass Patricia es gewesen war, die den Brief dazwischen-geschmuggelt hatte, sie hätte jeden anderen um Hilfe gebeten.

An all das musste Janika denken, als Patricia sie so anfuhr und sie deshalb nicht gleich Antwort gab.

Prompt kam die Reaktion: »Na, was ist? Ich hab nicht ewig Zeit«, hakte Patricia wenig einfühlsam nach.

Von dem Ton ihrer Vorgesetzten eingeschüchtert, stammelte Janika: »Der ... der Chef schickt mich. Ich ... ich soll Ihnen sagen, dass Sie sofort zu ihm kommen sol-len.«

»Dann richten Sie Herrn Timpe bitte aus, dass ich jetzt Mittagspause habe; die steht mir zu. Wenn ich fer-tig bin, komme ich!«, schrie Patricia die Auszubildende wutentbrannt an.

»Das soll ich so sagen?«

»Was denn sonst?«

»Okay, mach' ich«, beeilte sich das Mädchen, das von Patricias Reaktion völlig überrascht war, zu sagen, drehte sich um und verließ fluchtartig den Raum.

Nachdem sie die Tür hinter sich geschlossen hatte, lehnte sich Janika erschöpft gegen die Wand und hörte, dass Patricia drinnen laut auflachte. Sie atmete auf, dieser Furie einmal mehr entkommen zu sein, und war froh, dass weit und breit niemand auf dem Flur zu sehen war.

»Mein Gott«, murmelte sie verzweifelt vor sich hin, »wie soll denn das nur weitergehen. Ich kann doch nicht meine ganze Lehrzeit darauf verwenden, meiner Vorgesetzten aus dem Wege zu gehen. Frau Pletsch hat vielleicht eine Laune, und ich bekomme alles ab.«

Hastig wischte sie sich die Tränen vom Gesicht, die ihr gegen ihren Willen aus den Augen kullerten. Dass Lehrjahre keine Herrenjahre sind, sagte ja auch ihre Mutter immer wieder. Aber so hatte sie sich ihre Ausbildung nicht vorgestellt, als sie vor neun Monaten den Ausbildungsvertrag unterschrieben hatte. Das reinste Martyrium.

Nachdem sie eine kleine Weile stumm vor sich hin geschluchzt hatte, dachte sie: So, jetzt muss ich aber schnell wieder an die Arbeit gehen, bevor diese Frau wieder einen Grund findet, mich fertig zu machen.

Janika fuhr mit dem Lift nach oben in den vierten Stock, denn der Raucherraum lag genau neben der Kantine im ersten Stock. Dort waren außerdem noch die Konferenzräume, die vom Kantinenpächter mitbewirtschaftet wurden. Als sie das Schreibbüro betrat, kam ihr auch schon Herr Timpe entgegen, der ziemlich ungeduldig wirkte.

Nicht auch der noch, dachte Janika, da sagte Herr Timpe streng: »Na, das hat aber lange gedauert, Frau Senger, der Raucherraum ist doch hier im Haus und nicht am anderen Ende der Stadt.«

Was eigentlich als Scherz gemeint war, kam bei Janika ganz anders an. Sie wirkte, wenn das überhaupt möglich war, noch verschüchterter als Frau Pletsch gegenüber. Auch traten ihr wieder die Tränen in die Augen und augenblicklich schämte sie sich dafür.

»Ent…schuldigen Sie bitte«, erklärte sie stockend, »aber erst war ich auf der Toilette und dann kam der Aufzug nicht.«

»Das ist doch in Ordnung, machen Sie sich keine Gedanken«, erklärte der streng wirkende, aber grundgute, achtundfünfzigjährige Wolfgang Timpe, der sichtlich überrascht war, welche Wirkung seine Worte auf das »Lehrmädchen«, wie er Janika insgeheim nannte, hatten. Er legte ihr väterlich die Hand auf die Schulter und sagte mit ruhiger Stimme: »Sie müssen sich unbedingt ein dickeres Fell zulegen. Nehmen Sie sich das alles hier doch nicht so sehr zu Herzen, auch wir Chefs kochen nur mit Wasser. Das können Sie mir glauben, Frau Senger.«

Janika sah ihren Vorgesetzten, der ja auch der Chef von Frau Pletsch war, dankbar an, und sagte, schon wieder etwas fröhlicher gestimmt: »Ja, Herr Timpe.«

»Aber was war denn nun mit Frau Pletsch? War sie im Raucherraum?«

»Ja, genau, wie Sie es vermutet haben, habe ich sie dort angetroffen.«

»Prima. Was sagt sie denn?«

Janika zögerte kurz, dann gab sie sich einen Ruck und erklärte: »Frau Pletsch meint, sie hätte jetzt Mittagspause, die stünde ihr zu. Wenn sie fertig wäre, würde sie kommen.«

»Das hat sie so gesagt?«, fragte Herr Timpe zur Sicherheit noch einmal nach.

»Ja.«

»Gut, Frau Senger, dann gehen Sie wieder an Ihre Arbeit; ich weiß jetzt Bescheid.«

»Alles klar«, meinte Janika Senger und verschwand im Schreibbüro, während ihr Chef noch eine ganze Weile ratlos im Flur stand und nicht so recht wusste, wie er sich Frau Pletsch gegenüber verhalten sollte.

Dann murmelte er: »Bis jetzt war es ja noch auszuhalten, aber wenn das mit der Pletsch immer schlimmer wird, dann fliegt sie. Egal, wie gut sie arbeitet.«

Kurz darauf drehte er sich auf dem Absatz herum und marschierte ärgerlich in sein Büro.

# Kapitel 3

Am nächsten Morgen ging es im Vorzimmer des Chefbüros zu wie im Taubenschlag; unablässig klingelte das Telefon. Lara, die sonst immer die Ruhe in Person war, seufzte leise auf.

»Was ist denn heute nur los«, murmelte sie vor sich hin und dachte: Das Telefon geht mir auf den Wecker. Ach, könnte ich es nur ausstöpseln. Ich komme ja nicht zum Arbeiten. Herr Motschmann hat auch schon nach den Unterlagen von Hitzbrandt und Co. gefragt.

Nachdem Patricia ihr gesagt hatte, dass sie die Unterlagen nicht rausgeben könne, weil sie nicht dazu käme, sie durchzusehen, musste Lara etwas tun, was eigentlich ihrem Naturell widersprach. Sie war zu ihrem Chef gegangen und hatte Patricias Worte wiederholt. Da hatte der Motzer seinem Namen alle Ehre gemacht und getobt. Wutentbrannt hatte er das Vorzimmer verlassen und war, was sonst nie vorkam, zu Fuß in den vierten Stock hinuntergestürmt, wo sich neben dem Gemeinschaftsschreibbüro auch die Büros von Frau Pletsch und deren Chef, Herrn Timpe, befanden. Lara hatte ihrem Chef ganz entgeistert hinterhergesehen und harrte nun der Dinge, die da ganz bestimmt noch kamen.

Emil Motschmann war unterdessen im vierten Stock angekommen und stürmte ohne anzuklopfen in Frau Pletschs Büro. Er baute sich in all seiner Leibesfülle vor ihrem Schreibtisch auf und sah drohend auf sie herunter, während sie vollkommen überrascht zu ihm aufsah.

»Frau Pletsch, geben Sie endlich die Unterlagen für die Konferenz mit Hitzbrandt und Co. heraus. Sie haben sie lange genug und könnten längst damit fertig sein!«

Für einen kurzen Moment schien Patricia Pletsch schockiert zu sein, doch dann sagte sie scharf: »Das hier ist mein Büro und Sie sind mir gegenüber in keiner Weise weisungsbefugt.«

Motschmann fühlte sich überfahren, wollte gerade etwas erwidern und hatte den Mund schon geöffnet, da war es, als ob jemand bei Patricia einen Schalter umgelegt hätte.

Denn völlig unvermittelt brüllte sie Motschmann an: »Ich bringe Ihnen und Ihrer Schlampe von Sekretärin die Unterlagen, wenn ich fertig damit bin. Das wird nicht vor Ende der Woche sein. Und jetzt raus!«

Durch Patricias Geschrei angelockt, kam ihr Chef aus seinem Büro gestürmt. Mit einem Blick erfasste er die Situation und fragte scharf: »Frau Pletsch, warum schreien Sie hier so herum? Was fällt Ihnen denn ein? Um was geht es denn hier eigentlich?«

Anstatt die Situation zu entschärfen, entschloss sich Patricia, noch eine Schippe draufzulegen, und sagte schnippisch: »Der Typ hier spielt sich auf, als wenn er mein Chef wäre. Er ...«

Mit einer Handbewegung, die keinen Widerspruch zuließ, gebot Timpe seiner Mitarbeiterin Ruhe und wandte sich an Motschmann: »Emil, sagen Sie mir bitte, was los ist. Meine Mitarbeiterin muss sich erst einmal beruhigen. Und entschuldigen Sie bitte den Ton von Frau Pletsch.«

»Schon entschuldigt«, erwiderte Motschmann gönnerhaft, um dann zu erklären: »Wolfgang, Sie wissen doch, dass morgen um vierzehn Uhr die Konferenz mit dem Vorstand von Hitzbrandt und Co. stattfindet. Es geht immerhin darum, dass der größte Arbeitgeber der Region eine Komplettversicherung für seine Firma bei uns abschließen möchte. Wenn das Geschäft platzt, geht uns ein Millionenauftrag verloren. Ihre Abteilung hat die Unterlagen schon vor zehn Tagen vom Sachbearbeiter bekommen, um das Ganze ins Reine zu schreiben und zu kopieren. Alles in allem rund zweihundert Blatt Papier, da jedes Vorstandsmitglied von Hitzbrandt am Konferenztisch ein Exemplar der fertigen Mappe in der Hand halten soll. Meine Sekretärin Frau Bräunig braucht allermindestens einen Tag, um das Ganze so zu sortieren und aufzubereiten, dass es ansprechend wirkt und die wichtigsten Passagen leicht zu finden sind. Aber Frau Pletsch ist der Meinung, sie könne die Unterlagen nicht vor morgen Nachmittag herausgeben. Dann ist die Konferenz gelaufen.«

Jetzt war es an Wolfgang Timpe aufzufahren. Streng sah er seine Mitarbeiterin an, die wieder einmal sehr elegant, aber freizügig gekleidet war, und musterte sie von Kopf bis Fuß. Dann fuhr er sie hart an.

»Wenn Sie so viel Zeit auf Ihre Arbeit verwenden würden wie auf Ihr Styling, wäre uns allen geholfen. Ich rate Ihnen, sorgen Sie dafür, dass die Unterlagen noch heute an die Abteilung Motschmann herausgehen. Und wenn es bis zwanzig Uhr dauert. Das ist eine Anordnung Ihres Chefs!«

»Herr Timpe, ich kann die Unterlagen nicht herausgeben, da ich sie nicht habe«, erwiderte Patricia mit äußerster Kaltschnäuzigkeit, »sie sind, wenn ich das richtig sehe, zusammen mit Altunterlagen, die vernichtet werden sollten, in den Schredder geraten. Zuletzt hatte Frau Senger die Akten Hitzbrandt auf dem Schreibtisch, weil sie diese sortieren sollte. Dann habe ich Frau Senger vorgestern einen Stapel Altakten zur Vernichtung auf den

Schreibtisch gelegt. Vermutlich hat dieser Trampel nicht aufgepasst. Auf jeden Fall sind die Akten verschwunden.«

Janika, die an ihrem Schreibtisch saß und Akten für die Ablage sortierte, fuhr hoch und sah durch die geöffnete Verbindungstür Patricia wie versteinert an. Sie dachte schockiert, dass Patricia ihr schon wieder an den Karren fuhr, traute sich aber nicht, sich zu verteidigen. Hilfe suchend sah sie zu Silke Jansen hinüber und Silke, die dem ganzen Spektakel, das da im Nachbarbüro stattfand, schon eine ganze Weile folgte, machte eine beschwichtigende Handbewegung, stand auf und trat an die Verbindungstür heran.

»Entschuldigen Sie, wenn ich mich einmische«, sagte sie zu Herrn Timpe, aber vor allem sprach sie Patricia an. »Wann soll denn das gewesen sein?«

»Vorgestern«, meinte Frau Pletsch arrogant.

»Das kann nicht sein, denn da war Frau Senger in der Berufsschule.«

»Dann war es eben gestern«, erklärte Patricia schnippisch und machte eine wegwerfende Handbewegung.

»Aber selbst da kann es nicht gewesen sein«, trumpfte nun Silke Jansen auf, »denn Janika kann im Moment gar nicht schreddern.«

»Wieso?«, fragte Timpe verwundert.

»Halt bloß deinen Mund!«, sagte Patricia auf einmal drohend und sah Silke feindselig an.

»Oh nein, Patricia«, erwiderte Silke schnell, »mich kannst du nicht mehr so leicht einschüchtern. Ich werde jetzt unserem Vorgesetzten reinen Wein einschenken und meinen Mund aufmachen.« Dann wandte sie sich an Herrn Timpe und Herrn Motschmann und sprach weiter: »Bisher habe ich still gehalten, weil wir am gleichen Tag, vor zwölf Jahren, hier angefangen haben. Aber so kann es nicht weitergehen. Das hat nichts mehr mit vernünftigem Arbeiten zu tun. Janika kann gar keine Unterlagen geschreddert haben, denn der Schredder ist seit wenigstens vier Wochen kaputt und Frau Pletsch unternimmt nichts, damit sich an diesem Zustand irgendetwas ändert. Mein Schreibtisch und auch die meiner Kolleginnen quillen über mit Papieren, die schon längst vernichtet gehören. Wenn ich nicht immer wieder mal was mit in andere Abteilungen nehmen würde, um es dort zu schreddern, wären wir im Abfallpapier schon erstickt.«

»Was bildest du kleine, dahergelaufene Tippse dir eigentlich ein, wer du bist?«, fuhr Patricia ihre Kollegin erneut an, ohne sich im Geringsten daran zu stören, dass zwei Vorgesetzte im Raum anwesend waren.

Nun reichte es Wolfgang Timpe endgültig. Hatte er sich in den letzten Minuten noch mühsam zurückgehalten, so gelang ihm das jetzt nicht mehr. Zornig schaute er Patricia Pletsch, die schon wieder begann, Oberwasser zu bekommen, an und schnauzte nur Sekunden später los: »Was erlauben Sie sich eigentlich andauernd Ihren Kolleginnen gegenüber, Frau Pletsch?«

»Wer, ich?«, fragte Patricia und man hätte in diesem Moment meinen können, diese Frau wäre nicht in der Lage, auch nur ein Wässerchen zu trüben.

»Ja, Sie, wer sonst?«, schnauzte Timpe weiter. »Lassen Sie ab sofort Frau Jansen, Frau Senger und natürlich auch unsere neue Schreibkraft Frau Lautenschläger in Ruhe arbeiten. Sollte mir noch einmal etwas Derartiges zu Ohren kommen oder weitere Nachlässigkeiten Ihrerseits auftauchen, dann wird das ernsthafte Konsequenzen haben. Darauf können Sie sich verlassen. Übrigens, Frau Jansen, Sie können sich darauf verlassen, dass sich in Sachen Schredder noch morgen etwas tut. Das verspreche ich Ihnen hiermit.«

»Ja, danke«, sagte Silke und zog sich wieder in ihr Büro zurück.

»Kommen Sie, Emil«, sagte Wolfgang Timpe freundlich zu seinem Kollegen, als auch Patricia sich zurückgezogen hatte, »klären wir das in meinem Büro.«

»Ja, reden wir ein paar Takte, das tut wohl Not«, bestätigte Motschmann und folgte Timpe.

Kaum hatte sich die Tür hinter den beiden Männern geschlossen, bot Herr Timpe seinem Kollegen erst einmal eine Tasse Kaffee an, die dieser nicht ablehnte. Da er keine Lust hatte, sich von Frau Pletsch bedienen zu lassen, die dies zwar schon seit Jahren, aber seit sie die Leitung des Schreibbüros hatte, nur noch widerwillig tat, musste er selbst Hand anlegen. Er holte die Tassen aus dem Sideboard, ging zur Kaffeemaschine hinüber und schenkte die Tassen voll. Dann stellte er eine davon vor Motschmann ab, schenkte ihm noch einen Cognac ein, hob das Glas und sagte: »Zum Wohl.«

Eine Weile saßen die Männer schweigend da und tranken, bis Timpe nachdenklich meinte: »Ich weiß ja nicht, was in die Pletsch gefahren ist, aber Fakt ist, dass die Unterlagen wieder auftauchen müssen, wenn wir nicht einen Riesenärger mit dem Vorstand bekommen wollen.«

»Allerdings«, meinte Motschmann. »Meine Sekretärin muss diese Unterlagen noch für die morgige Konferenz vorbereiten. Egal wie, aber die Unterlagen müssen noch heute wieder auftauchen. Da steckt vier Wochen Vorlaufarbeit von zwei Sachbearbeitern drin, um die Daten zusammenzutragen. Das kann unmöglich bis morgen neu gemacht werden.«

»Das ist mir schon klar«, beeilte sich Wolfgang Timpe zu erklären. »Wir haben jetzt«, er schaute auf seine silberne, mit blauem Rand verzierte Armbanduhr, »elf

Uhr. Lassen Sie mir, sagen wir, bis vierzehn Uhr Zeit, dann sehen wir weiter. Die Mappe mit den Unterlagen kann sich ja nicht in Luft aufgelöst haben; irgendwo muss sie rumliegen. Wenn wir sie gefunden haben, bringe ich sie Ihnen persönlich rauf. Dann müsste die Kuh doch vom Eis sein. Oder?«

»Dann schon. Aber finden Sie die Unterlagen?«

»Ich denke schon.«

»Okay, alles klar, Herr Timpe, und entschuldigen Sie bitte, dass ich zu Ihnen gekommen bin, aber es ging nicht mehr anders«, beeilte sich Motschmann zu versichern.

»Aber das ist doch selbstverständlich«, entgegnete Timpe langsam, »ich hätte es auch nicht anders gemacht.«

Dann gaben sich beide Männer die Hand und Motschmann ging langsam und nachdenklich zu seinem Büro zurück.

Als er sich der Zimmertür näherte, hörte er die unverkennbar ärgerliche Stimme von Lara Bräunig. Das bedeutete, dass sie nicht allein im Raum war. Er schlich sich an und hörte durch die geschlossene Tür, wie Patricia Pletsch zu seiner Sekretärin sagte: »Dir habe ich es zu verdanken, dass der Timpe mich jetzt auf dem Kieker hat. Hättest du nicht dein blödes Maul halten können? Musstest du zum Motzer rennen? Das wird dir noch leid tun!«

Lara antwortete äußerlich ruhig, aber innerlich kochend: »Das haben Sie wohl selbst zu verantworten, wenn Sie Ärger bekommen. So, und jetzt lassen Sie mich bitte allein. Ich habe zu arbeiten und möchte von Ihnen nicht mehr gestört werden.«

Patricia sah Lara verständnislos an, drehte sich um und wollte das Zimmer verlassen, aber Lara rief ihr nach: »Ihnen würde ich das Gleiche raten. Denn wenn die Konferenz morgen ausfällt, werden Köpfe rollen.«

Vor Wut kochend näherte sich Patricia Pletsch der Bürotür, als sie von außen aufgerissen wurde.

»Was wollen Sie denn schon wieder hier?«, fuhr Herr Motschmann sie laut an. »Lassen Sie Frau Bräunig in Ruhe, sonst bekommen Sie es mit mir zu tun.«

Schnell ging er ins Vorzimmer hinein und schob die völlig verdutzte Patricia nach draußen. Dann schlug er die Tür hinter ihr zu und schloss ab.

»So, jetzt haben Sie Ruhe«, sagte er zu Lara. »Von heute an kommt hier keiner mehr unangemeldet rein. Das führen wir ab sofort ein und so bald es geht, bekommen Sie ein neues Schloss, eine Sprechanlage und einen Summer, mit dem Sie die Tür öffnen können. Bis dahin müssen Sie eben die Tür hinter sich zuschließen.«

»Das mache ich mit Freuden, wenn ich dafür wieder in Ruhe arbeiten kann«, sagte Lara erleichtert. »Darf ich Ihnen für den ganzen Ärger heute einen Kaffee anbieten; ich habe gerade frischen gekocht.«

»Ich habe zwar eben mit Herrn Timpe einen Kaffee getrunken, aber Ihrer schmeckt besser. Wenn die Pletsch bei denen da unten Kaffee kocht, dann geizt sie wohl zu sehr mit den Kaffeebohnen oder sie sind ganz ausgegangen.«

»Das ist gut, Herr Motschmann«, lachte Lara, »den Satz muss ich mir merken. Vielleicht kann ich ihn mal gebrauchen.«

Flink schenkte sie Kaffee ein und reichte ihrem Chef die Tasse sowie Milch und Zucker. Motschmann schüttete so viel Milch in den Kaffee, dass er überschwappte, und genauso viel Zucker hinterher. Dann schüttete er sich den Kaffee in einem Zug die Kehle hinunter.

»Das tut gut nach all dem Ärger«, meinte er, nachdem er ausgetrunken und sich wieder etwas beruhigt hatte. »Übrigens will Herr Timpe sich persönlich darum kümmern, damit wir die fehlenden Unterlagen noch heute bekommen. Wenn das klappt, schaffen Sie es bis morgen um vierzehn Uhr, sie für die Konferenz aufzubereiten?«

»Wenn die Unterlagen nicht erst um fünf da sind, ja. Dann komme ich morgen früh etwas zeitiger, das passt dann schon.«

»Noch zeitiger?«, fragte Motschmann verwundert.

»Ja, wenn ich um sieben da bin, müsste es reichen.«

»Überarbeiten Sie sich nicht.«

»Das wird schon nicht vorkommen«, sagte Lara lachend, nahm ihre Tasse in die Hand und trank den Kaffee, den sie ihrer Figur zuliebe nur schwarz trank, leer.

Anja Köhler saß im Raucherraum und atmete erleichtert auf, als Patricia die Tür geräuschvoll hinter sich ins Schloss fallen ließ. Sie arbeitete im Bürotrakt neben dem Schreibbüro und bekam so Patricias Ausfälle oft mit. Denn Patricia brüllte oftmals aus nichtigem Anlass los. Manchmal dachte Anja mitleidig an Silke Jansen, Janika Senger und auch an Sibylle Lautenschläger, die seit drei Wochen das Schreibbüro verstärkte. Genüsslich an ihrer Zigarette ziehend legte sie ihre Beine auf den nächstbesten Stuhl, da sie ihr wehtaten. Sie hatte eine Verletzung am Fuß, die nur langsam verheilte, sodass sie zurzeit nur mühsam laufen konnte.

Hoffentlich wird mein Fuß bald wieder besser, dachte sie, als die Tür erneut aufging.

»Oh, hallo Anja«, sagte Silke Jansen und ließ sich neben ihr nieder. Vorsichtig öffnete sie ihr neues goldfarbenes Zigarettenetui und nahm eine Zigarette heraus.

»Du hast ja ein tolles Etui«, sagte Anja.

»Ja, es sieht wirklich klasse aus«, bestätigte Silke. »Das

haben mir meine Eltern mitsamt dazugehörigem Feuerzeug zum Geburtstag geschenkt.«

»Ach Silke, entschuldige. Ich habe ja ganz vergessen, dir zum Geburtstag zu gratulieren; du hattest ja am Samstag. Das tue ich jetzt, bevor ich es wieder vergesse: Herzlichen Glückwunsch nachträglich.«

»Danke.«

»Sag mal«, sagte Anja, »die Gerüchteküche brodelt ja ganz schön.«

»Wie meinst du das?«

»Na ja, es wird gemunkelt dass … Ach, ich weiß nicht, ob ich etwas sagen soll, eine Klatschbase reicht eigentlich schon.«

»Das ist zwar richtig, aber zu mir kannst du es ruhig sagen. Da ist alles in guten Händen, ich erzähle nichts weiter«, sagte Silke aufmunternd und dachte: Ich kann schweigen wie ein Grab.

»Also«, begann die dunkelhaarige Anja stockend: »Als ich vorhin hier reinkam, saß Patricia schon an diesem Tisch. Sie grinste mich an, als ob sie sagen wollte: Auf dich habe ich gerade gewartet. Ich wäre am liebsten gleich wieder gegangen, aber das hätte zu blöd ausgesehen. Am Ende hätte die noch verbreitet, dass ich Angst vor ihr habe.«

»Ja, das würde Patricia ähnlich sehen«, sagte Silke und hoffte, dass Anja endlich zum Thema kommen würde.

Das kam sie dann auch, denn auf einmal platzte es aus Anja heraus: »Stell dir vor, da hat mir Patricia doch glatt erzählt, der Motzer hätte Lara gefeuert. Das kann ich gar nicht glauben. Ist da was dran?«

»Glaub das nicht, es ist Quatsch«, sagte Silke. Diese Person, oh, ich könnte Patricia glatt erwürgen, dachte sie. Wie kann sie Lara so etwas antun? Die Arme so dem

Gespött preiszugeben. Ich muss Lara unbedingt eine Nachricht zukommen lassen.

Zu Anja gewandt sagte sie rasch: »Da müssen wir aber etwas unternehmen. Ich überlege mir eine Taktik, wie wir Patricia beikommen können.«

»Ja, mach das.«

Silke stand auf. »Entschuldige Anja, ich muss weiter. Wir haben im Moment alle Hände voll zu tun. Ein Rundschreiben an alle unsere Kunden muss bis Ende der Woche raus.«

»Geht mir nicht anders«, sagte Anja schnell, »ich ersticke auch in Arbeit.«

Die beiden Frauen verließen gemeinsam den Raum, gingen zum Aufzug und fuhren in den vierten Stock, wo sich ihre Arbeitsplätze befanden. Sie verabschiedeten sich vor Anjas Büro. Kaum war die Tür hinter ihr ins Schloss gefallen, machte Silke kehrt. Sie fuhr in die fünfte Etage und steuerte das Vorzimmer zu Herrn Motschmanns Büro an. Sie drückte die Klinke herunter und wunderte sich, warum abgeschlossen war.

»Komisch«, murmelte sie vor sich hin, »was ist denn hier los?«

Hat Lara schon Feierabend gemacht?, dachte sie verwundert. Nein, das ist Unfug, Lara ist immer eine der Letzten, die gehen. Na ja, kann man nichts machen.

Sie ging durch das Treppenhaus in den vierten Stock zurück und kam gerade noch rechtzeitig im Schreibbüro an, um zu sehen, wie Patricia etwas in einen Schrank wegschloss. Instinktiv blieb sie stehen und sah etwas genauer hin. Sie erkannte die Unterlagen auf Anhieb.

Das ist ja das Material, auf das Lara so dringend wartet, dachte sie und verhielt sich weiterhin ruhig.

Da Patricia ihr den Rücken zugewandt hatte, hatte sie Silke noch nicht bemerkt und fühlte sich völlig unbeobachtet. Sie lachte leise auf und versteckte den Schrank-schlüssel in der alten Kaffeebüchse, die Löcher hatte und deshalb schon seit Ewigkeiten nicht mehr benutzt wurde.

Im Grunde hatte Patricia den Zeitpunkt ihrer Aktion gut gewählt, denn Janika würde noch eine ganze Weile mit den Rundschreiben im Kopierraum beschäftigt sein. Außerdem war Sibylle Lautenschläger, die Neue, an diesem Nachmittag im zweiten Stock, um von einem Sachbearbeiter etwas Hintergrundwissen vermittelt zu bekommen. Es grenzte übrigens an ein Wunder, dass Patricia Sibylle in den drei Wochen, die diese nun da war, noch nicht als Opfer für ihre Bosheiten entdeckt hatte. Was Patricia damit bezweckte, das konnte keiner sagen.

Silke fuhr aus ihren Gedanken hoch, als sie hinter sich ein leises Rascheln vernahm. Sie drehte sich um, sah Herrn Timpe näher kommen, legte den Finger auf den Mund und deutete ihm so an, leise zu sein. Er verstand sofort und beide zogen sich zurück, bevor Patricia sich umdrehte.

Draußen auf den Flur berichtete Silke, was sie beobachtet hatte und Wolfgang Timpe sagte: »Kommen Sie mal kurz mit, Frau Jansen.«

Sie folgte ihm zum Büro von Herrn Motschmann. Herr Timpe wollte die Tür zum Vorzimmer öffnen, musste aber feststellen, dass das unmöglich war.

»Nanu«, sagte er, »was ist denn hier los? Warum schließen die neuerdings ab? Sitten sind das.«

»Vielleicht ist ja heute ausnahmsweise keiner mehr da?«, gab Silke zu bedenken.

»Kann eigentlich nicht sein«, sagte Timpe. »Vor nicht mal einer halben Stunde habe ich Motschmann im dritten Stock getroffen. Da hat er nichts davon gesagt, dass er gleich gehen wollte.«

»Na, mal sehen«, sagte Silke und klopfte an.

Nur eine Sekunde später hörte man, wie sich im Vorzimmer jemand eilig erhob, und wenig später öffnete Lara Bräunig die Tür. Silke und Herr Timpe traten ein und nur wenige Augenblicke später erschien Motschmann an der Tür zwischen dem Vorzimmer und seinem Büro.

»Darf man bei euch eintreten?«, fragte Timpe und grinste sein Gegenüber an.

»Natürlich, kommt nur herein«, sagte Emil Motschmann ebenfalls grinsend.

Lara schloss die Tür hinter den beiden schnell wieder zu und sagte zu Silke: »Bis auf Weiteres wirst du dich daran gewöhnen müssen, zu klopfen oder noch besser dich vorher anzumelden. Es sollen zwar eine Sprechanlage und ein Türöffner montiert werden, aber das kann einige Wochen dauern. Bis dahin muss es so gehen.«

»Ja«, fügte ihr Chef hinzu, »jetzt weht hier ein anderer Wind.«

»Aber wieso denn das, Herr Motschmann?«, fragte Timpe.

»Wir mussten leider zu solch rabiaten Mitteln greifen. Es ging nicht mehr anders. Schließlich müssen wir hier irgendwann ja auch mal was arbeiten.«

»Das stimmt«, pflichtete Lara ihm bei, »ich komme ja zu keiner Arbeit mehr. Immerzu steht jemand hinter mir und dieser jemand heißt Patricia.«

»Das Problem kennen wir auch und haben das gerade eben einmal in umgekehrter Richtung ausprobiert«, sagte Wolfgang Timpe grinsend. »Das war wirklich sehr aufschlussreich.«

»Wie bitte?«, fragte Motschmann und Lara sah den Chef ihrer Kollegin verständnislos an.

»Um es gleich vorwegzunehmen«, sagte Herr Timpe, »die Unterlagen, die Sie so dringend brauchen, sind da. Sie sind in einem Schrank eingeschlossen. Und nun raten Sie mal, wen Frau Jansen dabei erwischt hat, als sie die Papiere weggeschlossen hat?«

»Frau Pletsch?«

»Ganz genau. Ich weiß zwar nicht, welches Süppchen diese Frau nun wieder kocht, aber wir müssen schnell handeln, bevor sie die Unterlagen an einen anderen Ort schaffen kann.«

»Meinen Sie, da steckt etwas Schwerwiegendes wie zum Beispiel die Konkurrenz dahinter?«, fragte Motschmann erschrocken.

»Bei jeder anderen Person hätte ich sofort diesen Gedanken gehabt, aber bei Frau Pletsch? Nein, bei dieser Frau ist es reine Bosheit, da wette ich drauf.«

»Ihr Wort in Gottes Ohr, Herr Timpe, hoffen wir, dass es so ist. Aber wir müssen dennoch sofort handeln.«

»Dazu fällt mir etwas ein«, begann Silke Jansen zu sprechen und die anderen sahen sie fragend an. »Ich könnte doch so tun, als wollte ich gerade aus diesem Schrank etwas holen, suche dann aber den Schlüssel. So können wir sie vielleicht überrumpeln.«

»Eine gute Idee«, lobte Timpe. »Kommen Sie, Frau Jansen, je eher wir es hinter uns bringen, umso besser ist es.«

Schnell verließen die beiden Herrn Motschmanns Vorzimmer. Über die Schulter rief Wolfgang Timpe seinem Kollegen zu: »Bleiben Sie noch einen Moment hier. Wenn wir zu viert da unten auftauchen, riecht die Pletsch Lunte. Wir fädeln das Ganze unten ein. Kommen Sie in zehn Minuten runter. Dann können Sie beide als Zeugen dazustoßen. Mein Gott, wie weit ist es gekommen, dass eine einzige Person die ganze Firma tyrannisieren kann!«

Rasch gingen Wolfgang Timpe und Silke Jansen zum Schreibbüro, wo sie gerade noch mitbekamen, wie Patricia Pletsch Janika Senger ankeifte, wo denn nun die Unterlagen für das Büro Motschmann abgeblieben seien.

»Ich habe Ihnen die Unterlagen gegeben, Frau Senger, und nun sind sie weg; wie vom Erdboden verschwunden!«

Janika saß an ihrem Schreibtisch und heulte Rotz und Wasser. Sie konnte sich gar nicht beruhigen und glaubte selbst schon fast, die Unterlagen verschlampt zu haben. Schnell trat Silke hinzu und beruhigte die Auszubildende, indem sie das Mädchen kurzerhand in den Arm nahm. Währenddessen ergriff Herr Timpe das Wort und beauftragte Frau Pletsch, einen Kaffee zu kochen.

Patricia drehte sich ruhig zu ihrem Chef um und meinte grinsend: »Ich bin nicht Ihr Dienstbote. Wenn ich einen Kaffee trinken möchte, dann koche ich mir einen. Es steht Ihnen selbstverständlich frei, das auch für sich zu tun.«

Bevor Wolfgang Timpe, der blutrot angelaufen war, etwas sagen konnte, schaltete Silke sich ein: »Dann werde ich Kaffee kochen.«

Sie trat zu der großen Schrankwand, die sich über den ganzen Raum erstreckte, und wollte die Tür aufschließen. Da es für sie keine Überraschung mehr war, dass der Schlüssel nicht steckte, fragte sie möglichst harmlos: »Frau Pletsch, der Schlüssel zu diesem Schrank liegt doch noch in der alten Kaffeedose?«

Im erstem Moment stutzte Patricia, aber sie hatte sich schnell wieder unter Kontrolle. »Ja, natürlich«, sagte sie. »wo sonst?«

Silke ging zur Kaffeemaschine und bereitete sie vor. In der Zwischenzeit hatte Janika Wasser geholt und eingefüllt. Während der Kaffee durchzulaufen begann, nahm Silke die alte Kaffeebüchse und holte den Schlüssel heraus. Mit flinken Schritten ging sie zum Schrank hinüber und schloss auf.

»Ach, hier liegst du, dich hab ich schon so lange vermisst!«, rief Silke ehrlich überrascht aus, als sie ihren wertvollen Kugelschreiber entdeckte, den sie schon seit Wochen suchte, und hielt ihn hoch.

Patricia Pletsch zeigte keine Regung, aber Wolfgang Timpe stieg langsam erneut die Zornesröte ins Gesicht. Welche Überraschungen hatte die Pletsch noch zu bieten? Am Ende hielt sie auch sein goldenes Feuerzeug unter Verschluss, das er von seiner Frau zur Silberhochzeit bekommen hatte und schon seit Tagen suchte. Mühsam hielt er sich zurück, um nicht nachzusehen.

Nur einen Augenblick später schrie Silke plötzlich laut: »Nein!«

»Was ist denn, Frau Jansen?«, fragte Timpe, obwohl er es ganz genau wusste. Er eilte zu ihr.

»Hier, sehen Sie mal, Herr Timpe. Da, in dieser Mappe, das sind doch tatsächlich die Unterlagen, auf die Frau Bräunig so dringend wartet!«

Janika sah überrascht auf. Patricia Pletsch wollte sich klammheimlich aus dem Staub machen, kam aber nicht sehr weit, denn in diesem Augenblick tauchten Motschmann und Lara im Türrahmen auf und versperrten ihr den Weg.

»Halt! Hier geblieben!«, fuhr Timpe seine Untergebene an. »Weglaufen nützt nichts. Die Sache wird auch so ein Nachspiel für Sie haben!« Er wandte sich an die anderen: »Kommen Sie doch bitte mit in mein Büro, wir klären das Ganze jetzt.«

Kaum waren alle in Wolfgang Timpes Büro angekommen, da maß er Patricia Pletsch mit einem langen und stechenden Blick, der nichts Gutes verhieß, und sagte ruhig: »Das Abhauen hätte Ihnen nichts genützt. Ganz im Gegenteil, es hätte Ihre Lage nur verschlimmert. Denn dass Sie ungeschoren aus der Sache herauskommen, brauchen Sie sich nicht einzubilden.« Er warf einen Blick auf Janika. »Ach, Frau Senger, seien Sie doch so nett und holen den Kaffee. Es wäre schade, wenn er jetzt kalt würde.«

»Aber natürlich, Herr Timpe«, sagte Janika und stand auf.

»Warte, ich helfe dir und hole Tassen«, rief Silke und folgte ihrer Kollegin.

Lara tat es ihr gleich, denn sie hatte bemerkt, dass die Herren Timpe und Motschmann gern einige Takte allein mit Patricia geredet hätten.

Kaum hatten die drei den Raum verlassen, da fragte Herr Timpe: »Frau Pletsch, was haben Sie sich dabei gedacht, die Akten verschwinden zu lassen? Dass Sie boshaft gegen nahezu jeden sind, ist ja bekannt. Aber das hier hat eine andere Qualität.«

Anstatt zu antworten, sah Patricia ihren Chef stumm und unsicher an, was mit Sicherheit schon jahrelang nicht mehr vorgekommen war.

»Ja, schweigen Sie nur, abstreiten würde ohnehin nichts nutzen. Ihre Schuld steht zweifelsfrei fest, ich habe Sie beobachtet«, sagte Timpe gerade, da kamen die drei Kolleginnen mit dem Kaffee und sechs Tassen zurück.

Patricia Pletsch machte Anstalten, sich am Tisch niederlassen, doch Timpe schüttelte den Kopf. »Frau Pletsch, Sie werden im Moment nicht gebraucht, Sie können gehen. Nachher, in einer halben Stunde, hole ich Sie dazu. Dann reden wir über alles. Halten Sie sich bitte bereit!«

Angesichts dieser Demütigung stieg Patricia die Zornesröte ins Gesicht, sie drehte sich um, ging zur Tür und pfefferte diese hinter sich zu.

»Soll ich auch gehen?«, fragte Janika Senger.

»Nein, wieso? Sie sind doch die, die am meisten unter dieser Person zu leiden hat. Sie haben sich Ihren Kaffee redlich verdient.«

Dann schenkte Wolfgang Timpe allen Anwesenden ihre Kaffeetassen voll und fragte Motschmann: »Emil, reicht Ihnen die Zeit noch bis zur Konferenz?«

»Ja«, sagte Motschmann und lehnte sich gemütlich zurück, »ich habe es geschafft, den Vorstand von Hitzbrandt und Co. davon zu überzeugen, dass eine Konferenz am Samstag Morgen nur Vorteile hätte. Das heißt, die Konferenz findet nicht mehr Freitag, vierzehn Uhr, sondern am Samstag Morgen um zehn Uhr statt. Frau Bräunig, haben Sie da Zeit?«

»Aber ja«, antwortete Lara.

»Das ist schön. Dafür können Sie heute pünktlich Feierabend machen.«

# Kapitel 4

Im nahe gelegenen Gasthaus »Zur Traube«, in das schon ganze Generationen von Mitarbeitern der Norddeutschen Industrieversicherung geflüchtet waren, wenn es in der Kantine einmal wieder nichts Gescheites gab, herrschte an diesem Freitagmittag gähnende Leere. Kein Wunder, denn die beliebte Gaststätte war fast ein Jahr lang geschlossen gewesen, nachdem der alte Besitzer plötzlich verstorben war. Missmutig stand Willi Niemandt, der neue Wirt, hinter dem Tresen und wartete darauf, dass endlich jemand kam. Er hatte versucht, seinen Frust mit zwei mächtigen Gläsern Bier hinunterzuspülen, aber es half nichts, er starrte missmutig auf die geschlossene Eingangstür. Seine Frau Therese war weit weniger pessimistisch als ihr Mann, doch fragte auch sie sich so langsam, für wen sie eigentlich Tag für Tag in ihrer Küche ausharrte und Speisen vorbereitete, die dann doch niemand bestellte. Dennoch war sie tief in ihrem Inneren davon überzeugt, dass irgendwann die Wende zum Besseren kommen würde – ganz im Gegenteil zu ihrem Willi. Der brummte den ganzen Tag vor sich hin und gab kaum Antwort, egal, was man ihn fragte.

»Langsam müsste sich doch rumgesprochen haben, dass das Lokal wieder geöffnet ist«, rief er seiner Frau zu.

Froh, dass er endlich sein Schweigen gebrochen hatte, antwortete sie: »Das denke ich eigentlich auch. Jetzt sind wir immerhin schon fast zwei Monate hier.«

»Ja, vor vier Monaten sind wir aus München in dieses Kaff gezogen und so langsam müssten wir mal was einnehmen.«

»Kaff ist gut«, lachte seine Frau, eine blonde, stämmige und resolut wirkende Mittvierzigerin, der man die bayerische Abstammung nicht nur ansah, sondern auch anhörte. Irgendwie konnte sie ihren Mann ja verstehen, der dieses Haus samt Lokal von seinem Vater geerbt hatte. Seine Familie war immer eine Wirtsfamilie gewesen. Willi war in Hannover geboren. Als er siebzehn Jahre alt war, hatte sein Vater dieses Haus in Kahlenfurth gekauft, die gepachtete Wirtschaft am Kröpcke in Hannover aufgegeben und war mitsamt seiner Familie hierher gezogen. Willi wurde es in der Kleinstadt schnell zu eng und er ging nach München. Dort lernte er seine Resi kennen, die als Kellnerin im Hofbräuhaus jobbte. Es dauerte keine zwei Jahre, da waren sie verheiratet und hatten ihre eigene, wenn auch gepachtete Gaststätte in der Rosenheimer Straße, unweit der Isar. Dann war eines Morgens der Anruf gekommen, sein Vater, der schon fast achtzig gewesen war, sei gestorben und hätte ihm das Haus hinterlassen. Also waren sie hierher gezogen.

»Resi, was ist? Träumst du?«, riss Willi seine Frau recht unsanft aus ihren Gedanken.

»Nein, ich hab nur über etwas nachgedacht.«

»Worüber?«

»Über früher.«

»Ja, da war es besser als in diesem Kaff.«

»Du mit deinem Kaff. So klein ist Kahlenfurth doch gar nicht. Mit allen Stadtteilen hat es fast sechzigtausend Einwohner. Und immerhin hat es eine Straßenbahn, die sogar direkt vor dem Lokal hält. Das ist doch gut für gehbehinderte Gäste oder solche ohne Führerschein.«

»Du hast ja recht«, gab Willi zu, »aber mir stinkt es einfach, dass wir an manchen Tagen nicht einmal zwanzig Gäste haben. Außerdem musst du mir nicht ständig vorhalten, dass sie mir vor vier Wochen den Führerschein abgenommen haben.«

In diesem Moment ging die Tür auf und ihre Tochter Nadine betrat die Gaststube.

»Nanu, du bist ja heute schon zu Hause«, wunderte sich ihre Mutter.

»Ja«, sagte Nadine, »die letzten beiden Stunden sind ausgefallen.«

»Schon wieder«, ärgerte sich Willi, »wie sollt ihr Kinder denn etwas lernen, wenn andauernd der Unterricht ausfällt? In München hätte es einen solchen Schlendrian nicht gegeben.«

Nadine hörte schon gar nicht mehr richtig auf das, was ihr Vater so alles von sich gab, denn sie hatte sich im Gegensatz zu ihm prächtig hier eingelebt. Sie warf ihre Schultasche in die Ecke, dass die Bücher Kopfweh bekamen, und schlüpfte auf die Bank neben dem Eingang, ihrem Lieblingsplatz. Kurz darauf brachte ihre Mutter ihr das Mittagessen und sie aß es mit großem Appetit auf. Gerade als Nadine das Geschirr in die Küche zurückbrachte, ging die Gaststubentür auf.

Drei junge Männer kamen herein und bestellten jeder ein kleines Bier. Therese, die voller Freude aus der Küche gekommen war, nahm die Bestellung auf und brachte den Männern die Speisekarte. Als sie an die Bar zu ihrem Mann kam, der gerade die Biere zapfte, raunte sie ihm zu: »Jetzt geht's los. Drei auf einmal, das ist Rekord.«

»Hoffentlich hast du recht«, brummte Willi und übergab ihr das Tablett mit den Gläsern.

Am Tisch machte sich unterdessen ausgelassene Stimmung breit. Bernhard Diener sagte zu seinem Kumpel Daniel Fischbacher, der von allen Kollegen nur Daniel Düsentrieb genannt wurde, weil er immer dort auftauchte, wo ihn keiner erwartete: »Mal gucken, was es Gutes gibt. Ich habe nämlich einen Bärenhunger.«

Daniel Fischbacher hatte sich bereits für das Zigeunerschnitzel mit Pommes und Salat entschieden. Kurz darauf kam der Wirt und nahm ihre Bestellungen auf. Bernhard nahm das Gleiche wie Daniel, allerdings ohne Salat, wie er lachend erklärte. Günther Liebisch, der Dritte im Bunde, nahm das Cordon Bleu mit Pommes, aber mit Salat. Außerdem verlangten alle drei nach einer neuen Runde Bier.

Als Willi sich entfernt hatte, fragte Daniel spöttisch: »Warum willst du denn keinen Salat, Bernhard? Bist du krank?«

»Ach, weißt du, Daniel, meine Uschi ist zurzeit auf dem Fitnesstrip. Jeden Abend setzt sie mir eine riesige Schüssel Salat vor, sonst nichts. Ehrlich gesagt, ich kann das Hasenfutter so langsam nicht mehr sehen.«

»Seit wann geht das so?«, fragte Daniel betroffen.

»Seit drei Wochen.«

»Wie?«, entfuhr es Günther postwendend. »Deine Uschi setzt dir nur Salat und nicht auch mal ein saftiges Steak vor?«

»Nein. Und jetzt mach mir den Mund nicht wässrig«.

»Ach du Ärmster«, sagte Günther, »du kannst einem ja richtig leid tun.«

»Also ich«, bemerkte Daniel grinsend, »würde meiner Kerstin den Salat an den Kopf werfen.«

»Deine Empfehlung kommt ein bisschen spät«, sagte Bernhard trocken. »Was glaubst du wohl, was ich getan habe? Aber leider ging der Schuss nach hinten los.«

»Wieso denn das?«, fragte Daniel staunend.

»Nun«, begann Bernhard fast schon zerknirscht, »meine Uschi hat prima mitgespielt.«

»Wie denn das?«, fragte nun auch Günther interessiert. »Du willst uns doch nicht erzählen, dass ihr euch mit Salatschüsseln beworfen habt?«

»Nein, das nicht gerade, aber als ich den Salat warf, duckte sich Uschi seitlich weg. Deshalb knallte die Schüssel, die Gott sei Dank aus Plastik war, gegen die Wand. Unglücklicherweise war der Salat mit rötlicher Soße angemacht. Wie gut die sich an einer weißen Wand macht, könnt ihr euch ja sicher denken. Ich kam am vergangenen Wochenende leider nicht umhin, die ganze Küche neu zu tapezieren. Aber das Schlimmste daran war, dass meine Uschi mit verschränkten Armen dabeigestanden und keinen Finger gerührt hat. Hinterher haben wir gelacht und uns wieder versöhnt.«

»Aber vorher hat nur deine Uschi gelacht«, sagte Günther grinsend, »denn dass sie so schnell zu einer frisch renovierten Küche kommt, hätte sie bestimmt nicht gedacht.«

Diesen Gedanken fanden sie alle so erheiternd, dass sie grölten vor Lachen und selbst Willi Niemandt sich genötigt fühlte, zu fragen, was es denn zu feiern gebe. Kurz darauf brachte seine Frau das Essen. Sofort verstummte das Gelächter. Die Männer machten sich über das Essen her, als wenn sie schon wochenlang nichts mehr bekommen hätten.

Gerade als Bernhard sagte: »Es schmeckt richtig gut hier, wir können jetzt wieder öfter hierher zum Essen gehen«, ging die Tür auf und Patricia Pletsch trat ein.

Sie setzte sich unaufgefordert und trotz der genervten Blicke, die ihr bereits entgegengeschleudert wurden, zu den Männern an den Tisch und bestellte eine Cola Light.

»Oh nein!«, rief Günther theatralisch aus. »Was macht die denn schon wieder hier?«

»Was wohl, nerven«, sagte Daniel und fügte hinzu: »Aber das Essen lasse ich mir von dieser Person nicht verderben.«

»Da hast du recht«, sagte Bernhard Diener, der vom Typ her tatsächlich einem gemütlichen, dicken Bernhardiner glich.

Patricia Pletsch störte es nicht im Geringsten, dass sie so offensichtlich unwillkommen war. Sie nippte an ihrer Cola, holte sie sich dann einen Aschenbecher von einem Tisch am anderen Ende des Raumes und zündete sich eine Zigarette an. Dabei ignorierte sie großzügig, dass außer in dem kleinen Nebenraum im gesamten Lokal Rauchverbot herrschte und ihre Tischnachbarn noch aßen.

Während Bernhard und Günther Patricias Launen ignorierten, begann Daniel, der einzige Nichtraucher am Tisch, lautstark zu protestieren: »Na hör mal, Patricia, so geht das aber nicht! Wir haben dich nicht gebeten, dich zu uns an den Tisch zu setzen. Außerdem siehst du, dass wir essen. Also mach endlich deine blöde Zigarette aus. Das verdirbt mir den ganzen Appetit.«

»Was kann ich dafür, dass du einen empfindlichen Magen hast«, sagte Patricia äußerlich ruhig, aber wenn man sie besser kannte, bemerkte man doch, dass sie innerlich bereits wieder zu kochen begann.

Um des lieben Friedens Willen schaltete sich nun Günther ein. »Patricia, du hast es gehört, wir wünschen nicht, dass am Tisch geraucht wird, solange wir essen. Außerdem sitzt du hier im Nichtraucherbereich. Wenn du nicht willst, dass der Wirt dich rausschmeißt, mach besser deine Zigarette aus.«

Seine Mahnung wirkte. Sichtlich genervt drückte Patricia ihre Zigarette aus und nahm dafür einen mäch-

tigen Schluck aus ihrem Glas. Dann sah sie auf ihre prot-
zige Armbanduhr und dachte: Na ja, genug Zeit bleibt
mir ja noch, bis ich zu Timpe, diesem Blindgänger, zum
Diktat kommen soll. Ich bin die Leiterin des Schreibbüros und nicht seine Privatsekretärin. Der ist bloß zu
faul, um selbst zu schreiben.

Dass sie sich geirrt hatte und schon längst hätte da
sein sollen, bemerkte sie nicht. Deshalb ließ sie sich von
der Wirtin den Weg zur Toilette zeigen und verschwand
darin erst einmal.

In der Zwischenzeit waren die anderen mit dem Essen
fertig geworden und als der Wirt kam, um den Tisch
abzuräumen, drängten sie darauf, gleich bezahlen zu
dürfen. Willi erfüllte ihnen den Wunsch und es dauerte keine zwei Minuten, da waren die drei verschwunden. Das Wirtspaar ahnte, dass der überstürzte Auf-
bruch mit der nervigen Person draußen auf der Toilette
zusammenhing und sie grinsten sich an, als sie von dort
zurückkam.

Patricia fiel fast die Kinnlade herunter, so erstaunt war
sie, eine leere Gaststube vorzufinden. Na wartet, dachte
sie, das habt ihr nicht umsonst gemacht. Ihr werdet euer
blaues Wunder schon noch erleben.

Sie bezahlte rasch und verließ die Gaststätte.

Aber die Einzige, die ein blaues Wunder erlebte, war Patricia selbst, denn ihr Chef, für den sie selbstverständlich
auch Sekretärin war, erwartete sie seit fast einer halben
Stunde zum Diktat. Herr Timpe hatte schon Silke Jansen zum Raucherraum und zur Toilette geschickt, um
nach Patricia zu sehen, aber Silke war schon vor einigen
Minuten zurückgekommen und hatte gemeldet, dass sie
Patricia nirgends finden könne. Wolfgang Timpe kochte
vor Wut. »Das hat doch alles keinen Sinn mehr«, mur-

melte er vor sich hin und sagte etwas zu scharf zu Silke: »Schicken Sie Frau Pletsch zu mir rein, sobald sie auftaucht.«

Silke sah ihren Chef verwundert an und Timpe meinte versöhnlich: »Entschuldigen Sie bitte, wenn ich Sie eben angefahren habe. Sie können ja nichts dafür; aber diese Frau raubt mir den allerletzten Nerv.«

»Ist schon okay«, sagte Silke und wandte sich zum Gehen. Dabei murmelte sie so leise, dass es ihr Chef nicht hören konnte: »Mir auch.«

Sie ging wieder an ihre Arbeit und da sie genug zu tun hatte, hatte sie Patricia bald vergessen. Das war auch nicht allzu schwierig, denn es dauerte noch einmal mehr als eine halbe Stunde, bis Patricia im Büro erschien. Noch bevor Silke etwas zu ihr sagen konnte, nahm sie ihren Stenoblock und macht sich auf den Weg zum Büro ihres Chefs. Was dann folgte, konnte man durch die nur angelehnte Bürotür mühelos verfolgen. Patricia, die sich ihrer Verspätung in keiner Weise bewusst war, schlenderte zu Timpes Büro und trat wie immer ohne anzuklopfen ein. Aber statt eines Vorgesetzten, der etwas diktierte, empfing sie ein Wolfgang Timpe, der so laut brüllte, wie ihn in diesem Gebäude noch nie jemand brüllen gehört hatte.

»Frau Pletsch«, schrie er los, »was bilden Sie sich eigentlich ein, wer Sie sind! Wenn ich Sie um dreizehn Uhr zu einem Diktat bestelle, dann hat das einen Grund. Der Brief musste um vierzehn Uhr per Kurier raus. Aber jetzt mal zu gestern. Was Sie sich da mit den Unterlagen für Frau Bräunig geleistet haben, war schon ein starkes Stück!«

»Aber ...«, begann Patricia kleinlaut, denn sie merkte, das nun ein anderer Wind wehte.

»Jetzt rede ich!«, fuhr ihr Timpe über den Mund und schrie weiter. »Bis vorhin war ich der Meinung, man sollte das als übermütigen Schabernack werten und einfach vergessen, wenn nichts Vergleichbares mehr vorkommt. Aber nun scheint es Ihnen nicht mehr zu reichen, Ihre Kollegen zur Weißglut zu bringen. Jetzt gehen Sie schon an Ihre Vorgesetzten. So kann es nicht weitergehen!«

»Ich weiß gar nicht, was Sie wollen, ich hab doch nichts gemacht«, sagte Patricia und sah dabei so unschuldig aus, dass jeder Unbeteiligte, der sie nicht kannte, sofort auf ihrer Seite gewesen wäre.

Nicht so Herr Timpe; ihm platzte der Kragen endgültig. »So, jetzt reicht's. Hiermit bekommen Sie eine Abmahnung. Schriftlich geht sie Ihnen morgen zu. Und beten Sie, dass der Brief, den ich Ihnen diktieren wollte, noch rechtzeitig ankommt. Denn wenn nicht, dann haben wir eine Einspruchsfrist versäumt. Das heißt, dann folgt automatisch Abmahnung Nummer zwei. Was das für Sie bedeutet, wissen Sie selbst. Außerdem werden Sie Frau Jansen, Frau Lautenschläger und allen voran Frau Senger ab sofort in Ruhe lassen, sonst kann ich für nichts garantieren. Ich hoffe für Sie, dass Sie es nun endlich begriffen haben. So, und nun gehen Sie mir aus den Augen, ich habe zu arbeiten.«

Patricia Pletsch kochte vor Wut und hätte am liebsten die Tür zum Chefzimmer ins Schloss geworfen, dass sie aus dem Rahmen gefallen wäre. Aber sie konnte sich gerade noch beherrschen, ging zu ihrem Schreibtisch und schaltete den Computer ein. Da ihr Chef ihr keinen Auftrag gegeben hatte, hieß das für sie, dass sie entweder liegen Gebliebenes aufarbeiten oder einen Ausflug ins Internet machen könnte. Sie entschied sich für Letzteres.

Auch Lara Bräunig saß an ihrem Computer. Aber im Gegensatz zu Patricia Pletsch arbeitete sie fieberhaft. Denn die Präsentation der Mappen für die Konferenz am Samstagmorgen war doch erheblich mehr Arbeit, als sie sich vorgestellt hatte. Aber sie würde sie auf jeden Fall fertig stellen, egal, wie spät es werden würde.

Es war schon kurz nach achtzehn Uhr, als Herr Motschmann sein Büro verließ. Als er sah, dass seine Sekretärin noch eifrig über den Unterlagen saß und auf die Tastatur einhämmerte, sagte er väterlich zu ihr: »Schluss jetzt, Frau Bräunig, für heute haben wir genug getan.«

»Ich bin fast fertig«, antwortete Lara, »ich muss noch eine Grafik erstellen und dann das Ganze in die Mappen packen, mehr ist es nicht mehr. Ich denke, um spätestens sieben kann ich gehen.«

»Den Rest können Sie doch morgen früh machen.«

»Nein, ich muss noch den Konferenzsaal vorbereiten. Oh, sch...«

»Was ist denn, Frau Bräunig?«

»Ich wollte mir ja jemanden suchen, der mir morgen hilft. Schließlich muss ich nicht nur Ihnen bei der Präsentation assistieren, sondern auch für die Bewirtung sorgen, da die Kantine am Wochenende geschlossen ist. Aber jetzt sind alle schon fort ...«

»Machen Sie sich da mal keine Gedanken. Ich habe gesehen, dass Sie hier festgenagelt sind und deshalb mit Ihrer früheren Kollegin Silke Jansen gesprochen. Sie ist morgen um neun da und übernimmt die Bewirtung.«

»Oh, danke, Herr Motschmann! Sie sind ein Schatz.«

»Nicht der Rede wert«, antwortete Motschmann und drehte sich schnell weg, damit Lara nicht sah, dass ihr Chef vor Verlegenheit rot anlief. »Also dann, bis morgen früh«, sagte er schnell und verließ das Büro.

Wie der das nur macht? fragte sich Lara, als ihr Chef gegangen war. Hatte dieser Typ doch glatt Silke für morgen engagiert. Genauso, wie sie es auch getan hätte. Eine bessere Wahl hätte er nicht treffen können.

Am nächsten Morgen war Lara schon vor acht Uhr im Büro. Zu ihrer Verwunderung war auch Emil Motschmann schon da.

»Guten Morgen«, grüßte er freundlich und nahm eine der Mappen zur Hand, die Lara vorbereitet hatte. Nachdem er eine Weile darin geblättert hatte, sagte er: »Gute Arbeit. Haben Sie auch alles andere schon fertig?«

»Ja, es ist alles schon im Konferenzraum und der Beamer ist auch aufgebaut. Das hat der Hausmeister gestern schon gemacht.«

»Prima. Dann kann es ja losgehen. Sagen Sie Frau Jansen, sobald sie kommt, dass sie zwei große Kannen Kaffee kochen soll. Immerhin kommen von Hitzbrandt und Co. zehn Leute. Sobald die da sind, soll sie jedem eine Tasse einschenken. Ach ja, wenn die ganze Sache reibungslos über die Bühne geht, bekommen Sie und Frau Jansen zwei Tage Sonderurlaub. Das habe ich mit Herrn Timpe bereits abgeklärt.«

»Das wäre aber nicht nötig …«

»Doch das ist nötig«, unterbrach sie Motschmann. »Denn wenn Sie und Frau Jansen nicht so gut Hand in Hand gearbeitet hätten, wäre der Termin geplatzt. So etwas muss belohnt werden. Wollen wir froh sein, dass diese Pletsch wenigstens heute nicht anwesend ist.« Er zwinkerte Lara noch einmal zu und verschwand in seinem Büro.

Mit seinen letzten Worten hatte Emil Motschmann sich aber mächtig getäuscht. Denn Patricia Pletsch war anwesend. Sie hatte es tatsächlich geschafft, am Portier vorbei ins Gebäude zu kommen. Danach war sie gleich in die Toilette im ersten Stock gegangen, um nachzudenken, wie sie die Versammlung sabotieren und es

Silke in die Schuhe schieben könnte. Schließlich gab sie ihr und dieser Bräunig die Schuld dafür, dass Timpe sie auf dem Kieker hatte. Als sie erfahren hatte, dass beide anwesend sein würden, war ihr klar, was sie zu tun hatte.

Kurz bevor die Konferenz begann, tranken Silke und Lara noch einen Kaffee zusammen, dann ging Lara zur Toilette, um für die Konferenz, die unter Umständen drei oder vier Stunden dauern würde, gerüstet zu sein. Als sie die Toilettentür öffnete, sah sie eine Frau, die in der Kabine verschwand. Für einen Moment hatte sie den Eindruck, dass es Patricia Pletsch war.

»Ach Quatsch, das kann doch gar nicht sein, vielleicht war es die Putzfrau«, sagte sie halblaut zu sich selbst, »Lara, jetzt siehst du schon Gespenster.«

Wenige Minuten später, Lara hatte bereits ihre Hände gewaschen und wollte gerade die Toilette verlassen, fiel ihr Blick auf eine leere Tablettenschachtel, die auf dem Waschbeckenrand lag. Fast unwillkürlich las sie den Namen und dachte: Aufputschmittel, dazu ein ganz schöner Dampfhammer. Da muss jemand aber ziemliche Probleme haben. Ob die der Frau gehören, die vor mir in die Toilette gegangen ist?

Sie sah zu der Kabine, in der die Frau verschwunden war, aber die Tür stand offen und die Kabine war leer. Hätte sie geahnt, dass es tatsächlich Patricia war, die sie gesehen hatte, sie wäre schockiert gewesen.

Aber sie hatte keine Zeit, länger darüber nachzudenken, denn in diesem Moment fiel ihr Blick auf die Armbanduhr und sie sah, dass es nur noch zwei Minuten bis zehn Uhr waren. Schnell lief sie zum Konferenzraum und sie war keine Minute zu früh dort, denn in diesem Augenblick trat die Delegation von Hitzbrandt und Co. aus dem Aufzug.

Einige Tage später war die Konferenz schon wieder Geschichte. Alles war glatt über die Bühne gegangen, obwohl Silke Jansen im Nachhinein den Eindruck hatte, dass ständig weniger Kaffee in den Kannen war, als sie gekocht hatte. Aber wie gesagt, es war alles glatt gegangen und der Vertrag unter Dach und Fach.

An diesem Morgen, es war schon wieder Donnerstag, stand Silke Jansen am Fenster ihres Büros und sah in den grauen und tristen Morgen hinaus. Die Sonne hatte sich so sehr hinter dem Nebel versteckt, dass man fürchten konnte, sie käme nie mehr hervor.

Du meine Güte, ich glaube, jetzt wird es bald Winter, dachte sie, während sie ihre Naturlocken um den Finger drehte. Das machte sie schon seit ihren Kindertagen so, wenn sie in Gedanken war, ohne es selbst recht zu bemerken. Unwillkürlich seufzte Silke kurz auf.

Janika, die etwas pummelige Auszubildende, sah ihre Kollegin an und sagte: »Wenn man da rausschaut, vergeht einem aber auch alles.«

Silke sah erstaunt zu ihr hinüber, denn das waren die ersten Worte, die sie an diesem Morgen von Janika hörte. »Ach«, sagte sie, »ich habe schon gedacht, dass du deinen Mund zu Hause in der Nachttischschublade gelassen hast.«

»Wieso?«, fragte Janika bestürzt.

»Ich meine nur, weil du heute noch keinen Ton von dir gegeben hast.«

»Muss man denn immer reden?«, murmelte Janika fragend vor sich hin, aber Silke hatte sie dennoch verstanden.

»Du hast ja recht«, sagte sie und legte ihre Hand auf Janikas Schulter. »Sag mal, geht es dir nicht gut oder hast du irgendetwas anderes? Du kannst jederzeit zu mir kommen, wenn du jemanden zum Zuhören brauchst. Du weißt, ich kann schweigen.«

»Mit jemandem reden? Ja, das wäre nicht schlecht«, sagte Janika überraschend schnell. »Hätten Sie denn mal ein bisschen Zeit für mich?«

»Aber natürlich«, sagte Silke und sah auf ihre Armbanduhr, die sie von ihrer Patentante zum Geburtstag geschenkt bekommen hatte. Ihre Mutter hatte ihr ein dazu passendes, goldenes Armband geschenkt, das sie an diesem Tag ebenfalls trug und das so gut mit ihrem bunten T-Shirt harmonierte.

»In einer halben Stunde ist Mittagspause«, sagte Silke nachdenklich, »ich überlege nur gerade, wo wir ungestört reden können und die Wände keine Ohren haben.«

»Bitte nicht hier im Büro«, sagte Janika schnell.

»Nein, nein, ganz bestimmt nicht. Aber ich habe da schon eine Idee.«

»Welche denn?«

»Kennst du das Gasthaus, schräg gegenüber?«

»Ja, aber das ist doch zu.«

»Eben nicht. Seit zwei Monaten ist es wieder geöffnet.«

»Kennen Sie das Lokal?«

»Seit es wieder auf ist, war ich noch nicht da. Früher, als der Vater des heutigen Wirtes noch lebte, war ich mal mit Lara Bräunig dort essen. Du weißt ja, dass Lara früher im Schreibbüro gearbeitet hat und wir uns recht gut verstehen, oder?«

»Ja. Sind Sie Freundinnen?«

»Freundinnen nicht gerade, aber richtig gute Kolleginnen.«

»Ja, das ist schön«, seufzte Janika.

»Wie meinst du das?«

»Ach, das erzähle ich Ihnen nachher. Gehen wir zusammen los?«

»Aber klar doch«, beeilte sich Silke zu sagen.

Die beiden Frauen erledigten schnell ihre angefangenen Aufgaben und kaum eine halbe Stunde später waren sie unterwegs.

# Kapitel 5

So, da wären wir«, sagte Silke Jansen und öffnete die Tür zur Gaststube. Sie ließ Janika den Vortritt und sah sich unauffällig nach einem Plätzchen um, wo sie ungestört plaudern konnten.

»Silke, dass man dich auch wieder mal hier sieht«, rief Bernhard Diener, den bestimmt jeder zweite Kahlenfurther kannte, zu ihr herüber. Dass er so bekannt war, kam daher, dass er so ziemlich überall und zu jeder Zeit alle möglichen Leute anquatschte. Wenn er wie jetzt zwei, drei Bierchen intus hatte, war es besonders schlimm.

»Oh, hallo, Bernhard«, grüßte Silke reserviert, denn Bernhard ging ihr meistens auf die Nerven.

Aber die kurze Antwort hatte bereits ausgereicht, um ihn auf den Plan zu rufen. »Kommt, setzt euch doch zu Daniel und mir an den Tisch!«, rief er quer durch den Raum, der an diesem Tag nicht ganz so leer wie in den letzten Wochen war. Dennoch gab es genügend freie Tische.

»Nein, nein«, erklärte Silke deshalb schnell, »heute nicht. Eure Männerwitze wollen wir nicht hören. Stimmt's, Janika?«

»Ganz genau«, sagte Janika und lief puterrot an.

Bernhard war nicht nachtragend und plauderte bereits wieder mit seinem Tischnachbarn, als Silke den idealen Platz gefunden hatte. Zielstrebig ging sie in die hinterste Ecke der Gaststätte, in der sich gemütliche Nischen mit runden Tischen sowie bequeme Bänke befanden. Dort nahmen die beiden Frauen Platz und es dauerte keine Minute, da kam der Wirt und brachte ihnen die Speisekarte.

»Was möchten die Damen denn trinken?«, fragte er.

»Ich nehme einen trocknen Weißwein«, erklärte Silke, Janika entschied sich für eine Cola.

Kaum war der Wirt gegangen, da griff Janika nach der Speisekarte und sah hinein, während Silke überlegte, ob sie überhaupt etwas essen sollte. Sie fragte Janika, was sie denn dazu meine, und die Auszubildende antwortete: »Ich kann eigentlich immer etwas essen.«

Sie mussten herzhaft lachen und man merkte, dass es beiden gut tat, mal wieder so richtig entspannt sein zu können.

»Ach ja, ich werd auch was essen«, sagte Silke und als der Wirt mit den Getränken kam, entschieden sich beide Frauen für den Grillteller.

Sie prosteten sich zu und Silke, die nicht so recht wusste, wie sie anfangen sollte, meinte: »Nach dem großen Krach mit Timpe ging es mit Patricia tatsächlich fast eine Woche lang gut. Aber seit gestern fängt sie schon wieder an zu spinnen.«

»Ich will ja nichts über Frau Pletsch sagen«, sagte Janika, »aber ihre Schikanen sind furchtbar. Ich krieg morgens schon Angstzustände, wenn ich aufstehe und weiß, dass ich ins Büro muss. Dabei habe ich mich so über den Ausbildungsplatz bei der Versicherung gefreut.« Einige Tränen begannen ihr über die Wangen zu kullern.

Silke sah das, nahm die Hand der Siebzehnjährigen und sagte voller Mitleid: »Ja, ich weiß, dass Patricia mit dir ganz besonders hart umspringt. Aber je mehr ich mich einmische, umso schlimmer wird es mit ihr. Trotzdem kann ich es kaum noch mit ansehen. Wenn ich nur wüsste, wie dieser dummen Person beizukommen ist.«

»Ja, wenn es sich denn nur um die Arbeit drehen würde, dann ginge es ja noch. Aber zu Hause ...«, schluchzte Janika erschüttert und verzweifelt zugleich.

»Wie meinst du das, Janika?«, fragte Silke und sah der Kollegin in die Augen, damit sie nicht ausweichen konnte. »Schikaniert dich Patricia auch da noch?«

»Nein, das nicht.«

»Ich dachte schon ...«, sagte Silke nur und dachte an ihre frühere Kollegin Katja, die an Patricia zerbrochen war. »Hast du private Probleme?«

»Ja, aber ich möchte Sie damit nicht belästigen.«

»Du belästigst mich nicht.«

»Wirklich nicht?«

»Nein. Ich habe dir doch angeboten, mit mir zu reden. Da gehört auch so was dazu.«

»Danke«, sagte Janika und trank einen Schluck. Dann sprudelte es auch schon aus ihr heraus: »Vor fünf Jahren, ich war gerade zwölf, hatten meine Eltern einen schrecklichen Autounfall. Mein Vater ist auf dem Weg ins Krankenhaus seinen schweren Verletzungen erlegen und meine Mutter lag monatelang im Koma. Als sie dann endlich wieder aufwachte, woran selbst die Ärzte kaum noch geglaubt hatten, musste sie alles wieder neu erlernen, da sie auch noch einen Schlaganfall erlitten hatte. Meine Zwillingsschwester und ich kamen erst mal zu den Großeltern, die sich um uns kümmerten. Aber sie waren schon sehr alt und das Jugendamt stimmte nur zu, weil wir schon zwölf und sehr verständig waren. Aber dann kam's knüppeldick. Schon wenige Wochen später wurde Opa sehr krank, er war ja damals schon zweiundachtzig und starb schnell. Das hat Oma nicht verkraftet. Innerhalb von nur drei Monaten baute sie geistig derart ab, dass

das Jugendamt einschreiten musste und uns dort heraus-
nahm. Oma musste ins Altersheim, wo sie letztes Jahr
gestorben ist. Wenn nicht die Tante unserer Mutter sich
bereit erklärt hätte, zu uns zu kommen, hätte man uns
in eine Pflegefamilie gesteckt. Wenigstens das blieb uns
erspart. Aber so war's auch nicht besser. Tante Hildegard
war schon siebenundsechzig, nie verheiratet und kam
aus Hamburg zu uns, wo sie bis zu ihrer Pensionierung
im Sozialdienst gearbeitet hatte. Für Mutti war das gut,
denn jetzt hatte sie, wenn sie mal für wenige Tage zwischen den Klinikaufenthalten zu Hause war, fachgerechte
Pflege. Aber mit Kindern hatte Tante Hildegard nichts
am Hut. Dementsprechend ging sie mit uns um. Musik,
wenn es nicht gerade Volkslieder waren, betrachtete sie
als Teufelszeug, genauso wie Fernsehen oder Lärm. Also
durften wir nur leise spielen. Alles war verboten. Rennen,
toben, da war nicht dran zu denken. An Freundinnen einladen schon gar nicht. Immer sagte sie, so was mache nur
Schmutz. Dass wir in den Sportverein gehen durften, war
schon ein Wunder. Aber für körperliche Ertüchtigung,
wie sie es nannte, hatte sie etwas übrig. Deshalb mussten
wir auch samstags mit ihr wandern gehen, wenn Mutti im
Krankenhaus oder in der Reha war. Da wir nie jemanden
aus der Klasse einluden, wurden wir auch nicht mehr eingeladen und so vereinsamten wir zusehends.«

»Darf ich dich mal unterbrechen?«, fragte Silke
rasch.

»Aber natürlich. Fragen Sie nur, wenn Sie etwas wissen wollen.«

»Wie heißt denn deine Schwester?«

»Danika.«

»Das ist, genau wie Janika übrigens, ein sehr schöner
Name. Man merkt an der Namenswahl, dass eure Eltern
einen guten Geschmack haben.«

»Im Falle meines Vaters, hatte«, sagte Janika und man merkte, dass sie den Verlust noch immer nicht völlig verwunden hatte.

»Entschuldige, ich wollte dich nicht verletzten«, sagte Silke deshalb schnell.

»Schon gut, Frau Jansen, auch wenn's hart ist, ich muss den Tatsachen ins Auge sehen.«

»Das ist eine gute Haltung, Janika, aber trotzdem muss ich jetzt erst mal einen Schluck trinken, denn das, was du da erzählt hast, ist ja furchtbar. Geht es denn deiner Mutter immer noch so schlecht oder ist Besserung in Sicht?«

»So langsam wird es wieder. Obwohl es wahrscheinlich nie mehr ganz so wie früher wird. Ihren Beruf wird Mutti auf keinen Fall mehr ausüben können. Zurzeit bekommt sie Frührente.«

»Was ist deine Mutter denn von Beruf?«

»Sie war Sportlehrerin am Dr.-Weber-Gymnasium in der Kahlseestraße.«

Genau in diesem Moment brachte der Wirt die beiden Grillteller. Sie begannen langsam zu essen, jede in ihre eigenen Gedanken versunken. Für einige Minuten sprachen sie kein Wort. Erst als der Inhalt ihres Tellers bereits deutlich geschrumpft war, meinte Janika: »Ich hätte nie gedacht, dass es hier so gut schmeckt.«

»Da hast du recht«, stimmte Silke zu, »es ist sogar noch besser als früher. Wenn du willst, können wir mittags ab und zu hierher gehen. Am besten freitags, da gibt es in der Kantine meist nichts Gescheites.«

»Ja, gern«, sagte Janika, doch dann runzelte sie nachdenklich die Stirn. »Aber wird Frau Bräunig nicht böse sein, wenn Sie mit mir und nicht mit ihr hierher gehen?«

»Da mach dir mal keine Gedanken. Erstens ist Lara

zurzeit auf dem Schlankheitstrip und zweitens kann sie sich uns ja anschließen, wenn sie das möchte. Oder?«

»Ja, klar«, sagte Janika schnell und legte ihr Besteck beiseite, da der Teller leider schon leer gegessen war. »Da ich jetzt gut gestärkt bin, erzähle ich Ihnen den Rest der Geschichte auch noch. Das Meiste ist zwar schon erzählt, aber ...«

»Zuerst mal«, unterbrach Silke ihre Kollegin, »ich finde es blöd, dass ich dich duze und du mich nicht. Ab jetzt heißt es für dich nicht mehr Frau Jansen und Sie, sondern Silke und du. Okay?«

»Äh, ja«, stammelte Janika verlegen und errötete wieder einmal.

»Du brauchst nicht rot zu werden, Janika«, sagte Silke freundlich, »erzähl einfach weiter. Alles andere findet sich von selbst.«

»Ja, Frau ... äh Silke.«

Danach folgten einige Sekunden des Schweigens, da Janika den Faden verloren hatte, doch dann erzählte sie: »Tante Hildegard zog ihr strenges Regiment fast drei Jahre lang durch. So lange war Mutti mehr in Krankenhäusern als zu Hause. Mittlerweile waren Danika und ich mürbe geworden und hatten es aufgegeben, gegen Tante Hildegard anzukämpfen. Meistens saßen wir stumm am Esstisch und redeten nur das Allernötigste mit ihr. Wenn wir etwas Neues zum Anziehen oder für die Schule brauchten, dann zeterte sie immer rum, wie teuer das alles sei, aber fast immer bekamen wir es. Fast.«

»Was soll denn das bedeuten?«

»Wenn Klassenfahrten oder Wandertage anstanden und sie mit dem Ziel nicht einverstanden war, dann mussten wir zu Hause bleiben und zur Schule gehen. Damals, als Mutti ein ganzes Jahr in der Reha in Bad

Salzuflen war, war es besonders schlimm. Da waren wir bei keinem Wandertag dabei. Einmal wollten wir nach Köln fahren, da hat sie gesagt, Köln sei ein Sündenpfuhl; da ließe sie uns nicht hin. Wenn unsere Lehrer eine Kirche oder ein Museum mit uns besuchen wollten, dann durften wir mitfahren. In dieser Zeit mussten wir jeden Sonntag mit Tante Hildegard zu Mutti in die Rehaklinik fahren. Nicht dass wir Mutti nicht besuchen wollten, aber wir mussten uns in dem uralten, winzigen Auto von Tante Hildegard auf die Rückbank zwängen. Und sie war eine miserable Autofahrerin.«

»Tut die Reha eurer Mutter denn gut?«

»Ja, sie macht gewaltige Fortschritte. Heute kann sie wieder fast ohne Probleme sprechen und sich innerhalb der Wohnung auch ganz gut bewegen. Auf der Straße ist sie allerdings noch immer auf den Rollstuhl angewiesen.«

»Na, das hört sich doch gar nicht mal so schlecht an. Was sagen denn die Ärzte?«

»Wenn man ihnen glauben darf, soll meine Mutter irgendwann wieder am Stock gehen können. Aber da ein Unglück selten allein kommt, kam vor einem knappen Jahr, Mutti war seit einigen Wochen endgültig wieder zu Hause, der nächste Paukenschlag.«

»Was denn jetzt noch?«, fragte Silke schockiert.

»Tante Hildegard fuhr uns immer in den Sportverein, da bestand sie drauf, weil ja in der großen Stadt so viel passieren könne. Aber dann kam der Tag, als ich mit einer Magen-Darm-Grippe im Bett lag, Tante Hildegard mit mir zum Arzt musste und Danika nicht zum Sport fahren konnte. Sie musste also mit dem Rad die drei Kilometer bis nach Kahlenfurth fahren. Als sie zur gewohnten Zeit noch nicht zurückgekommen war, fingen wir an, uns Gedanken zu machen, und später rief dann die Polizei an. Danika läge im Krankenhaus. Obwohl ich krank war, ließ ich es mir nicht nehmen, mit Tante Hildegard und Mutti im Rollstuhl Danika zu besuchen. Sie erzählte uns dann, was geschehen war: Es war ziemlich neblig gewesen und man hatte nicht viel gesehen. An der Kreuzung Alleenring/Neuhofstraße hatte Danika kräftig in die Pedale getreten, um noch bei Gelb mit über die Kreuzung zu schlüpfen. Sie fuhr zwar schnell, aber doch viel langsamer als die Autos, die sie überholten. Sie war also ein Nachzügler. Deshalb hatte sie die junge Frau, die einige Häuser hinter der Kreuzung rückwärts aus einer Hofeinfahrt fuhr, auch übersehen. Meine Schwester versuchte noch auszuweichen, aber es reichte nicht mehr. Sie wurde voll erwischt.«

»Du meine Güte, so viel Pech auf einmal, das kann es doch gar nicht geben!«, rief Silke entsetzt aus.

»Ja, das sollte man meinen«, sagte Janika. »Seitdem ist auch meine Schwester behindert. Im rechten Bein war so ziemlich alles kaputt, was kaputt gehen konnte, und dass die Ärzte hier in der Klinik sie wieder so gut hinbekommen haben, grenzt an ein Wunder. Beim Laufen merkt man es ihr kaum noch an, aber sie kann nicht lange stehen. Sie macht eine Lehre zur technischen Zeichnerin, ihr Chef hat viel Verständnis und ihren Arbeitsplatz mit dem Zeichenbrett so eingerichtet, dass sie überwiegend im Sitzen arbeiten kann.«

»Na, da hat sie aber Glück gehabt. Aber wer versorgt dann euren Haushalt? Ist eure Tante noch bei euch?«

»Nein, Tante Hildegard ist jetzt auch schon über siebzig, ihr geht es selbst nicht besonders gut. Sie hat sich im Altenzentrum am Ostbahnhof einquartiert und rennt bestimmt fünf Mal die Woche zum Arzt. Sie ist schwer deprimiert, weil ihr die ganze gesunde Lebensweise nichts geholfen hat. Was ihr genau fehlt, weiß ich allerdings nicht und möchte Mutti auch nicht danach fragen. Vermutlich weiß sie es selbst nicht so genau. Inzwischen kann meine Mutter vieles im Hauhalt ja wieder selbst machen und was sie nicht schafft, macht eine junge Schwester von der Sozialstation am Hauptbahnhof. So sieht der Alltag bei uns aus.«

»Sag mal«, sagte Silke, nachdem sie ihr Glas leergetrunken hatte, »hast du das alles Herrn Timpe gesagt, als du hier eingestellt wurdest?«

»Äh … nei… nein«, stotterte Janika, »warum sollte ich?«

»Ich finde, der Chef sollte so etwas schon allein aus dem Grund wissen, weil es ja sein kann, dass du aus wichtigem Anlass, wegen deiner Mutter zum Beispiel, einmal fehlst. Dann hilft das, Missverständnisse zu vermeiden.«

»Da ist was dran.«

»Wenn du willst, spreche ich mit Timpe. Aber nur, wenn du es wirklich willst. Ansonsten verlässt kein Wort von dem, was du mir erzählt hast, diesen Tisch. Apropos den Tisch verlassen, wie spät ist es denn eigentlich?«, rief Silke erschrocken aus und sah auf ihre Armbanduhr.

Das Ergebnis war, dass Silke ziemlich hektisch den Wirt herbeirief, der glücklicherweise auch sofort kam, die beiden bezahlten und im Eilschritt zur Firma zurückstürmten.

Sie waren schon ziemlich spät dran, als sie sich an ihre Computer zurücksetzten und zu arbeiten begannen. Zum Glück war Patricia nicht in der Nähe und hatte ihre verspätete Rückkehr nicht bemerkt.

Silke begann sofort auf ihre Tastatur einzuhämmern und merkte so erst gar nicht, dass Janika nicht in ihr Programm kam. Sie schüttelte andauernd den Kopf und geriet schon langsam in Verzweiflung. Sie fluchte leise vor sich hin. Aber auch ihre neue Kollegin Sibylle Lautenschläger konnte ihr nicht helfen, da sie an diesem Nachmittag noch einmal bei den Sachbearbeitern im zweiten Stock war, um die Eckpunkte für ein Rundschreiben festzulegen. Eigentlich wäre es Patricias Aufgabe gewesen, mit dem Sachbearbeiter zu sprechen, aber Wolfgang Timpe hatte vor, sie zu degradieren, und testete aus, ob Silke mit der längeren Erfahrung oder Sibylle, die deutlich höher qualifiziert war, für den Job in Frage käme.

»Verdammt noch mal, was ist denn bloß mit diesem blöden Computer los? Warum komme ich mit meinem Passwort nicht rein? Am Vormittag ging es doch noch!«, jammerte Janika immer lauter.

Jetzt erst hob Silke den Kopf. Sie stand auf und trat zu Janika an den Schreibtisch. »Was ist denn? Gibt's Probleme mit deinem Rechner?«, fragte sie fürsorglich.

»Wenn ich nur wüsste, woran es liegt«, sagte Janika und seufzte tief. »So blöde kann ich doch gar nicht sein. Ich habe ihn vor der Mittagspause ordnungsgemäß runtergefahren. Jetzt komme ich mit meinem Passwort nicht mehr ins Programm. Frag mich nicht, woran das liegt. Ich möchte zu gern wissen, was dieser Rechner gegen mich hat.«

Die Verzweiflung in Janikas Stimme war unüberhörbar und da Wolfgang Timpe genau in diesem Moment ins Zimmer kam, bekam er sofort mit, dass da irgendetwas nicht stimmte. Durch die Ereignisse der letzten Tage sensibilisiert fragte er freundlich: »Frau Senger, Ihr Rechner funktioniert nicht? Was hat er denn?

»Das habe ich ihn auch schon gefragt, aber der Rechner ist so frech und gibt keine Antwort«, entgegnete Janika trocken.

Timpe gefiel es, dass Janika Senger endlich etwas mehr aus sich herausging und so kommentierte er grinsend: »Man meint, der wäre bei Frau Pletsch in die Lehre gegangen.«

Alle drei mussten schmunzeln, dann sagte Herr Timpe ernsthaft: »Dann lassen Sie mich mal ran. Bis jetzt habe ich noch jeden Rechner zum Arbeiten gebracht. Darf ich mal Ihren Stuhl benutzen, Frau Senger?«

»Aber natürlich«, sagte die Angesprochene schnell und stand auf. Dabei dachte sie: Schade, dass die Pletsch kein Computer ist.

Geschlagene fünfzehn Minuten probierte Timpe alles Mögliche aus, dann war auch er mit seiner Kunst am Ende. Er gab entnervt auf und lehnte sich zurück. »Ich glaube, da muss unser Spezialist ran.«

»Ich verstehe das einfach nicht«, entfuhr es Janika, »heute Morgen hat alles noch einwandfrei funktioniert.«

»Das ist wirklich merkwürdig«, meinte Timpe, »aber irgendwo muss der Fehler ja stecken.«

»Verdammt, wenn ich nur irgendeine Ahnung hätte, wobei ich einen Fehler gemacht habe«, jammerte Janika.

»Beruhigen Sie sich, Frau Senger«, meinte Timpe väterlich, »der Fehler muss weiß Gott nicht bei Ihnen liegen. Da gibt es unzählige andere Möglichkeiten. Aber selbst wenn, dann hätten Sie es ja nicht extra gemacht. Sie heißen schließlich nicht Pletsch. Das wäre auch kein Beinbruch. Schließlich haben wir einen hervorragenden Experten im Haus. Den werde ich jetzt erst mal anrufen. Frau Jansen, geben Sie mir bitte das Telefon?«

Silke reichte ihrem Chef das Mobilteil ihres schnurlosen Telefons. Timpe tippte eine Nummer ein und hatte den gewünschten Gesprächspartner ziemlich schnell am Apparat.

»Du Ulrich, bei uns im Schreibbüro brennt's. Könntest du schnell mal reinschauen?«

Da ihr Chef auf Laut gestellt hatte, hörten Janika und Silke, wie Ulrich Hagner, der immer einen kessen Spruch auf den Lippen hatte, antwortete: »Aber Wolfgang, da bist du bei mir an der falschen Adresse. Ruf lieber die Feuerwehr an, die kann dir da eher helfen.«

»Danke für deinen gut gemeinten Rat«, rief Timpe lachend ins Telefon und Ulrich Hagner meinte: »Alles klar, bis gleich.«

»Ja, bis gleich und bring dein Werkzeug mit, das ist ein hoffnungsloser Fall«, schloss Timpe das Gespräch.

Es dauerte wirklich nur wenige Minuten, bis Ulrich Hagner, schwer bepackt mit allerlei Apparaten, ins Zimmer stürmte. Der Computerspezialist war in der Tat so etwas wie der Feuerwehrmann der Versicherung und hatte im Keller des Gebäudes eine Werkstatt, die ihresgleichen suchte. Dort arbeitete er mit seinem Kollegen, der genauso geschickt war wie er, zusammen.

»Na, dann lass mal sehen«, sagte er lachend, »das kann doch gar nicht so schlimm sein.«

Nachdem Timpe sich vom Stuhl erhoben hatte, setzte sich Ulrich Hagner vor den Computer. Mit flinken Fingern, seinen Messgeräten und immer noch frohen Mutes versuchte er dem Problem beizukommen, musste nach einiger Zeit allerdings einsehen, dass es nicht ganz so einfach war, wie er anfangs gedacht hatte. Er grübelte einen Moment nach, dann hellte sich sein Gesicht plötzlich auf und er fragte: »Ist das Ihr Computer, Frau ...?«

»Senger.«

»Frau Senger?«

»Ja«, sagte Janika bedrückt.

»Und am Vormittag ging alles noch?«

»Ja.«

»Dann denke ich, dass ich weiß, warum der Rechner nicht mehr funktioniert.«

»Wie bitte? Wie meinst du das?«, fragte Wolfgang Timpe den Kollegen erstaunt.

Anstatt zu antworten, fragte Uli Hagner: »Mal eine Frage an die Damen: War das Büro heute Mittag für längere Zeit leer?«

»Ja!«, riefen die beiden verblüfft und nahezu gleichzeitig aus.

»Wir waren drüben in der Traube zum Essen und sind erst kurz vor Ende der Mittagspause zurückgekommen«, erklärte Silke.

»Ja, das passt«, murmelte Uli. »Wolfgang, warst du heute Mittag anwesend?«

»Nein. Ich war auf einer Sitzung, die fast bis zwei Uhr gedauert hat. Aber Uli, sag schon, welchen Verdacht hast du?«

»Ach, das soll dir Peter sagen, der hat es ja auch rausgefunden.«

»So, ist dein Kollege denn schon aus dem Urlaub zurück?«

»Ich denke, dass er inzwischen da ist. Er hat heute Spätschicht und es ist sein erster Arbeitstag. Willst du ihn anrufen oder soll ich es tun?«

»Mach du das«, sagte Timpe schnell und reichte Uli Hagner das Telefon.

Schnell hatte Hagner die Nummer seiner Werkstatt eingegeben und nur Sekunden später seinen Partner Peter Baumgart am Telefon. »Na, wieder aus dem Urlaub zurück?«, begrüßte er ihn.

»Ja, leider.«

»Sei so gut und komm in den vierten Stock ins Schreibbüro. Bring deinen schlauen Kasten mit, denn es sieht so aus, als hätten wir einen weiteren Fall. Und vor allem, halt den Mund, damit derjenige nicht gewarnt wird.«

Nachdem Ulrich Hagner aufgelegt hatte, fragte Timpe: »Wie bitte? Was sollte das eben bedeuten?«

»Gedulde dich einen Moment, Wolfgang. Wenn Peter da ist und sich meine Vermutung als richtig erweist, dann werden wir dich aufklären.«

Es dauerte nur wenige Minuten, bis Peter Baumgart, der zweite Servicefachmann der Versicherung, braun gebrannt und gut gelaunt das Schreibbüro betrat.

»Hallo! Mahlzeit!«, rief er fröhlich aus.

»Na, du siehst aber gut aus«, staunte Uli Hagner und fügte scherzend hinzu: »Hast ja mächtig zugelegt im Urlaub, was?«

»Was soll ich machen, wenn das Essen so toll schmeckt?«, grinste Peter. »Drei Mal war ich immer am Büffet, jeden Morgen und leider auch jeden Abend.«

»Darf ich fragen, wo Sie im Urlaub waren?«, fragte Silke.

»Aber klar doch. Ich war mit meiner Frau auf Mallorca. Schon zum sechsten Mal. Es ist nicht so weit weg und doch immer wieder schön. Cala Millor heißt der Ferienort an der Ostküste, wo es uns immer wieder hinzieht. Dort gibt es einen herrlichen, kilometerlangen Sandstrand. Außerdem kann man ganz tolle Ausflüge ins Gebirge oder zu den Nachbarinseln machen. Wir hatten wie immer für einige Tage einen Mietwagen, dann braucht man sich nicht in die Ausflugsbusse zu quetschen.«

Alle sahen den stämmigen Peter an und lachten schließlich so herzhaft los, dass auch Peter einstimmen musste. Nachdem sie sich wieder beruhigt hatten, sagte er: »Ich bringe Ihnen mal den Prospekt mit, Frau Jansen, ich denke, Cala Millor wäre auch etwas für Sie.«

»Meinen Sie wirklich, Herr Baumgart?«, fragte Silke skeptisch.

»Na, Sie können mir doch nicht erzählen, dass Sie nicht gern bummeln und shoppen gehen«, rief Peter belustigt aus, »meine Meike jedenfalls kann nicht genug davon bekommen, zwischen Parfümerien, Ledergeschäften und Souvenirshops hin und her zu wuseln.«

»Wenn man es von dieser Seite aus betrachtet, muss man Ihnen wohl recht geben«, sagte Silke.

»Ja und hinterher gab's dann Sangria in Massen«, grinste Peter.

»In Maßen wäre besser für die Linie gewesen«, warf nun Herr Timpe grinsend ein und brachte damit Peter Baumgart, der am liebsten weitererzählt hätte, auf den Boden der Tatsachen zurück.

»Also, was gibt's denn für Probleme?«, fragte er und ließ sich alles ganz genau erklären.

Als Wolfgang Timpe geendet hatte, nickte er und sagte: »Schließt doch mal eure Bürotür von innen ab.«

Janika, die der Tür am nächsten war, übernahm das und kam dann zu den anderen zurück. Peter hatte unterdessen seinen Werkzeugkasten abgestellt, das Servicegerät herausgenommen und es auf dem Beistelltischchen abgestellt. Mit flinker Hand verkabelte er es mit Janikas Rechner und nur wenige Minuten später hatte er den Computer wieder in Gang gebracht.

»Jetzt schauen Sie mal nach, ob noch alle Programme vorhanden sind, die Sie benötigen, Frau Senger«, forderte er Janika auf.

Janika setzte sich an ihren Platz und öffnete nacheinander alle Dateien. Das dauerte zwar etwas länger, als wenn Silke nachgesehen hätte, aber wenn man bedachte, dass Janika vor ihrer Ausbildung noch nie am Computer gearbeitet hatte, ging es erstaunlich gut.

»Auf die Schnelle sieht es so aus, als ob alle Dateien da wären«, sagte sie nach einer Weile. »Dann kann ich ja jetzt weiterarbeiten.«

»Nein, einen Moment noch!«, rief Timpe. »Was war denn nun kaputt?«

»Kaputt ist nicht der richtige Ausdruck«, sagte Peter Baumgart. »Da ist am Passwort manipuliert worden.«

»Manipuliert?«, fragten alle im Chor.

»Ja. Irgendjemand hat das alte geknackt und auf eine ganz raffinierte Art gesperrt.«

»Wie kamst du denn jetzt so schnell drauf?«

»Wir hatten in der letzten Zeit schon vier solcher Fälle. Deshalb lag hier dieser Verdacht ziemlich nahe, als kein anderer Defekt festzustellen war. Nicht wahr, Uli?«

»Ja, genau. Aber ich bin fassungslos, dass es jemandem gelungen ist, das Passwort zu knacken. Wir werden bei nächster Gelegenheit auf kompliziertere Passwörter umsteigen, die aus Buchstaben, Zahlen und Satzzeichen bestehen. Die sind dann nicht mehr so leicht zu knacken. Aber es wäre wichtig, wenn derjenige, der so etwas tut, entlarvt würde. Wolfgang, wissen Sie vielleicht jemanden, dem so etwas zuzutrauen wäre?«

»Ja.«

»Wie bitte?«, fuhr Peter Baumgart auf.

»Zuzutrauen wäre es Frau Pletsch schon, aber zum Einen halte ich sie nicht für intelligent genug, so etwas durchzuziehen, zum anderen hat sie sich gestern Nachmittag krankgemeldet und ist heute morgen nicht gekommen..«

»Sie meinen Patricia Pletsch, das Tratschweib schlechthin?«, fragte Ulrich Hagner. »Die kenn ich aus dem Raucherraum.«

»Sie ist schon seit zwei Jahren die Leiterin des Schreibbüros.«

»Das wusste ich ja noch gar nicht«, sagte Ulrich erstaunt, um dann nachdenklich zu fragen: »Sie ist krank, sagten Sie?«

»Ja.«

»Entweder habe ich Gespenster gesehen oder die wandert trotzdem hier durch die Flure.«

»Wie bitte?«, fragte Timpe schockiert und riss Mund und Augen auf.

»Ja, heute Morgen habe ich sie aus dem Raucherraum kommen sehen und gegen elf ist sie mir im zweiten Stock begegnet.«

»Dann könnte sie tatsächlich etwas damit zu tun haben«, murmelte Timpe, »aber wie hat sie das geschafft?«

Eine kurze Weile herrschte Schweigen im Schreibbüro, dann fragte Peter Baumgart: »Uli, wo hast du noch mal die Pletsch gesehen?«

»Im zweiten Stock und …«

»Danke, das reicht. Ich denke, sie hatte einen Helfer. Im zweiten Stock sitzt Bernhard Peters, ein ziemlich verklemmter junger Mann und außerdem Computerfreak. Der hat in der Richtung ziemlich was auf dem Kasten, das hab ich gemerkt, als ich mich mal mit ihm über ein neues Computerprogramm unterhalten habe.«

»Aber warum um alles in der Welt sollte der ihr helfen?«, fragte Timpe, der es immer noch nicht glauben konnte, dass seine Untergebene auch dahinter steckte.

»Wie ich schon sagte, der Typ ist nicht gerade hübsch und ziemlich verklemmt«, sagte Peter. »Außerdem geht das Gerücht, er sei bis über beide Ohren in Frau Pletsch verliebt. Er soll sich zeitweise aufführen wie ein liebeskranker Gockel. Ist es da nicht naheliegend, dass sie sich seiner Hilfe bedient?«

»Ich hoffe im Interesse von Frau Pletsch, dass ihr

Unrecht habt!«, grollte Timpe so zornig, wie ihn alle vier im Raum anwesenden Mitarbeiter noch nie erlebt hatten. »Wir werden uns am besten mal diesen Bernhard …«

»Peters«, ergänzte Silke.

»Genau, Bernhard Peters vornehmen, der dürfte leichter zu knacken sein als Frau Pletsch. Wer ist denn sein Chef?«

»Das ist Herr Grothewohl«, wusste Ulrich Hagner.

»Prima. Mit dem habe ich beim letzten Betriebsfest Brüderschaft getrunken, der wird mitziehen. Wir werden also diesen Peters ausquetschen wie eine Zitrone und wehe, an dem Ganzen ist auch nur ein Fünkchen Wahrheit dran. Dann kann die Pletsch sich warm anziehen. Dann wird diese Frau mich kennenlernen. Danke, dass ihr mir geholfen habt, die Wahrheit zu erkennen.«

»Es ist ja auch unser Schaden, wenn hier ständig etwas mit den Computern nicht stimmt. Am Ende werden wir noch wegen Nutzlosigkeit ersetzt«, meinte Peter Baumgart lachend, dann verabschiedeten sich die beiden Servicefachleute.

Noch bevor sie an der Tür waren, rief Timpe sie zurück und sagte: »Peter, Ulrich, Frau Jansen und Frau Senger, ich muss Sie alle bitten, über das, was hier gesprochen wurde, allerstrengstes Stillschweigen zu wahren, wenn unser Versuch Erfolg haben soll, Frau Pletsch zu überführen. Alles, was in der letzten Stunde hier gesprochen wurde, unterliegt der strengsten Geheimhaltung.«

»Alles klar«, meinten Peter und Uli gleichzeitig und verschwanden schnell im Flur.

»Frau Senger, lassen Sie sich nicht von Frau Pletsch in die Ecke treiben, denn das versteht sie meisterhaft. Wenn sie fragt, ob es mit dem Computer Probleme gegeben habe, stellen Sie sich am besten dumm und fragen nur: Nein, wieso? Das gilt auch für Sie, Frau Jansen, aber Sie haben ja Erfahrung mit Frau Pletsch.« Er sah er auf seine Armbanduhr. »Ach, es ist ja schon Viertel vor Fünf. Da lohnt es sich gar nicht mehr, noch irgendetwas anzufangen. Machen Sie doch Feierabend, meine Damen. Ich gehe jetzt auch. Tschüss.«

# Kapitel 6

Gut gelaunt kam Lara Bräunig an diesem Abend in ihre kleine Zwei-Zimmer-Eigentumswohnung zurück. Es war noch relativ früh für ihre Verhältnisse; erst achtzehn Uhr dreißig. Schnell streifte sie sich ihre Halbschuhe von den schmerzenden Füßen und ließ sich im Wohnzimmer auf das nicht mehr ganz taufrische Sofa fallen. Es knarrte und ächzte grausam.

Na, dachte Lara, so dick bin ich doch gar nicht mehr, aber dann erinnerte sie sich schmerzlich daran, dass das vor wenigen Jahren noch ganz anders gewesen war.

»Ja, Lara«, sagte sie halblaut zu sich selbst, »du hast es geschafft. Du kannst wirklich stolz auf dich sein.«

Dann dachte sie an die Worte ihres Chefs, der gesagt hatte, essen müsse man ja was und gab ihm im Stillen recht. Ganz ohne Essen ging es nicht. Es sei denn, man nahm sich Patricia zum Vorbild.

Nein, so will ich dann doch nicht aussehen, dachte sie schmunzelnd und entschloss sich, einen Salat zu machen.

Auf den ersten Blick sah es in ihrem Kühlschrank recht trostlos aus, aber nachdem sie zwischen Magerquark, Joghurtbechern und Dosenmilch alles zusammengekramt hatte, was sie für einen schmackhaften Salat brauchen konnte, sah sie recht zufrieden auf ihre Ausbeute. Da lag nicht nur ein halber Kopf Eisbergsalat, sondern auch eine halbe Salatgurke, eine Tomate, eine Paprika und ein Päckchen Schafskäse auf der Arbeitsplatte ihrer winzigen Küche, die ins Wohnzimmer integriert war. Nach längerem Suchen fanden sich sogar noch eine Zwiebel und eine Dose Thunfisch.

»Na, das sieht ja gar nicht mal übel aus«, murmelte sie, »aber ich muss in Zukunft wirklich etwas mehr darauf achten, dass ich was Gescheites esse. Sonst bin ich bald im anderen Extrem, der Magersucht. Aber für heute hab ich ja ausgesorgt.«

Dann nahm sie den Salat, den sie inzwischen mit Essig und Öl angemacht hatte, mit zur Couch, legte die Beine hoch und aß ihn mit großem Appetit. Kaum hatte sie ihn verspeist, sprang sie auf, lief zum Wohnzimmerschrank und holte Aschenbecher und Zigaretten hervor. Genüsslich zündete sie sich eine an und legte die Beine wieder hoch. Eigentlich hätte ich ja auch Durst, dachte sie, mal sehen, was dieser alte Knauserer von Kühlschrank noch hergibt. Ich muss dringend mal wieder einkaufen gehen.

Seufzend stand sie auf, ging zum Kühlschrank hinüber und öffnete ihn. Augenblicklich glitt ein Lächeln über ihr Gesicht, denn neben der halb vollen Wasserflasche stand noch die Flasche Sekt, die sie vor einer Woche gekauft, dann aber vollkommen vergessen hatte.

»Was, du sagst, bitte trink mich? Das kannst du haben«, sagte sie scherzhaft zu der Flasche und nahm sie aus dem Fach.

Dann ging sie mit ihrer Beute zum Wohnzimmertisch zurück. Unterwegs nahm sie noch ein Sektglas aus dem Schrank und freute sich auf einen guten Schluck. Aber wer hätte das gedacht. Der Plastikkorken weigerte sich standhaft, seinen angestammten Platz im Flaschenhals zu verlassen. Doch dann gab er plötzlich nach und sauste mit lautem Knall an die Zimmerdecke. Lara hätte vor Schreck beinahe die Flasche fallen gelassen.

Oh nein, dachte sie, nicht schon wieder.

Denn erst vor wenigen Wochen war ihr ein Glas Rotwein aus der Hand gefallen und auf dem hellen Teppichboden gelandet. Sie hatte mehrere Tage und unzählige Versuche gebraucht, die Flecken auszuwaschen. Wenigstens wäre der Sekt hell gewesen. Eilig schenkte sie sich ein Glas ein, ließ sich erneut auf ihrem Sofa nieder und nippte am Sekt. Dann zündete sie sich eine Zigarette an, nahm die Fernbedienung ihres neuen Fernsehers und schaltete ihn gerade noch rechtzeitig ein, um die ZDF-Nachrichten nicht zu verpassen. Nachdem die Sendung beendet war, schaltete sie das Gerät wieder ab. Denn der Fernsehzeitung nach zu urteilen gab es an diesem Tag nur Krimis und Action-Filme auf allen Kanälen. Das war einfach nicht ihr Ding. Aber auch auf eine DVD hatte sie in der letzten Zeit immer seltener Lust, denn selbst die alten Schnulzen, die sie immer gern gesehen hatte, gingen ihr zunehmend auf die Nerven. Selbst die Tageszeitung und ihre Lieblingszeitschriften, die sich in einer Ecke des Zimmers stapelten, hatte sie schon von vorn bis hinten durchgelesen. Irgendwie war sie mit ihrem Leben nach Feierabend nicht mehr so richtig zufrieden, erkannte es aber nicht gleich. Erst nach einem weiteren Schluck Sekt fiel der Groschen. Motschmann hatte recht. Die Arbeit konnte doch nicht alles im Leben sein. Man musste doch auch ein Privatleben haben.

»Aber Männer? Nee danke, darauf kann ich verzichten«, sagte sie halblaut in den Raum hinein und dachte verbittert an ihre Berufsschulzeit zurück, als dieser Lars ihr so übel mitgespielt hatte.

Doch genauso schnell, wie ihre Erinnerung an diese Zeit gekommen war, verdrängte sie sie wieder und dachte an ihre Familie. Nun ja, Familie konnte man das nicht mehr nennen, denn ihren Vater hatte sie kaum gekannt. Er war an Lungenkrebs gestorben, als sie fünf Jahre alt gewesen war. Deshalb hatte ihre Mutter auch nie erfahren dürfen, dass sie inzwischen rauchte. Und nun war auch Mutti nicht mehr da.

Mutti hat Papa so sehr geliebt, dass sie nie mehr geheiratet hat, dachte Lara voller Zuneigung, dennoch war sie nicht verbittert und hat mir eine schöne Kindheit und Jugend bereitet.

Wenn Lara an ihre Kindheit zurückdachte, hatte sie den Eindruck, dass ihre Mutter Tag und Nacht arbeiten musste. Darin sah sie auch den Grund, dass sie nicht allzu alt geworden war. Ihr plötzlicher Tod vor gerade einmal achtundzwanzig Monaten machte ihr noch sehr zu schaffen, auch wenn sie nie darüber sprach.

»Irgendwas läuft hier schief«, sagte sie vor sich hin und lief Gefahr, in Trübsal zu verfallen, da riss das Läuten des Telefons sie aus ihren Grübeleien.

Erstaunt sah sie zur Uhr. Es war zwar noch nicht einmal zwanzig vor acht, aber wer um alles in der Welt sollte das sein? Neugierig griff sie zum Telefonhörer und meldete sich.

»Hallo, Lara, ich bin's – Silke Jansen«, schallte ihr die Stimme ihrer Kollegin vom Schreibbüro entgegen.

»Hallo Silke, was gibt's denn?«, fragte Lara und ihre Stimmung begann sich augenblicklich wieder zu heben. »Es ist schön, dass du mich mal zu Hause anrufst.«

»Es macht dir nichts aus?«

»Nein, ganz im Gegenteil.«

»Dann ist es ja gut. Aber ich hatte heute Abend einfach keine Lust auf dieses vollkommen öde Fernsehprogramm.«

»Das geht mir genauso.«

»Außerdem wollte ich wieder mal ein bisschen mit meiner besten Kollegin, die mir fast schon eine Freundin geworden ist, plaudern. Privat.«

»Das hast du schön gesagt«, sagte Lara erfreut und wuchs um mindestens zehn Zentimeter, denn auch sie sah in Silke mehr als eine Kollegin unter vielen.

»Außerdem wollte ich dich fragen, ob du vielleicht heute noch ein Stündchen für mich Zeit hast.«

»Aber klar doch, jederzeit«, sagte Lara verräterisch schnell, denn Langeweile war das, was sie an diesem Abend am allerwenigsten brauchen konnte. »Willst du nicht einfach zu mir rüberkommen? Du wohnst doch im Prinzip um die Ecke.«

»Um die Ecke ist gut«, lachte Silke. »In einer guten Viertelstunde bin ich bei dir. Ich komme allerdings zu Fuß, denn ich bringe uns etwas Gutes zu Trinken mit.«

»Was willst du denn mitbringen?«, fragte Lara neugierig. »Denn wenn wir beide morgen in der Firma einen dicken Kopf haben, ist keinem gedient. Wie sollen wir da vernünftig arbeiten?«

»Da hast du recht«, sagte Silke und kicherte bei dieser Vorstellung hell auf. »Ich wollte uns einen Sekt mitbringen.«

»Das trifft sich gut, denn ich habe vor einer halben Stunde bereits eine Flasche Sekt geöffnet.«

»Welchen Sekt trinkst du gern?«

»So lange es ein trockner ist, eigentlich jeden.«

»Prima, ich auch. Jetzt muss ich aber auflegen, sonst komm ich nicht mehr in den Laden. Er ist gleich hier vorn, an der Ecke.«

»Ach, du musst den Sekt noch kaufen?«

»Ja.«

»Dann bring uns doch auch eine Kleinigkeit zu knabbern mit, ich beteilige mich selbstverständlich an den Kosten.«

»Okay, mach ich. Bis nachher.«

Lara konnte noch nicht einmal mehr Tschüss sagen, so

schnell hatte Silke aufgelegt. Aber das war kein Wunder, denn in weniger als zehn Minuten würden die Geschäfte schließen.

Kurz entschlossen packte Lara den Staubsauger aus und saugte das Wohnzimmer kurz durch, denn das hatte es bitter nötig. In den letzten Tagen war Lara einfach zu faul und auch zu niedergeschlagen gewesen, um viel im Haushalt zu tun. Danach durchstöberte sie ihren Wandschrank im Flur und zauberte aus der hintersten Ecke noch eine Flasche Sekt zu Tage.

»Ach, da bist du. Verstecken hilft nichts«, sagte sie gut gelaunt zu der Sektflasche und ließ sie im Eisfach des Kühlschranks verschwinden.

Zur Vorsicht stellte sie die Eieruhr auf fünfundvierzig Minuten und nahm das Päckchen Gouda am Stück, das sich noch im Kühlschrank befand, heraus. Sie schnitt es in handliche Würfel, machte daraus eine schöne Platte und dekorierte den Wohnzimmertisch festlich mit orangefarbenen Servietten und den guten Sektgläsern mit Goldrand. So gefiel es ihr zurzeit am besten.

»So, jetzt könntest du kommen«, sagte sie gerade vor sich hin, da läutete es an der Wohnungstür.

Schnell lief Lara hin und öffnete. Silke kam schnaufend und mit mehreren Einkaufstüten beladen zur Tür herein.

»Um Gottes Willen, was hast du denn alles mitgebracht?«, fragte Lara entsetzt und nahm ihr eine der Tüten ab. »Aber jetzt komm erst mal rein.«

Silke kam der Aufforderung nur allzu gern nach und ließ sich schwer in einen der beiden Wohnzimmersessel fallen.

»Willst du erst mal einen Sekt?«, fragte Lara. »Ich hab gekühlten da.«

»Gerne«, schnaufte Silke, noch ganz erledigt.

»Mein Gott, Silke, was ist denn mit dir los?«

»Nichts, aber die drei Stockwerke hier hoch haben mich völlig geschafft. Von einem Fahrstuhl habt ihr hier wohl noch nie was gehört, oder?«

»Nein, so weit sind wir hier noch nicht«, sagte Lara grinsend.

»Na, dann prost«, sagte Silke erschöpft und nahm das Glas entgegen, das ihr Lara hinhielt. »Ich muss jetzt erst mal was trinken, bevor ich die Taschen auspacke.«

Einige Minuten später, Silke bekam wieder Luft und begann ihre Einkäufe zu Tage zu fördern, da fragte Lara erneut: »Sag mal, was hast du denn alles eingekauft?«

»Ach, nichts Besonderes«, wiegelte Silke ab und beförderte nach und nach einen Laib Brot, eine Packung Käse, ein Päckchen Wurst, sage und schreibe vier Flaschen Sekt sowie eine Tüte scharfe Paprikachips aus den Tüten.

»Lara, sei so gut und leg den Sekt in den Kühlschrank«, bat sie und man merkte ihr an, dass sie noch immer etwas außer Atem war.

Lara tat wie ihr geheißen und als sie sich wieder zu ihrer Kollegin umdrehte, sagte sie: »Ich finde es toll, dass du heute gekommen bist. Irgendwie brauche ich heute etwas Ansprache. Aber sei mir bitte nicht böse.«

»Warum sollte ich?«

»Na ja, immerhin habe ich es angezettelt, dass du heute Abend noch mal raus musstest. Schließlich steht uns morgen wieder ein harter Arbeitstag bevor.«

»Na, hör mal. Schließlich hätte ich dich ja nicht anzurufen brauchen, wenn ich mich nicht mit dir hätte treffen wollen. Außerdem werden wir den läppischen Freitag morgen auch noch rumkriegen oder meinst du nicht?«, fragte Silke schelmisch.

»Da hast du eigentlich recht.«

»Wenn du willst, kannst du ab morgen früh mit mir zur Arbeit fahren. Das wollte ich dir schon seit einiger Zeit vorschlagen, ich hab mich nur nicht so recht getraut.«

»Aber warum denn?«

»Nun ja, ich wollte dich nicht kränken, schließlich fährst du doch so gern mit der Bahn. Du kommst seit Monaten mit dem Zug in die Firma«, stellte Silke Jansen fest.

»Das stimmt, aber bequem ist es trotzdem nicht, sich jeden Morgen abzuhetzen, damit man die Bahn und später die Tram kriegt«, beeilte sich Lara zu versichern, »aber was soll ich tun, im Moment geht es nicht anders.«

»Wieso denn das?«.

»Du weißt doch, dass ich mir diese Eigentumswohnung gerade so leisten und nur deshalb halten kann, weil meine Mutter mir etwas hinterlassen hat. Aber ein Auto ist zurzeit nicht drin, weil mein altes den Geist aufgegeben hat. Ich könnte mir zwar für zwei-, dreitausend Euro wieder so eine Schrottkarre kaufen, die wie ein Bumerang ist …«

»Wie ein Bumerang?«

»Ja, kaum aus der Werkstatt draußen, schon ist sie wie ein Bumerang wieder drin.«

»Lara, das ist gut, das muss ich mir merken. Aber was hast du sagen wollen?«

»Wäre mir mit einer solchen alten Schüssel geholfen? Da fahre ich lieber Bahn.«

»Da hast du recht«, erwiderte Silke langsam. »Aber ich nehm dich morgens gern mit. Dann brauchst du dich nicht mehr so abzuhetzen. Ach ja, und wenn du willst, kannst du gern auch nach Arbeitsschluss mit zurückfahren. Wäre das nicht gut?«

»Silke, ich weiß gar nicht, was ich dazu sagen soll«, sagte Lara unsicher.

»Warum? Gefällt dir die Vorstellung nicht?«

»Doch. Das wäre sogar super, spitze, phänomenal. Weißt du, dann wäre ich abends bestimmt eine halbe, vielleicht sogar eine dreiviertel Stunde früher zu Hause und würde am Hauptbahnhof nicht mehr den Anschluss verpassen. Was jetzt leider ziemlich oft vorkommt.«

»Genau, und morgen früh fangen wir gleich damit an. Prost.«

Sie stießen mit ihren Gläsern an und tranken sie halb leer.

»Lara«, sagte Silke dann, »ich muss dir etwas von der Arbeit erzählen, was aber unbedingt unter uns bleiben muss. Mein Chef, der Timpe, würde mir den Kopf abreißen, wenn er wüsste, dass ich mit dir drüber rede. Ich glaube, dann hätte ich in meiner Abteilung nichts mehr zu lachen.«

»Was ist denn los?«, fragte Lara erschrocken.

»Ich wollte dich vorwarnen«, bekannte Silke offenherzig.

»Wieso? Was ist denn passiert? Hast du mich deshalb heute angerufen?« Lara war ängstlich und neugierig zugleich.

»Ja, das auch«, gab Silke zu, »aber ich hatte auch das Bedürfnis, mit dir zu plaudern.«

»Das freut mich«, sagte Lara. »Aber jetzt sag endlich, was geschehen ist, ich platze vor Neugier.«

»Heute ist etwas passiert, das ist so ungeheuerlich, das kannst du dir gar nicht vorstellen. Ich werde dir am besten auch jetzt nicht allzu viele Details verraten, dann kannst du immer noch sagen, du hast von nichts gewusst«, meinte Silke geheimnisvoll.

»Mensch Silke, jetzt mach doch nicht so einen Aufstand, sag mir lieber, was los ist.«

»Ja, du hast recht. Aber da muss ich etwas weiter ausholen.«

»Hol aus.«

»Also, Janika und ich waren heute zusammen in der Mittagspause. Das heißt, Janika war heute Morgen so niedergeschlagen, da hab ich sie einfach nach dem Grund gefragt. Als sie nicht so recht mit der Sprache rausrücken wollte, was los sei, hab ich ihr angeboten, dass ich ihr zuhöre, wenn sie sich mal aussprechen wolle.«

»Ja, das hätte ich auch gemacht. Aber was ist daran ungeheuerlich?«

»Nichts. Aber ich bin ja auch noch nicht so weit. Das, was ich sagen will, kommt gleich. Janika hat mein Angebot angenommen und ich bin mit ihr in die Traube gegangen.«

»Ach, hat das Lokal wieder geöffnet?«

»Ja, seit zwei Monaten. Da müssen wir auch mal wieder mittags hingehen. Aber pass auf, jetzt kommt's. Als wir wieder zurückkamen, ging Janikas Rechner nicht mehr. Sie kam mit ihrem Passwort nicht mehr ins Programm. Sie konnte nicht arbeiten. Herr Timpe hat dann einen von unseren Spezialisten angerufen, Uli Hagner. Dieser hatte einen Verdacht und rief seinen Kollegen, Herrn Baumgart, zu Hilfe. Der hat dann den Rechner tatsächlich so weit gebracht, dass er wieder benutzbar war. Trotzdem können wir im Moment nicht mit unseren Rechnern arbeiten, denn Baumgart hat angefangen, sie auf ein neues Passwortsystem umzustellen.«

»Ach deshalb das Rundschreiben von der Serviceabteilung, dass wir einen Tag aussuchen sollen, an dem wir unsere Computer nicht brauchen.«

»Ja, aller Wahrscheinlichkeit nach haben wir das auch alles Patricia Pletsch zu verdanken.«

»Patricia? Schafft die so was?«

»Wahrscheinlich hatte sie in Bernhard Peters einen kompetenten Helfer. Aber davon darf nichts an die Öffentlichkeit dringen, wenn die beiden überführt werden sollen.«

»Das ist selbstverständlich, das brauchst du mir nicht zu sagen.«

»Entschuldige bitte, das ist mir klar.«

»Geschenkt. Aber was wolltest du mir eigentlich sagen?«

»Ich wollte dir sagen, lass deinen Computer so wenig wie möglich aus den Augen und wenn es doch sein muss, schließ deine Tür gut ab, du kennst Patricias List. Nun ja, Janikas und mein Rechner sind ab morgen Nachmittag geschützt und der von Frau Lautenschläger kommt übermorgen dran. So, jetzt lass uns aber von etwas anderem reden als von der Arbeit. An die denken wir morgen noch früh genug.«

»Du hast recht. Darum erst mal prost«, sagte Lara schnell.

»Ja, prost«, sagte auch Silke und bekannte: »So, jetzt muss ich aber etwas essen, sonst vertrage ich nichts.«

»Hast du noch nichts zu essen bekommen?«, fragte Lara verwundert.

»Nein«, erwiderte Silke verschämt, »ich war nach der Arbeit noch in der Stadt bummeln.«

»Da ist doch nichts dabei.«

»Das nicht«, sagte Silke grinsend, »aber mein Konto hat dabei Bauchschmerzen bekommen und sich beschwert.«

»Dann geht es deinem Konto ja nicht besser als meinem. Im Moment kann ich mir das Bummeln noch nicht leisten. Erst wenn Motschmann grünes Licht gibt, dass ich den Job als seine Sekretärin fest habe, wird's wieder besser. Aber sag, was hast du gekauft?«

»Ach, ich habe mir bei dem neuen Schuhgeschäft hinter dem Dom, in der Rathausstraße, ein paar schwarze Halbschuhe für die Arbeit gekauft, die alten waren nicht mehr das Wahre. Na ja, so diverse Kleinigkeiten wie ein neuer Nagellack in Lila mussten auch sein.«

»Wo hast du den gekauft?«

»Kennst du die Parfümerie in der Schlossstraße?«

»Ja, die ist ganz schön teuer.«

»Aber sie liegt genau gegenüber von dem Kaufhaus, das zwischen dem Gerberweg und dem Marktplatz liegt. Sie haben so eine super Schreibwarenabteilung. Da komme ich nie dran vorbei.«

»Das ist gut.«

»Was, dass ich da nie vorbeikomme?«

»Nein, natürlich nicht. Aber dass du bummeln warst. Ich würde auch gern mal wieder gehen«, gestand Lara wehmütig. »Seit Ewigkeiten war ich nur noch zum Arbeiten in der Stadt.«

»Geh doch einfach wieder mal füher. Was soll Motschmann dagegen haben? Wie lange bist du dort?«

»Fast fünf Monate. Vielleicht hast du recht. Aber so nach der Arbeit, das ist nichts für mich. Da nehme ich mir lieber einen Tag frei und gehe tagsüber. Dann sind die Geschäfte nicht so voll.«

»Da hast du recht«, stimmte Silke zu und sah auf ihre Armbanduhr.

Über all der Plauderei war es elf Uhr geworden. Silke und auch Lara gähnten herzhaft und stellten fest, dass sie inzwischen reichlich müde waren.

»Lara, entschuldige, aber ich bin hundemüde, ich muss jetzt schlafen. Wann hättest du denn Zeit und Lust, unser Gespräch fortzusetzen?«

»Wenn du willst, gleich morgen Abend. Da kommt das Wochenende, da können wir länger plaudern.«

»Stimmt«, sagte Silke begeistert. »Kommst du dann zu mir? Ich könnte uns ja was Gutes kochen.«

»Oh, das wäre gut«, freute sich Lara, »und ich bringe den Sekt mit. Es ist ja noch etwas übrig und außerdem werde ich nach der Arbeit noch neuen besorgen.«

Als sie alleine war, stellte Lara den Wecker gleich auf halb sieben um, damit sie um halb acht mit Silke zur Arbeit fahren konnte. Es war schon ein gutes Gefühl, eine halbe Stunde länger schlafen zu können. Danach ließ sie sich auf ihre Couch fallen, schenkte sich noch ein Glas Sekt ein und zündete sich eine Zigarette an. Sie inhalierte den Rauch tief und dachte: Eigentlich hat Silke recht. Warum sollte ich nicht mal shoppen gehen? Gleich morgen früh werde ich zu Herrn Motschmann gehen und ihn fragen, ob ich am Montag frei haben kann. Schließlich standen für Montag, so weit sie wusste, keine dringenden Arbeiten an. Schnell trank sie ihr Sektglas leer und drückte die Zigarette im Aschenbecher aus. Nur wenige Minuten später ging sie zu Bett.

# Kapitel 7

Am nächsten Morgen setzte Lara ihr Vorhaben in die Tat um und fragte ihren Chef, ob sie am Montag frei nehmen könnte. Verwundert sah Emil Motschmann seine Sekretärin an, aber er hatte nichts dagegen, ganz im Gegenteil.

»Aber natürlich, Frau Bräunig«, sagte er, »das ist kein Problem. Machen Sie sich mal ein schönes langes Wochenende. Denn nur wer ab und an ausspannt, kann vollen Einsatz bringen. Da Sie in den letzten Wochen auf ihrem Gleitzeitkonto genügend Stunden angesammelt haben, können Sie ruhig auch heute Nachmittag früher gehen. Im Moment steht ja nichts Besonderes an. Dafür kommt's im Dezember dann bestimmt wieder knüppeldick.«

»Danke, Herr Motschmann«, rief Lara erfreut aus.

Schnell setzte sie sich an ihren Computer und begann die Notizen, die sie sich am Vortag gemacht hatte, ins Reine zu schreiben. Sie ahnte nicht, dass Patricia Pletsch ihr bereits dichter auf die Pelle gerückt war, als es ihr lieb sein konnte. Patricia saß in dem kleinen Nebenzimmer, das wegen seiner geringen Größe zurzeit nur als Abstellkammer genutzt wurde, aber vor Zeiten ein vollwertiger Büroraum gewesen war. Aus diesen Tagen stammte auch noch die veraltete Telefonanlage, die dort installiert war und sich mit wenigen Handgriffen zur Abhöranlage umfunktionieren ließ. Aber auch ohne sie zu benutzen, hatte Patricia das Gespräch zwischen Lara und ihrem Chef Wort für Wort mitgehört.

Lara arbeitete schnell und konzentriert. Deshalb hatte sie gegen halb elf auch schon das Meiste geschafft. Sie rief kurz bei Silke an und fragte, ob sie mal schnell vorbeikommen könnte.

»Natürlich, komm nur, ich bin hier allerdings im Moment noch ziemlich im Stress«, rief Silke aus einiger Entfernung in den Hörer, und nur weil sie so laut rief, kratzte es plötzlich fürchterlich in der Verbindung. Das war Laras Glück. Denn sie erinnerte sich daran, was Frau Hendrich ihr einmal erzählt hatte: Früher, unter Herrn Motschmanns Vorgänger, habe Frau Laux, die Vorgängerin von Frau Hendrich, das Telefon dazu benutzt, um bei unliebsamen Anrufern als Zeugin mitzuhören. Und Frau Hendrich hatte Lara erzählt, dass es immer, wenn das Telefon auf Mithören gestellt war und jemand laut hineinsprach, in der Verbindung kratzte.

Es erschien ihr zwar selbst sehr weit hergeholt, aber bei Patricia Pletsch musste man auf alles gefasst sein. Deshalb löschte sie für einen kurzen Moment das Licht in ihrem Büro, das sie an diesem trüben und nebligen Vormittag unbedingt brauchte. Sie sah, was sie fast erwartet hatte. Nämlich, dass unter der Türritze hindurch aus dem Nebenzimmer ein schwacher Lichtschein drang.

Also doch, dachte sie und schaltete das Deckenlicht schnell wieder ein, damit die Person im Nebenzimmer nicht bemerkte, dass sie bereits entdeckt war. Für den Fall, dass Patricia sie durch das Schlüsselloch beobachtete, sagte sie laut und deutlich: »Oh, das hätte ich jetzt fast vergessen«, nahm einen Aktenstapel von ihrem Schreibtisch, klopfte bei ihrem Chef an und trat schnell in sein Büro. Dann schloss sie die Tür hinter sich, ging an Motschmanns Schreibtisch und erklärte ihm leise, was sie vermutete.

Motschmann sah sie entgeistert an, dann nickte er und flüsterte grinsend: »Dann spielen wir mal Theater.«

Sie gingen zurück ins Vorzimmer. Wenn man genau hinsah und wusste, wonach man suchte, sah man den Lichtschein unter der Tür auch so.

»Verd…«, entfloh es Herrn Motschmann, aber er hatte sich schnell wieder in der Gewalt. Schließlich, so sagte er sich, sollte diese unsägliche Person nicht am Ende noch merken, dass ihr die Hauptrolle in dem Stück zugedacht war, das hier gespielt wurde.

Rasch fuhr Lara ihren Computer herunter und stellte ihn ab. Dann sagte sie laut und deutlich zu Motschmann: »Ich muss mal schnell ins Schreibbüro rüber und bin in zehn Minuten wieder da.«

»Ja, gehen Sie nur, Frau Bräunig, ich gehe derweil in die Kantine und hole mir eine Zeitung.«

Lara verließ mit Motschmann das Zimmer und schaltete im Hinausgehen das Licht aus. Zumindest würde es für Patricia, falls sie wirklich dort im Raum war und durch das Schlüsselloch starrte, so aussehen. In Wirklichkeit aber hatte Motschmann das Zimmer gar nicht verlassen, sondern hinter dem Vorhang Stellung bezogen, während Lara seinen Anweisungen gemäß handelte. Denn da dieser Nebenraum ausschließlich über das Vorzimmer zugänglich war, müsste ja bald jemand herauskommen. Es dauerte auch gar nicht lange, da kam tatsächlich Patricia Pletsch ins Vorzimmer geschlüpft. Da sie sich absolut sicher fühlte, schaltete sie zuerst das Licht ein und setzte sich dann an Laras Computer. Sie fuhr in hoch, konnte sich aber nicht anmelden.

»Komisch«, murmelte sie vor sich hin, »hier funktioniert das, was Bernhard mir beigebracht hat, gar nicht. Ich muss mich beeilen, bevor der bekloppte Motzer aus der Kantine zurück ist.«

Dann dachte sie zwei, drei Minuten lang nach, bevor ihre dürren Finger schnell und routiniert über die Tastatur glitten, um Unfrieden zu stiften. Plötzlich hatte sie es geschafft. Der Einstieg ins Programm war gelungen. Als Patricia gerade eine Datei öffnen wollte, drehte sie sich zum Fenster hin um, denn sie hatte etwas rascheln gehört. Aber kurz darauf wandte sie sich wieder dem Bildschirm zu, denn es war nur der Vorhang, den der Windzug durch das gekippte Fenster bewegte. Zumindest glaubte sie das. Beruhigt machte sie weiter.

Hinter dem Vorhang sah Emil Motschmann auf seine Armbanduhr. Wenn nichts dazwischen gekommen war, müsste Lara inzwischen mit Herrn Timpe in seinem Büro vor der Tür zum Vorzimmer stehen. Leise trat er hinter dem Vorhang hervor und fragte laut in den Raum: »Was machen Sie da, Frau Pletsch?«

Patricia Pletsch fuhr herum und erschrak. Wo kam der Motzer denn auf einmal her? In diesem Augenblick ging die Tür des Chefbüros auf und Lara kam mit Wolfgang Timpe herein. Die zwei verteilten sich im Raum und besetzten den anderen Ausgang, damit Patricia Pletsch nicht doch noch entwischen konnte.

»Also, Frau Pletsch, was machen Sie am Computer von Frau Bräunig?«

»Ich … mich … Frau Bräunig hat mir aufgetragen, an ihrem Computer etwas zu richten, als sie rausgegangen ist«, stammelte Patricia Pletsch, die sich in die Ecke gedrängt fühlte.

»Wann soll denn das gewesen sein?«, fragte Motschmann.

»Als Frau Bräunig zu Frau Jansen gegangen ist, bin ich ihr auf dem Flur begegnet.«

»Und wieso kamen Sie dann aus dem Nebenraum, Frau Pletsch?«

»Woher wollen Sie denn das wissen? Sie waren doch in der Kantine?«

»Jetzt haben Sie sich selbst verraten. Das können Sie nur wissen, wenn Sie hier waren und gelauscht haben. Ich bin gar nicht weggewesen. Ich habe hier hinter dem Vorhang gestanden und Ihnen zugesehen.«

Patricia fiel die Kinnlade herunter. »Ja ... ja ... das ...«, stammelte sie, denn ihr war klar, dass sie in diesem Moment verloren hatte. Jetzt hieß es, den Schaden zu begrenzen.

Doch schon traf sie die nächste Frage wie ein Dampfhammer.

»Also – was haben Sie an Frau Bräunigs Rechner gemacht?«

»Nichts!«

»Wie kamen Sie ins Programm?«

»Frau Bräunig hat mir den Computer angelassen.«

»So jetzt reicht's, das ist eine Lüge!«, schrie Motschmann. »Frau Bräunig hat den Computer in meiner Anwesenheit abgeschaltet.«

Da Patricia dazu nichts mehr einfiel, sagte Wolfgang Timpe verdächtig ruhig: »So, jetzt ist das Maß voll. Damit bekommen Sie Ihre zweite Abmahnung und die zieht, wie Sie wissen, die fristlose Kündigung nach sich. Ich denke, morgen oder übermorgen wird es Ihnen schriftlich zugehen. Bis dahin sind Sie beurlaubt. Gehen Sie mir aus den Augen, ich kann Ihre Anwesenheit hier nicht mehr ertragen.«

»Aber ... aber ... das können Sie ...«, stammelte Patricia, aber ihr Chef ließ sie gar nicht mehr weiter zu Wort kommen.

Ruhig und dennoch scharf sagte er: »Schluss jetzt. Ich will nichts mehr hören. Das sind doch ohnehin alles nur Ausreden.«

»Aber Bernhard Peters hat mir gesagt ...«

»Was hat Herr Peters gesagt?«, fragte Motschmann.

»Er hat mir erklärt, wie ich in die Computer reinkomme. Bei Frau Senger hat es ja auch geklappt.«

Das war wieder einmal Patricia Pletsch live. Wenn sie schon abtreten musste, dann wollte sie wenigstens noch jemanden mitnehmen. Motschmann nahm sich vor, den Wahrheitsgehalt ihrer Aussage zu prüfen.

Da ihre Worte scheinbar die gewünschte Wirkung verfehlt hatten, verließ Patricia Pletsch den Raum, nicht ohne die Tür hinter sich zuzuknallen.

Lara, die noch einiges zu tun hatte, ließ sich vor ihrem Computer nieder und wollte schon weiterarbeiten, da rief Motschmann: »Frau Bräunig, warten Sie, Sie können jetzt nicht an Ihren Rechner.«

»Warum denn nicht? Ich habe doch noch zwei wichtige Briefe zu schreiben, die raus müssen. Wir kommen sonst mit dem Termin in Verzug.«

Motschmanns Miene verdüsterte sich schlagartig, denn er dachte daran, wie viel Mühe es ihn gekostet hatte, diesen Termin auszuhandeln. Deshalb griff er ohne zu zögern zum Telefonhörer und rief Peter Baumgart, den Servicetechniker, an.

»Können Sie schnell in mein Büro kommen und Ihre schlauen Apparate mitbringen?«, fragte Motschmann.

Peter Baumgart, der ahnte, um was es ging, war nur Minuten später zur Stelle. Rasch erklärte Motschmann ihm die Zusammenhänge und Peter Baumgart begriff: Hier tat schnelle Hilfe Not.

»Wie schnell können Sie das beheben?«, fragte Motschmann.

»Die Sperre aufzuheben dauert nicht lange. Höchstens fünfzehn Minuten. Aber für die Umstellung auf das neue Passwortsystem brauche ich bestimmt zwei Stunden.«

»Das sollten Sie gleich machen lassen«, sagte Wolfgang Timpe. »Auch wenn ich Frau Pletsch beurlaubt habe, bin ich mir nicht sicher, ob diese Person wirklich das Gebäude verlassen hat.«

»Da haben Sie recht«, stimmte Emil Motschmann ihm zu. »Dann müssen wir uns eben etwas einfallen lassen, Frau Bräunig, damit Sie die Briefe fertig machen können. Die erforderlichen Daten können Sie auch meinem Computer entnehmen. Kommen Sie, damit wir das erledigen können.«

Kaum waren sie im Büro angekommen, da sagte Herr Motschmann lachend: »Frau Bräunig, setzen Sie sich ruhig an meinen Computer. Damit Sie konzentriert arbeiten können, gehe ich raus zu Herrn Baumgart und nerve den ein bisschen.«

Kaum hatte er den Raum verlassen, begann Lara, der es nicht sehr angenehm war, dass der Chef ihr seinen Arbeitsplatz überlassen hatte, fieberhaft zu arbeiten. Keine halbe Stunde später hatte sie es bereits geschafft. Sie packte ihre Unterlagen zusammen und ging hinaus ins Vorzimmer, wo die bereits fertig beschrifteten Umschläge in der Schublade ihres Schreibtisches lagen.

»Ich bringe die Briefe in die Poststelle!«, rief sie Motschmann zu und verließ den Raum.

Nachdem sie die Briefe abgegeben hatte, fuhr sie in den vierten Stock, um nun endlich mit Silke Jansen zu sprechen. Sie unterrichtete ihre Kollegin davon, dass der Motschmann ihr vorgeschlagen hatte, den Nachmittag frei zu nehmen und sie deshalb nicht mit zurückfahren werde. Sie erzählte ihr aber auch in groben Zügen, was sich gerade oben in der Abteilung abgespielt hatte.

Da beide Frauen ein dringendes Bedürfnis verspürten, gingen sie gemeinsam zur Toilette und unterhielten sich anschließend noch einige Minuten im Vorraum. Nachdem sie sich verabschiedet hatten und aus der Toilettentür treten wollten, rannten sie beinahe Patricia Pletsch über den Haufen, die mit ihrem Ohr förmlich an der Tür klebte und gelauscht hatte.

»Was machen Sie denn schon wieder hier?«, fuhr Silke ihre Vorgesetzte scharf an. »Wohin man kommt, wird man von Ihnen belauscht. Hätten Sie sich mal lieber um Ihre Arbeit gekümmert, als oben bei Frau Bräunig am Computer rumzuspielen. Ich hoffe nur, Sie können sich nicht auch diesmal wieder herauswinden.«

Silke Jansen, die mit ihren Nerven fast am Ende war, hatte in ihrem Zorn kein Blatt vor den Mund genommen und frei von der Leber weg geredet. Aber Patricia Pletsch hatte ihre Untergebene auch viel zu oft zur Verzweiflung getrieben, als dass auch nur noch ein Rest von Sympathie zwischen den beiden Frauen herrschen konnte.

»Ich würde ja gern meine Arbeit machen, aber Timpe, der alte Miesepeter, lässt mich nicht«, erwiderte Patricia Pletsch schnippisch, die den Ernst der Lage völlig zu verkennen schien. »Und nun guten Tag, meine Damen, vielleicht haben Sie ja die Güte, mich in die Toilette zu lassen.«

Den letzten Satz hatte Patricia, die schon wieder in Rage zu geraten schien, wütend heraustrompetet und war dann zwischen den beiden hindurch in der Toilette verschwunden.

Silke und Lara sahen ihr kopfschüttelnd nach.

»Wahrscheinlich hätte es genügt, wenn sie sich reumütig entschuldigt hätte«, sagte Lara. »Aber nun hat sie den Bogen überspannt. Wahrscheinlich fliegt sie diesmal wirklich.«

»Na hoffentlich«, entfuhr es Silke, doch augenblicklich schämte sie sich dafür.

Lara, die das erkannte, umarmte ihre Freundin und Kollegin und sagte: »Es wäre wirklich nicht die schlechteste Lösung. Aber um noch mal auf heute Mittag zurückzukommen. Ich werde also um halb zwei gehen, das heißt, dass ich keine Mittagspause habe. Deshalb bis heute Abend. Es bleibt doch dabei, oder?«

»Na klar, bis heute Abend also.«

In der Abteilung Auszahlungsprüfung ging es an diesem Tag hoch her. Peter Baumgart war gerade in der Abteilung gewesen, um einen neuen Drucker zu installieren, als er plötzlich zu Motschmann gerufen wurde. Das war Anlass genug für die Angestellten der Abteilung, um allerlei Vermutungen anzustellen. Allen voran Bernhard Peters, der schlaksige, hoch aufgeschossene und schüchterne Mittdreißiger, der einerseits zwar sehr intelligent, andererseits aber auch viel zu vertrauensselig war und deshalb oft auf die Schnauze fiel und verkohlt wurde – was sein Kollege, der neunundfünfzigjährige Erwin Kohlmann, seinem Namen entsprechend hin und wieder tat. Aber diese Späße waren eher harmloser Natur. Da gab es ganz andere Kaliber in der Firma.

»Was das wohl wieder zu bedeuten hat?«, fragte Bernhard Peters. »Da steckt doch was dahinter.«

»Der wird wohl ein Verhältnis mit der Bräunig haben«, sagte Kohlmann lachend.

Bernhard Peters sprang sofort darauf an und fragte: »Wirklich?«

»Ach Quatsch, ich hab dich veräppelt. Wahrscheinlich ist ein Rechner abgestürzt. Das passiert doch in der letzten Zeit ständig. Und Peter Baumgart ist nun mal der beste Mann für solche Notfälle, das müsstest du aber selbst wissen, so gut wie du dich am Computer auskennst.«

»Ja, natürlich, du hast ja recht«, sagte Bernhard Peters einlenkend, »aber ...«

»Aber wahrscheinlich hat dir Patricia Pletsch auch schon so einen Mist aufgebunden. Und das, was sie sagt, ist ja für dich wichtiger als das kleine Einmaleins. Dass du auf die Alte abfährst, obwohl sie dich nach Strich und Faden verarscht, weiß doch die ganze Abteilung. Wahrscheinlich weiß es inzwischen sogar die ganze Firma. Meine Güte, Bernhard, mach dich nicht lächerlich. Es gibt doch selbst hier in der Firma Frauen, die solo sind und die Pletsch in allen Belangen um Längen schlagen.«

»Red nicht so über Pa...«

»Ich hab doch recht. Sie ist weder gut im Job, noch ist sie klug oder schön und anständig ist sie schon gar nicht und Hirn hat sie erst recht nicht. Aber du rennst hinter diesem Klappergestell her, als wärst du ein verliebter Gockel. Irgendwann fällt diese Frau gewaltig auf die Schnauze. Sieh bloß zu, dass sie dich nicht mit in ihren Sumpf hineinzieht.«

Bernhard Peters wurde puterrot, so sehr hatte Erwin Kohlmann mit seiner Rede ins Schwarze getroffen. Das führte aber nicht dazu, dass er zur Vernunft kam, ganz im Gegenteil.

»Du ... du ... bist doch ein erbärmliches Arschloch«, fuhr er seinen Kollegen vollkommen entrüstet an und verließ wutschnaubend den Raum in Richtung Kantine.

Aber genau das, was Bernhard Peters sich gar nicht vorstellen konnte, war inzwischen eingetreten. Die Herren Timpe und Motschmann, die schon zu den Führungskräften der Versicherung zählten, waren genauer über Bernhard Peters Schwärmerei für Patricia Pletsch informiert, als es ihm lieb sein konnte. So kamen die beiden zu dem Schluss, dass es dringend angeraten sei, dem werten Herrn auf den Zahn zu fühlen, wie weit er in Pletschs Machenschaften verstrickt war.

Nachdem Lara Rechner umgerüstet und mit einen neuen, sehr viel sichereren Passwort ausgestattet war, zeigte die Uhr schon fast Viertel vor Zwei. Deshalb schaltete Lara den Computer aus, wünschte Motschmann ein schönes Wochenende und verließ das Versicherungsgebäude.

Motschmann blieb noch eine Weile im Vorraum stehen und sah nachdenklich auf Laras Arbeitsplatz. Es war ihm sonderbar zumute, weil sie schon nach Hause gegangen war, aber das hatte sie sich redlich verdient. Ihm wurde bewusst, dass er sich sehr viel schneller an Lara Bräunig in seinem Vorzimmer gewöhnt hatte, als er das nach dem Weggang von Marita Hendrich für möglich gehalten hatte. Lara Bräunig war noch nicht einmal ganz sechs Monate, davon vier Monate allein in seinem Vorzimmer, und er bekam Bauchschmerzen, wenn er daran dachte, dass sie einmal nicht mehr dort sitzen könnte. Es war für Motschmann schwierig genug, wenn seine Sekretärin einige Tage Urlaub hatte und er seine Schreibarbeiten selbst erledigen musste.

Dann dachte er über eine andere Sache nach, die ihm noch schwerer im Magen lag. Er konnte es sich zwar nicht vorstellen, dass es neben Patricia Pletsch noch mehr schwarze Schafe in der Firma gab, aber in ihrer Wut über die Kündigung hatte sie so einiges gesagt, was sein Misstrauen gefördert hatte. Die Umstellung auf längere, schwieriger zu knackende Passwörter würde die Versicherung zwar ein kleines Vermögen kosten, aber es war eine Investition in die Zukunft und unumgänglich. Nicht nur, bis abgeklärt war, ob dieser Bernhard Peters etwas mit Patricias Machenschaften zu tun hatte. Motschmann war richtig stolz, dass er es geschafft hatte, die Direktion bereits nach den ersten Vorfällen dieser Art davon zu überzeugen, dass hier Abhilfe dringend

Not tat. Dass es nun erheblich schneller damit ging als ursprünglich geplant, war ein Nebeneffekt des Ganzen.

Nach einer Weile beendete Emil Motschmann die Selbstbeweihräucherung und wandte sich wieder den praktischen Dingen des Lebens zu. Wie könnte er es wohl anstellen, diesem Bernhard Peters auf den Zahn zu fühlen, ohne dass der gleich merken würde, was los war? Immerhin hatte Timpe seine Unterstützung zugesagt, falls sie gebraucht würde. Aber auf die wollte Motschmann erst zurückgreifen, wenn es gar nicht mehr anders ging. Je kleiner der Rahmen der Untersuchung blieb, umso besser. Zwei Personen würde er allerdings einweihen müssen. Uwe Grothewohl, Bernhard Peters Chef, und Peter Baumgart, den Servicetechniker.

Nachdenklich ging er in sein Büro zurück, nahm das Telefon zur Hand und führte in der nächsten halben Stunde zwei Gespräche. Dann stand er auf und fuhr in den zweiten Stock hinunter, wo Bernhard Peters' Abteilung untergebracht war. Vor dem Aufzug traf er sich mit Uwe Grothewohl und Peter Baumgart. Er besprach sich kurz mit ihnen, dann betraten sie die Abteilung.

Alle Köpfe wandten sich ihnen zu, denn es kam nicht oft vor, dass sich ein Vorstandsangehöriger – und dazu zählte Emil Motschmann im weiteren Sinne – in ihre Abteilung verirrte.

Dann ergriff Uwe Grothewohl das Wort. »Meine Damen und Herren, ich bräuchte für einen Moment bitte Ihre Aufmerksamkeit.«

Die zwölf Mitarbeiter der Abteilung sahen ihren Chef verwundert an, denn so förmlich hatten sie ihn selten erlebt.

»Was gibt es denn?«, fragte Ines Weber, die zusammen mit Gabriele Brecht die Frauenriege der Abteilung bildete.

»Sie haben doch sicher schon gehört, dass im Gebäude wiederholt an den Computern manipuliert wurde.«

»Ja!«, riefen alle Mitarbeiter im Chor.

»Heute Morgen hat es die Abteilung von Herrn Motschmann erwischt. Nachdem seine Rechner auf ein neues Passwortsystem umgestellt worden sind, hat man überlegt, welche Abteilung am besten als nächste drankommt und ist dabei auf unsere gekommen, da es hier bei Ausfällen zu beträchtlichen finanziellen Schäden für die Versicherung kommen kann. Herr Baumgart wird deshalb sofort beginnen, Ihre Rechner umzustellen. In Kürze stößt auch unser zweiter Servicefachmann, Herr Hagner, dazu, damit es schneller geht. Da dazu einige Zeit benötigt wird und Sie in dieser Zeit nicht an Ihre Schreibtische können, überlegen Sie bitte, in welcher Reihenfolge Sie eine Sonderpause machen möchten. Sie können auch, falls Ihnen das lieber ist, nach Hause gehen, da es Freitagnachmittag ist und es nicht zu erwarten steht, dass wir hier vor fünf fertig werden.«

»Könnten Sie mit meinem Rechner anfangen?«, fragte nun Roland Weisshammer, ein junger Sachbearbeiter.

»Gern, wieso denn?«

»Herr Grothewohl, ich habe heute noch nicht Mittag gemacht und möchte nun gern in die Kantine gehen. Außerdem brauche ich um Viertel nach drei einige Daten aus meinem Rechner, da ich an der Besprechung über den Brandschaden bei der Vogelsang AG teilnehme.«

»Das ist ein Argument. Dann fangen wir bei Ihrem Rechner an. Hat noch jemand einen wichtigen Termin heute Nachmittag?«

Es stellte sich heraus, dass lediglich Gabriele Brecht und Günther Liebisch später noch wichtige Telefonate zu führen hatten, und so verschwanden diese beiden vermutlich im Gasthaus Zur Traube, während alle anderen aus der Abteilung das großzügige Angebot ihres Chefs, Feierabend zu machen, annahmen. Nur Bernhard Peters blieb wie angewurzelt auf seinem Stuhl sitzen und hämmerte auf die Tastatur seines Computers ein. Das kam den Herren Motschmann, Grothewohl und Baumgart sehr entgegen, mussten sie sich doch nicht einfallen lassen, wie sie ihr Zielobjekt im Büro festhalten konnten.

»Na Herr Peters, immer noch fleißig? Warum machen Sie denn keine Pause?«, fragte Uwe Grothewohl scheinheilig.

»Ich habe heute schon früh Mittag gemacht«, erklärte Bernhard Peters, »und ich habe noch einiges an Arbeit vor mir. Außerdem muss ich spätestens um vier Uhr weg, denn ich habe einen wichtigen Termin.«

»Darf man fragen, welchen?«, fragte sein Chef.

»Ja, ich muss mein Auto zur Inspektion bringen. Es ist schon überfällig. Außerdem muss der Wagen zum TÜV. Das hab ich völlig verschwitzt. Vor Mittwoch werde ich das Auto wohl nicht zurückbekommen.«

»Ach, Sie Ärmster«, neckte ihn Motschmann, »ich kann nachvollziehen, wie das ist. Es ist schrecklich, wenn man mehrere Tage auf den fahrbaren Untersatz verzichten muss.«

»Allerdings, es ist grausam«, bestätigte Bernhard Peters, »aber für Montag und Dienstag habe ich eine Mitfahrgelegenheit. Mein Kollege Erwin Kohlmann nimmt mich mit, er wohnt ja auch in der Wolfsberg-Siedlung, und am Mittwoch fahre ich mit der Straßenbahn.«

Damit war das Eis gebrochen und es ergab sich eine lockere Plauderei zwischen Emil Motschmann und Bernhard Peters, bis Motschmann fragte: »Kennen Sie eigentlich Patricia Pletsch?«

Das hatte gesessen. Peters wusste, dass sein Verhalten in den letzten Wochen gewiss nicht korrekt gewesen war, und er begann zu stottern: »Nein ... äh ja ... na ja ... ja, doch, ich kenne sie.«

»Dann wissen Sie auch, dass Frau Pletsch hinter den Computermauscheleien steckt!«, sagte Motschmann scharf.

»Nein, weiß ich nicht!«

»Ach, reden Sie keinen Quatsch! Natürlich wissen Sie Bescheid. Das Ganze trägt doch Ihre Handschrift.«

Nun erklärte Bernhard Peters niedergeschlagen: »Nein, ich habe es bis vor wenigen Stunden wirklich nicht gewusst, aber geahnt. Und es stimmt, dass ich wahrscheinlich dafür verantwortlich bin. Allerdings war es und das muss ich hier betonen, keine Absicht.«

»Na, dann erzählen Sie mal«, forderte Motschmann ihn nun wieder wesentlich freundlicher auf, da er bemerkt hatte, dass der Widerstand gebrochen war.

»Einen kleinen Moment bitte, ich muss hier nur schnell etwas beenden«, sagte Bernhard Peters, »dann stehe ich Ihnen Rede und Antwort.«

Motschmann ließ den Unglücksraben gewähren, der nun wie ein Häufchen Elend vor seinem Computer saß. Plötzlich jedoch zuckte Peters zusammen und murmelte fassungslos: »Was ist denn das?«

»Wieso, was ist?«, fragten Motschmann und Grothewohl fast gleichzeitig.

Anstatt zu antworten, rief Peters: »Herr Baumgart, kommen Sie doch bitte mal her.«

Peter Baumgart, der bisher an Weisshammers Computer gearbeitet hatte, kam, zog sich einen Stuhl herbei und ließ sich darauf nieder. »Was gibt es denn?«

»Hier, sehen Sie. Das ist eine Mail von Herrn Grothewohl. Da es darin um hohe Geldbeträge geht, ist sie zusätzlich mit einem zweiten Passwort gesichert, damit sie nicht von Unbefugten geöffnet wird.«

»Okay, was ist daran so besonders?«

»Sehen Sie doch. Hier ist ein Anhang an der Mail, der vor einigen Stunden noch nicht da war.«

Schlagartig war Baumgart, der bisher gedacht hatte, Peters wolle nur von seinem eigenen Versagen ablenken, hellwach. »Was sagen Sie da?«

»Dieser Anhang bei Herrn Grothewohls Mail war heute Morgen noch nicht da.« Mit einem Mal fiel ihm siedend heiß etwas ein und er schlug sich entsetzt mit der flachen Hand auf den Mund. »Oh nein«, entfuhr es ihm unbeabsichtigt, »eben kommt mir ein furchtbarer Gedanke.«

»So, was ist das denn für ein Gedanke?«, fragte Peter Baumgart.

»Als ich heute Vormittag mit diesem Programm arbeitete, kam Patricia Pletsch herein. Sie ist, oder war, wie sie ja schon wissen, meine Freundin«, gestand Bernhard Peters und wurde rot dabei.

Grothewohl und Motschmann sahen sich entsetzt an und Peter Baumgart kommentierte: »Eine schöne Freundin haben Sie da.«

»Ja, ich weiß«, sagte Peters niedergeschlagen.

»Also raus mit der Sprache, was ist geschehen?«, fragte Uwe Grothewohl.

»Äh, ja, dass Patricia Passwörter knacken kann, weiß ich ja. Schließlich habe ich es ihr selbst beigebracht.«

»Wie bitte?«, entfuhr es den anderen dreien gleichzeitig.

»Ja, sind Sie denn von allen guten Geistern verlassen? Warum um alles in der Welt haben Sie das gemacht? Hatten Sie vor, der Firma zu schädigen?«

»Nein! Um Gottes Willen!«, schrie Bernhard Peters beinahe auf. »Nichts lag mir ferner als das.«

»Aber wie kam es dazu?«

»Nun … äh … ja …«, stammelte Bernhard Peters noch etwas, bevor es aus ihm herausprudelte: »Ich war, wie Sie vielleicht wissen, schon fast ein Jahr hinter Frau Pletsch her und wollte sie abends mal zum Essen einladen. Sie hat mich aber immer ausgelacht. Aber vor etwa vier Wochen hat sie plötzlich zugesagt. Wenn ich mich richtig erinnere, war das der Tag, als Herr Baumgart mich im Raucherraum gelobt hat, weil ich so viel von Computern verstünde. Damals ahnte ich nichts Böses. Sie kam also abends zu mir, ich hatte für uns gekocht und wir aßen zusammen. Dann haben wir … äh …«

»Schon gut, Peters, wir haben Sie auch so verstanden«, erklärte sein Chef gönnerhaft und fragte dann: »Wie ging es dann weiter?«

»Kaum dass wir wieder aus dem Bett heraus waren, hat sie mich gefragt, was man machen könne, wenn man sein Passwort vergessen habe und nicht mehr in den eigenen Computer könne. Ich fragte sie, ob ihr das passiert sei, und sie versicherte mir glaubhaft, dass genau das geschehen sei. Sie wolle sich aber nicht an die offiziellen Stellen wenden, weil ihr das peinlich sei. Deshalb, und nur deshalb, habe ich ihr erklärt, wie man Passwörter knackt.«

»Mensch, Sie sind ein Trottel«, entfuhr es Grothewohl.

»Ja Chef, das bin ich, denn obwohl ich Patricia danach nie mehr zu mir nach Hause und schon gar nicht ins Bett bekommen habe, ist mir bis heute Morgen nicht aufgefallen, dass sie mich nur benutzt hat.«

»Wieso, was ist heute Morgen passiert?«

»Heute Morgen um sieben, ich komme oft so früh, war Patricia schon da. Sie erwartete mich auf dem Flur und sagte, ab jetzt seien wir Komplizen. Ich hab sie gefragt,

was sie damit meine, und sie hat mir auf den Kopf zugesagt, dass sie es gewesen sei, die mit meinen Tipps die
Computer manipuliert habe. Und an diesem Morgen
wollte sie ihr Meisterstück, wie sie es nannte, machen.
Das war der Computer von Frau Bräunig. Inzwischen
waren wir im Büro angekommen, wo um diese Zeit noch
niemand war, und sie bedrängte mich fast körperlich,
ihr weitere Tipps zu geben. Ich war aber inzwischen zur
Besinnung gekommen und weigerte mich. Da wurde sie
ziemlich rabiat und meinte, dass sie sich das nicht gefallen
ließe. Ich ließ an diesem Morgen meinen Computer aus-
geschaltet und das schien sie ebenfalls zu reizen. Sie sagte,
da wir Komplizen seien, solle ich mich nicht so anstellen,
es würde schon nichts geschehen. Aber ich glaubte das
nicht und komplimentierte sie auf dem schnellsten Wege
hinaus. Als sie endlich fort war, ging ich schnell zu Frau
Bräunig hinauf und wollte sie warnen. Schließlich wusste ich, dass auch Frau Bräunig um diese Zeit schon oft
im Büro ist. An diesem Morgen war sie allerdings noch
nicht da. Ich habe fast eine halbe Stunde lang vor ihrem
Büro gewartet, dann bin ich wieder runtergefahren.«

»Wenn das so war, dann kommen Sie noch einmal
mit einem blauen Auge davon, Herr Peters«, sagte Uwe
Grothewohl nachdenklich und fügte hinzu: »Dennoch
wäre es besser, Sie könnten irgendwie beweisen, dass
Ihre Geschichte stimmt, denn Frau Pletsch wurde bei
der Manipulation erwischt und hat Sie schwer belas-
tet.«

»Wie bitte?« Bernhard Peters schnappte schockiert
nach Luft.

»So, dann werden wir den Anhang mal öffnen«,
meinte nun plötzlich Peter Baumgart, denn er hatte eine
Ahnung, dass darin vielleicht der fehlende Beweis für
Bernhards Unschuld zu finden sein könnte.

Schnell tippte Bernhard Peters seine DE-Nummer und die beiden Passwörter ein und wenige Sekunden später erschien etwas auf dem Bildschirm, das ihm die Schamesröte ins Gesicht steigen ließ.

»Das gibt es doch nicht«, stieß nun auch Peter Baumgart entsetzt hervor, »diese Frau ist doch wirklich das Letzte, was es gibt.«

»Da ... da muss ... muss ich dir unbedingt recht geben«, stammelte Bernhard Peters leise.

Es war ihm unendlich peinlich, was da auf dem Bildschirm zu sehen war. Patricia Pletsch hatte ein Nacktfoto von ihm eingescannt, das er sofort wiedererkannte. Sie hatte ihn an diesem Abend, als sie bei ihm war, auf dem Bett liegend fotografiert und gesagt, sie wolle das Bild als Erinnerung an einen zauberhaften Abend haben. Unter das Bild hatte sie einen Kommentar geschrieben, der zwar alles andere als freundlich war, aber letztendlich Bernhard Peters Version bestätigte. Denn da stand: »So sieht ein Schlappschwanz aus, der nicht den Mumm hat, ein Projekt mit mir durchzuziehen.«

»Entschuldige, Bernhard«, riss Peter Baumgart ihn aus seinem Entsetzen, »aber du siehst doch ein, dass wir das deinem Chef zeigen müssen.«

»Ja ... ja ... natürlich«, stammelte Bernhard, dem es vollkommen die Sprache verschlagen hatte.

»Herr Grothewohl, Herr Motschmann, kommen Sie doch bitte mal her und sehen sich diese Schweinerei an«, bat Bernhard Peters.

Die beiden kamen neugierig näher und nach einem Blick auf den Bildschirm fehlten auch ihnen die Worte.

Als er sich wieder gefangen hatte, fragte Motschmann alle Beteiligten, ob er Herrn Timpe, Patricia Pletschs

Chef, dazuholen könne. Denn dann hatte Herr Timpe alle Trümpfe in der Hand, die er bei einem eventuellen Arbeitsgerichtsprozess brauchen konnte.

»Natürlich«, murmelte Bernhard Peters, »dieser Frau muss doch das Handwerk gelegt werden.«

In diesem Augenblick betrat der Vertreter von Herrn Grothewohl, Matthias Lorenz, das Zimmer. Da er die Anfänge nicht mitbekommen hatte, wunderte er sich über die ratlosen und bedrückten Gesichter seiner Kollegen und fragte, was los sei. Peter Baumgart erklärte ihm alles und Matthias Lorenz traf fast der Schlag. Kurz danach kam auch Wolfgang Timpe, der in der Zwischenzeit benachrichtigt worden war, in die Abteilung und wurde von Motschmann ins Bild gesetzt.

»Das gibt's doch nicht«, wetterte Timpe los.

Dann erklärte er allen Beteiligten, dass er bis eben unschlüssig gewesen sei, ob er Patricia Pletsch die zweite Abmahnung wirklich erteilen sollte, denn es sei ja unverkennbar, dass diese Frau irgendwelche Komplexe mit sich herumschleppe. Auch sei ihm bei ihr ein leichtfertiger Umgang mit Tabletten aufgefallen, sodass er eine Abhängigkeit vermutete.

»Wenn sie sich entschuldigt hätte und bereit gewesen wäre, sich in Therapie zu begeben, hätte das Ganze nicht im Rausschmiss enden müssen«, beendete er seine Rede, »aber jetzt ist das Maß endgültig voll. Gleich Montag früh, wenn Herr Taleske, unser Personalchef, aus dem Urlaub zurück ist, hat er Frau Pletschs zweite Abmahnung sowie eine Benachrichtigung über das hier auf dem Tisch. Dann ist sie endgültig draußen. Ich hoffe, danach kehrt wieder Ruhe ein.«

»Also hat sich Herr Peters keiner Mithilfe, sondern nur der außergewöhnlichen Blödheit schuldig gemacht?«, fragte Matthias Lorenz.

»Ja, so könnte man es ausdrücken«, gab Grothewohl grinsend zurück.

»Es wäre auch schade gewesen, wenn wir einen so fähigen Mitarbeiter ebenfalls verloren hätten.«

»Danke«, sagte Bernhard Peters bedrückt.

»Aber Strafe muss sein«, sagte Grothewohl. »Eine Abmahnung bekommen auch Sie. Außerdem einen Beförderungsstopp für zwei Jahre. Das wird Ihnen hoffentlich eine Lehre sein.«

»Ja, Chef.«

»Na, lassen Sie den Kopf nicht so hängen, Herr Peters, Sie sind ja gerade noch einmal mit einem blauen Auge davongekommen. Der Rest kommt schon wieder ins Lot.«

»Da bin ich mir nicht so sicher.«

»Wie meinen Sie das?«

»Ich habe da noch eine Vermutung, die mir das Blut in den Adern gefrieren lässt. Wenn Patricia Pletsch das macht, dann bin ich für immer das Gespött der Firma.«

»Wieso, was meinen Sie?«, fragte Matthias Lorenz.

»Ich habe da schon eine Vermutung«, sagte Peter Baumgart, um dann schmunzelnd hinzuzufügen: »Da Patricia Pletsch intelligent genug war, das Bild hier in den Rechner zu stellen, könnte sie ja auch eine Kopie davon in andere Abteilungen versandt haben. Das war es doch, Herr Peters, was Sie meinten, nicht wahr?«

»Ganz genau. Die Vorstellung, dass sämtliche Frauen im Haus nun ein Nacktfoto von mir auf ihrem Rechner haben, ist der blanke Horror für mich«, gestand Bernhard Peters ein.

»Nun ja, das haben Sie sich in erster Linie selbst zuzuschreiben. Sie wussten, mit wem Sie sich da einlassen. Sie können nichts weiter tun, als es darauf ankommen lassen und Frau Pletsch notfalls verklagen.«, sagte Grothewohl ernst. Aber dann grinste er plötzlich. »So schlecht sind Sie auf dem Foto übrigens gar nicht getroffen.«

Er klopfte Peters noch einmal auf die Schulter und ging in sein Büro.

# Kapitel 8

Patricia Pletsch saß zu Hause auf ihrem Sofa im Wohnzimmer und rauchte eine Zigarette nach der anderen. Das Sofa unter ihr, das auch schon bessere Tage gesehen hatte, ächzte, obwohl Patricia ja nur ein Fliegengewicht war. Neben ihr, auf dem kleinen schwarzen Beistelltischchen, stand eine riesige Kanne Kaffee und eine dazu passende Tasse. Dass sie nun noch weniger aß, sah man ihr an. Sie war noch dürrer geworden als ohnehin schon. In den letzten vierzehn Tagen hatte sie bestimmt weitere drei Kilo abgenommen. Ihre Röcke und Hosen schlotterten nur so an ihr herum und ihr Busen war inzwischen selbst für Körbchengröße B zu flach geworden. Deshalb war es auch kein Wunder, dass sie sich in ihrem eigenen Körper nicht mehr wohl fühlte und ihr Nervenkostüm zum Zerreißen gespannt war. Beim geringsten Anlass fuhr sie aus der Haut. Der Letzte, der das zu spüren bekommen hatte, war der Hausmeister in ihrem Haus, als er im Auftrag des Vermieters die Benachrichtigung für eine geringe Mieterhöhung übergab. Beinahe hätte sie den armen Mann, der schleunigst die Flucht ergriffen hatte, sogar geschlagen.

Aber dieses Mal hatte sie, wie sie sich selbst einredete, allen Grund, wütend zu sein. Schließlich hatte sie es Silke Jansen und ihrer vermaledeiten Freundin Lara Bräunig zu verdanken, dass Timpe ihr die zweite Abmahnung innerhalb weniger Tage ausgesprochen hatte. Was das bedeutete, war klar. Am Montag, wenn Taleske, der Personalchef, wieder da war, würde sie in sein Büro gerufen werden und die fristlose Kündigung bekommen. Nur hatten diese beiden Trottel übersehen, dass man so etwas mit einer Patricia Pletsch nicht machte. Nach und nach reifte in ihrem Kopf die Vorstellung, dass sie sich an allen, die ihr übel mitgespielt hatten, rächen würde. Wie, das wusste sie noch nicht. Aber sie hatte ja das ganze Wochenende Zeit, sich einen detaillierten Plan zurechtzulegen. Nur so viel war ihr bereits klar: Sie musste weiterhin Zutritt zur Firma behalten.

Damit sie besser nachdenken konnte, ging sie zuerst in die ziemlich heruntergekommene Küche ihrer reichlich verlotterten Wohnung und holte sich aus dem Kühlschrank eine kalte Flasche Sekt. Sie nahm sie mit ins Wohnzimmer, nahm im Vorbeigehen noch ein Sektglas aus dem Wohnzimmerschrank und wollte beides auf dem Wohnzimmertisch abstellen, als sie durch eine ungeschickte Bewegung den randvollen Aschenbecher vom Tisch fegte.

»Scheiße«, knurrte sie, sammelte die vierzehn Zigarettenkippen, die sich im Aschenbecher befunden hatten, wieder ein und sah auf den Aschefleck, der sich auf dem Wohnzimmerteppich abzeichnete. Zuerst war sie versucht, den Teppich abzusaugen, doch im nächsten Moment überlegte sie es sich anders, murmelte: »Ist doch sowieso alles sinnlos, das tritt sich fest« und trug den alten Ascher mit den Kippen in die Küche hinaus.

Anstatt ihn auszuleeren und kurz abzuspülen, stellte sie ihn, wie er war, auf die Abtropffläche ihrer Spüle, ging ins Wohnzimmer zurück und holte einen neuen aus dem Schrank. Dann ließ sie sich auf ihre Couch fallen, die das prompt mit einem lauten Ächzen quittierte, und zündete die nächste Zigarette an. Während sie grübelnd vor sich hin paffte, schüttete sie innerhalb weniger Minuten drei Gläser Sekt in sich hinein.

Ich weiß nicht, was das ist, dachte sie nach einer Weile beklommen, irgendwie werde ich in der letzten Zeit gar nicht mehr richtig wach, das kommt bestimmt vom niedrigen Blutdruck. Aber ich hatte doch früher nie Probleme damit. Nun ja, da kann man abhelfen, war ihr nächster Gedanke, bevor sie mühsam von dem abgewetzten Sofa aufstand und ins Bad ging.

Dort kramte sie so lange im Medikamentenschrank, bis sie die gewünschte Packung Tabletten gefunden hatte. Es hatte schon einige Mühe gekostet, einen Arzt zu finden, der ihr diese Dampfhämmer verschrieben hatte.

Später in der Apotheke hatte sie dann noch das Geschwätz dieses Apothekers über sich ergehen lassen müssen, der ihr dringend angeraten hatte, sorgsam auf die Dosierung zu achten. Denn eine der Nebenwirkungen dieser Aufputschmittel sei, dass man bei stärkerer Überdosierung zu ungehemmter und maßloser Selbstüberschätzung mit anschließenden Abstürzen neigen würde. Aber was wusste dieser Quacksalber schon. Inzwischen war Patricia bei fünf Tabletten statt der empfohlenen zwei pro Tag angekommen. Außerdem trank sie, was dieser ahnungslose Apotheken-Idiot ihr auch ausreden wollte, beachtliche Mengen Alkohol dazu.

»Mein Gott«, murmelte sie nach einer Weile, »wie tief bin ich doch gesunken. Warum musste es nur so weit kommen? An allem ist dieser elende Andreas schuld. Wäre er kurz nach seinem Fehltritt zu mir zurückgekommen, als ich es ihm in meiner grenzenlosen Großzügigkeit angeboten habe, wäre alles nicht so weit gekommen. Ich hätte ihn wieder aufgenommen, obwohl er fremdgegangen war. Schließlich habe ich ihn geliebt wie noch nie einen Mann zuvor. Dass er aber so stur sein könnte, das hätte ich nicht gedacht.«

So haderte Patricia wie so oft in letzter Zeit mit ihrem Schicksal und machte alle anderen dafür verantwortlich, dass es ihr schlecht ging. Allen voran ihren Exfreund Andreas Mälzer, den sie mit ihrer grenzenlosen Eifersucht in die Arme einer anderen getrieben hatte, aber auch ihre Kollegen, Vorgesetzten und Freunde, die sie inzwischen nicht mehr hatte. Nur bei einer einzigen Person kam es ihr nicht in den Sinn, nach der Verantwortung für alles zu suchen: bei sich selbst.

Inzwischen war es fast schon Abend geworden und auch Lara hatte es sich auf ihrer Couch gemütlich gemacht. Seltsamerweise trank auch sie Sekt und rauchte. Allerdings war sie im Gegensatz zu Patricia vollkommen mit sich im Reinen. Dennoch dachte auch sie über die vergangenen Stunden und alles, was sich an diesem Tage ereignet hatte, nach.

»Ich wusste ja schon immer, dass diese Patricia ein Biest ist«, sagte Lara grinsend vor sich hin, »aber dass sie die Dreistigkeit besitzt, an fremde Rechner zu gehen und die Passwörter zu knacken, um die Geräte unbrauchbar zu machen, hätte ich nicht von ihr gedacht. Da ist es wirklich kein Wunder, dass Timpe und der Motzer so sauer sind.«

Nachdem Lara einen weiteren Schluck aus ihrem Sektglas genommen hatte, dachte sie: So, jetzt ist Schluss. Ab jetzt werde ich drei Tage lang keinen einzigen Gedanken mehr an die Firma verschwenden, schließlich will ich meine drei freien Tage in vollen Zügen genießen. Es ist immerhin das erste Mal, seit ich bei der Norddeutschen Industrieversicherung bin, dass ich mir so einfach zwischendurch ein verlängertes Wochenende genehmige. Der Motzer hat vielleicht Augen gemacht, als ich ihn heute Morgen gefragt habe.

»Na ja, prost, Lara«, sagte sie zu sich selbst und trank auf dieses schöne Gefühl der Freiheit.

Ich darf jetzt nur nicht zu viel trinken, dachte sie nach einer Weile. Schließlich gehe ich nachher zu Silke und es wäre unhöflich von mir, sie dann allein trinken zu lassen.

Bei dem Gedanken an das gute Abendessen, das es nachher geben würde, lief ihr das Wasser im Mund zusammen, denn sie wusste, welch ausgezeichnete Köchin Silke war. Früher, als Lara noch nicht ganz so streng auf ihre Linie geachtet hatte, hatte sie manchmal bei Silke zu Abend gegessen.

»Vielleicht sollten wir das wieder öfter machen«, sagte Lara versonnen vor sich hin, »aber erst mal ist es an der Zeit, dass ich mich bei ihr revanchiere. Ich sollte auch mal für sie kochen. Das könnte ich doch morgen machen. Ich werde später mit Silke darüber sprechen.«

Während Lara sich bequem auf dem Sofa ausstreckte, dache sie: Irgendwie kann ich mich gar nicht mehr beschäftigen. Ich weiß gar nicht, was ich abends treiben soll. Die Wohnung ist geputzt, das habe ich gleich gemacht, als ich heute Nachmittag nach Hause gekommen bin. Ich bin es gar nicht mehr gewohnt, so viel Zeit für mich zu haben. Aber das sollte wieder zur Regel werden. Als ich noch im Schreibbüro saß, war ich an kaum einem Abend später als um sechs Uhr zu Hause. Oft sogar früher. Wenn ich jetzt um sieben oder halb acht zu Hause bin, kann ich schon froh sein. Denn meistens wird es acht. Wenn ich den Zug versäume, sogar noch später. Der Chef hat schon recht. Ich bin ein richtiges Arbeitstier geworden, fast schon ein Workaholic. Aber so geht's nicht weiter. Das ist doch kein Leben. Ich werde Silke fragen, ob sie immer noch wie früher zwischen fünf und halb sechs Feierabend macht, und ihr Angebot mitzufahren annehmen. Aber auch das kann nicht zur Dauereinrichtung werden. Früher oder später kaufe ich mir wieder ein Auto, am Ende verlerne ich noch das Fahren. Aber das ist Zukunftsmusik. Was sich auf jeden Fall ändern muss, sind die Arbeitszeiten. Und zwar bald.

Langsam wurde es Zeit, dass sie sich umzog. Dann aber dachte sie: Warum soll ich mich denn in die unbequemen Stoffhosen zwängen, wenn es eine bequeme Jogginghose auch tut? Ich nehme die gute Schwarze und ziehe mir nur ein schönes T-Shirt drüber.

Kurz darauf stand sie im Bad vor dem Spiegel und hatte den Parfümflakon in der Hand. Da sie im Büro gepflegt erscheinen musste, war es zum lieb gewordenen Ritual geworden, einige Spritzer Parfüm auf ihr T-Shirt zu geben. Anschließend legte sie sich ihre teure goldene Kette an, die ihre Mutter ihr zum fünfundzwanzigsten Geburtstag geschenkt hatte.

»Ach Mutti«, sagte Lara zu ihrem Spiegelbild, »jetzt ist es schon fast zweieinhalb Jahre her, dass ich dich nicht mehr habe.«

Obwohl sie dagegen ankämpfte, konnte sie es nicht verhindern, dass ihr einige Tränen die Wangen hinunterrollten und sie kurz aufschniefte.

»Du sentimentales Wesen«, schimpfte sie mit sich selbst, »hör auf damit, von dieser ewigen Heulerei wird's auch nicht besser.«

Mit einem Mal kam ihr zu Bewusstsein, dass sie sich in den letzten beiden Jahren immer mehr aus dem Privatleben ausgeklinkt und seit ihrer Beförderung zu Herrn Motschmanns Sekretärin so sehr in Arbeit gestürzt hatte, um die tiefe Traurigkeit in ihrem Herzen besser ertragen zu können.

Von dieser Erkenntnis gestärkt machte sie sich schnell fertig, holte die Einkaufstasche aus dem Wandschrank, verstaute die drei Flaschen Sekt darin und ließ auch den Stoffbeutel, in dem diverse Süßigkeiten vor sich hindufteten, in der großen Tasche verschwinden.

Schnell nahm sie ihre Handtasche von der Flurgarderobe, zog ihre dicke Jacke über, nahm die Tasche in die Hand und machte sich auf den Weg zu Silke Jansen, die nicht einmal dreihundert Meter entfernt am Bahnhofsplatz wohnte.

In der Zwischenzeit war Patricia Pletschs Stimmung auf einem Tiefpunkt angekommen, wie es ihn vorher in ihrem Leben noch nie gegeben hatte. Seit dem frühen Nachmittag hatte sie auf der Couch gegammelt. Zwar wollte sie nach dem Verweis von Timpe die Firma zuerst gar nicht verlassen, aber nachdem sie vor der Toilette mit Silke Jansen und Lara Bräunig zusammengestoßen war, war ihr die Lust, noch länger dort zu bleiben, gründlich vergangen. Sie war mit der Bahn nach Hause gefahren und hatte seitdem einige Tabletten, zwei Flaschen Sekt und weiß der Teufel wie viele Ramazottis verdrückt. Nur gegessen hatte sie an diesem Tag noch keinen Bissen. Sie tat sich selbst unendlich leid. Mit zitternden Fingern hielt sie das Foto ihres tödlich verunglückten Freundes in den Händen.

Ach, Andreas, warum musstest du nur sterben, dachte sie. Wir hätten doch noch so vieles gemeinsam erleben können. Aber so musste diese blöde Kuh mir meinen Freund nehmen. Ausgerechnet du, Angela, musstest ihn mir nehmen.

Eine Woge des Hasses gegen ihre ehemalige Arbeitskollegin und gute Bekannte Angela wallte in ihr hoch, aber sie übersah großzügig, dass sie an der Misere nicht ganz unschuldig war. Denn mit ihrer fast schon krankhaften und bis dahin völlig unbegründeten Eifersucht hatte sie Andreas auf einer Betriebsfeier, bei der auch Angehörige teilnehmen durften, direkt in die Arme von Angela Neumerker getrieben. Patricia war noch nie sehr freizügig mit dem Begriff Freundschaft umgegangen und ihre Sympathie zu erringen galt als schwierig. Aber Angela hatte es geschafft. Bis zu jenem Abend vor einigen Jahren im Oktober, als die Sympathie, die sie für ihre Kollegin empfand, in abgrundtiefen Hass umschlug. Von diesem Tag an hatte Angela nichts mehr zu lachen. Weder in der Firma noch nach Feierabend. Tagsüber machte Patricia sie zum Gespött des Raucherraumes, der Abteilung und schließlich sogar fast der ganzen Firma. Lediglich die hohen Herren, zu denen sie auch Timpe zählte, wussten von nichts. Im Timpes Fall war das auch nicht weiter verwunderlich, denn sehr lange hatte Angela nicht in seiner Abteilung gearbeitet. Nur wenige Wochen nach dieser Betriebsfeier zog Andreas zu seiner neuen Flamme Angela und Patricia machte daraufhin ihrer Kollegin das Leben derart schwer, dass sie nur zwei Monate später das Handtuch warf und entnervt kündigte. Angela und Patricia wechselten seit diesem Tag kein Wort mehr miteinander, obwohl Patricia ständig bei den beiden anrief. Wenn Angela ans Telefon ging, legte sie wieder auf. Aber wehe, Andreas war dran. Dann bettelte sie oder drohte. Weinte oder stieß wüste Beschimpfungen aus. Aber es half alles nichts; Andreas kehrte nicht zurück zu ihr.

Irgendwann, einige Monate später, war sie kurz davor aufzugeben. Doch dann kam ihr zu Ohren, dass Angela schwanger sei und Andreas Vater würde. Das konnte doch nicht wahr sein. Denn schließlich war es immer Andreas gewesen, der zu ihr gesagt hatte, dass er keine Kinder wolle. Kinder seien ihm einfach zu laut und zu nervig. Außerdem hatte er Angst, dass sie seinen Sportwagen verschmutzten. Also fing sie wieder an zu nerven. Erst als das Kind auf der Welt war, stellte sie ihre Versuche, Andreas zurückzugewinnen, endgültig ein. So vergingen einige Monate, die Patricia zwischen Arbeit und Glotze verbrachte, als plötzlich wieder alles anders war. Denn eines Abends, Patricia saß mit einer Flasche Rotwein vor dem Fernseher, klingelte es an ihrer Wohnungstür und Andreas stand, bepackt mit den paar Habseligkeiten, mit denen er ausgezogen war, vor der Tür. Er wollte wieder bei ihr einziehen und gestand ihr zerknirscht, dass die Affäre mit Angela Neumerker der größte Fehler seines Lebens gewesen sei. Patricia war hin und her gerissen, sie saß zwischen allen Stühlen. Was sollte sie tun? Schließlich hatte sie einerseits genau diesen Augenblick mehr als ein Jahr lang herbeigesehnt, andererseits hatte der feine Herr ein Kind mit einer andern. Das konnte sie, selbst wenn sie es wollte, nicht so einfach unter den Teppich kehren. Schließlich trat sie zur Seite und gab den Weg in die Wohnung für ihn frei. Aber wenn sie anfangs auch geglaubt hatte, dieses Kind mit der anderen aus ihrem Gedächtnis ausblenden zu können, so sah sie sehr schnell ein, dass dieses Kind für immer zwischen ihnen stehen würde. Nach nicht einmal einer Woche hielt sie es nicht mehr aus. Als Andreas abends von der Arbeit zurückkkam, fand er seine beiden Koffer und die drei Kisten, in denen seine Besitztümer verstaut waren, auf dem Treppenabsatz vor der Wohnungstür vor. An der Tür klebte ein Zettel, auf dem zu lesen stand, dass Patricia keinen Weg zurück zu einer Beziehung mehr sehe und er möglichst geräuschlos verschwinden solle. Völlig verzweifelt lud Andreas Mälzer seine Habseligkeiten in den

Sportwagen und fuhr mit quietschenden Reifen davon. Er jagte mit aberwitziger Geschwindigkeit und völlig ziellos davon. Zuerst nach Riegelsbach, wobei er zwei Mal über eine rote Ampel fuhr. Beim ersten Mal wurde er geblitzt und beim zweiten Mal rammte er einen Wagen des Querverkehrs. Dann machte er kehrt und raste von Süden über den Alleenring in die Stadt hinein, um in Richtung Autobahn abzubiegen. Beim Abbiegen rammte er einige geparkte Autos und fuhr auf den mit einer lang gezogenen Rechtskurve beginnenden Autobahnzubringer, der zum Autobahnkreuz Kahlenfurth führte. Am Autobahnkreuz wollte er auf die Autobahn nach Bremen fahren, kam aber wegen der vollkommen überhöhten Geschwindigkeit von der Fahrbahn ab und knallte gegen einen Brückenpfosten. So jedenfalls erklärten es die Polizisten Patricia, deren Adresse sie bei dem schwerstverletzten Andreas Mälzer fanden.

Patricia ließ sich von den Beamten in die Klinik fahren, denn sie wollte Andreas in dieser schweren Stunde beistehen. Erst da merkte sie, wie sehr sie noch immer an ihm hing. Als sie ihn zwischen all den Schläuchen und Apparaten liegen sah, kam sie sich plötzlich sehr schäbig vor und bereute es, ihn aus der Wohnung geworfen zu haben.

Aber ihre Reue kam zu spät.

Gerade als sie an sein Bett trat, schlug er die Augen auf und murmelte: »Verzeih mir.«

Danach fiel er in ein tiefes Koma, aus dem er nicht mehr erwachte. Einige Tage später starb er.

Die nächsten Tage, Wochen und Monate waren die Hölle für Patricia. Es fing damit an, dass Angela nur durch Zufall erfuhr, was geschehen war, und so beinahe die Beerdigung verpasste. Angela nahm Patricia sehr übel, was geschehen war, und sagte am offenen Grab zu ihr: »Patricia, was du getan hast, soll dir kein Glück bringen. Dass er mich und seinen Sohn verlassen hat, um mit dir zusammen zu sein, damit hätte ich irgendwie leben können. Aber dass er uns verließ, nur um durch deine Härte zu sterben, das werde ich dir nie verzeihen.«

Danach drehte Angela den Spieß um und terrorisierte nun Patricia, die bereits durch die Ereignisse stark angeschlagen war. Das ging so weit, dass Angelas Eltern einschreiten mussten und mit ihrer Tochter und ihrem Enkel wegzogen. Dann kehrte zwar wieder Ruhe ein, aber diese sechs, acht Wochen hatten ausgereicht, um Patricia vollends zu zermürben. Sie verzweifelte so sehr, dass sie psychiatrische Hilfe in Anspruch nehmen musste, und es hätte nicht viel gefehlt und sie hätte in ein Sanatorium gemusst.

So aber glaubte der Arzt, die Sache mit starken Psychopharmaka in den Griff zu bekommen. Ein verhängnisvoller Fehler. Denn leider spülte Patricia sie in ihrer Verzweiflung mit Alkohol hinunter. So geriet sie immer mehr in einen Teufelskreis der Abhängigkeiten, aus dem sie nicht mehr herausfand. Durch den Tabletten- und Alkoholmissbrauch veränderte sich mit der Zeit ihre gesamte Persönlichkeit, sodass sie nicht nur kalt und abweisend, sondern auch herrsch- und rachsüchtig wurde. Aber vor allem prägte sich ein Persönlichkeitszug aus, unter dem ihre Kollegen dann am meisten leiden mussten. Sie wurde geradezu teuflisch boshaft. Vor ihr kuschten sogar manche Vorgesetzte. Die Einzige, die ihr hin und wieder Paroli bot, war Silke Jansen.

# Kapitel 9

Silke Jansen öffnete mit glühenden Backen die Tür, da die Glocke anschlug.

»Komm rein!«, rief sie Lara zu. »Ich muss wieder in die Küche. In fünfzehn Minuten ist das Essen fertig.«

»Kann ich dir etwas helfen?«, fragte Lara.

»Nein, nein«, antwortete Silke irgendwo aus den Tiefen ihrer Küche, »das Meiste ist fertig. Aber wenn du willst, kannst du den Salat mit ins Wohnzimmer nehmen.«

»Natürlich mache ich das«, sagte Lara und ging in die Küche, um die Schüssel entgegenzunehmen.

Silke drückte ihr eine riesige Salatschüssel in die Hand und als Lara die Küche verließ, hatte sie die herrlichsten Düfte in der Nase.

»Mensch, das duftet aber lecker«, sagte sie versonnen und blieb stehen.

»Danke, hoffentlich schmeckt es auch so. Mir sind nämlich einige Gewürze ausgegangen«, entgegnete Silke selbstkritisch.

»Ganz bestimmt. Bei dir schmeckt's doch immer. Wenn dir ein Gewürz ausgeht, dann hast du bestimmt ein anderes im Schrank, das noch viel besser passt. Wenn ich koche, kann man nie ganz sicher sein, was am Ende dabei rauskommt.«

»Na ja, was nicht ist, kann ja noch werden. Wenn du willst, bringe ich dir den ein oder anderen Trick der modernen Küche bei.«

»Das wäre nicht schlecht.«

Lara trug zwei Schüsseln aus der Küche ins Wohnzimmer und Silke folgte ihr mit der schweren Fleischplatte.

»So, jetzt essen wir erst mal was Gutes und dann machen wir uns auf der Couch einen gemütlichen Abend.«

»Ja, du hast recht. Das ist endlich mal wieder etwas anderes, als immer nur arbeiten und noch mal arbeiten.«

»Stimmt«, sagte Silke gerade und sprang noch einmal auf. »Ach, herrje, ich habe ja den Sekt vergessen. Der steht immer noch im Kühlschrank.«

Schnell lief sie in die Küche und kam nur zwei Minuten später mit der geöffneten Flasche zurück. Lara hatte inzwischen die Sektflöten aus der Anrichte geholt und Silke schenkte die Gläser voll. Plötzlich fielen Lara ihre Flaschen ein.

»Verdammt!«, rief sie und lief in den Flur hinaus, wo sie aus ihrer Einkaufstasche nicht nur die drei Flaschen Sekt holte, die sie von zu Hause mitgebracht hatte, sondern noch zwei weitere zu Tage förderte, die sie »zur Sicherheit« auf dem Weg zu Silke im Supermarkt gekauft hatte.

»Bitte leg die hier kalt, ich habe völlig vergessen, dir die Flaschen gleich zu geben«, sagte Lara.

Zuerst fiel Silke die Kinnlade herunter, dann lachte sie los. »Lara, willst du uns zu Säufern machen?«

»Keineswegs«, gab Lara augenzwinkernd zurück, »eine Patricia reicht schon.«

»Bitte kein Wort mehr über diese unmögliche Person, sie soll uns nicht auch noch den Abend verderben«, meinte Silke leicht genervt, fügte dann aber grinsend hinzu: »Ich habe auch fünf Flaschen Sekt besorgt.«

»Ach, du Sch...eibenkleister«, sagte Lara grinsend, »Na dann: Prost.«

»Ja, prost!«

Die beiden setzten sich wieder an den Tisch, damit das gute Essen nicht kalt würde. Immerhin hatte Silke dafür weder Kosten noch Mühe gescheut. Es gab Schweinelendchen in einer Pilz-Sahne-Schafskäsesoße und dazu Kartoffelbrei und Berge von Salat. Beide schlemmten, bis sie nicht mehr konnten, und selbst Lara hatte für einen Abend vergessen, dass sie seit mehr als einem Jahr ganz besonders auf ihre Linie achtete.

»Du meine Güte, Silke, noch ein Bissen und ich platze.«

»Meinst du, mir geht es anders?«, lachte Silke. »Aber dem kann man ja abhelfen.«

»Wie denn?«

»Erst mal koche ich uns einen guten und starken Espresso, dann mache ich uns einen Ramazotti mit Eis und Zitrone. Das hilft.«

»Das ist gut«, freute sich Lara, »ich helfe dir dabei.«

Schnell räumten sie den Wohnzimmertisch ab und trugen das Geschirr in die Küche. Lara wollte gleich spülen, aber Silke hielt sie davon ab.

»Das musst du bei mir nicht mehr. Ich habe mir zu meinem Geburtstag selbst ein Geschenk gemacht und mir eine schmale Spülmaschine für die Küchenzeile gekauft.«

»Wirklich?«

»Ja. Meine Mutter ist mitgegangen und wir haben uns gut beraten lassen. Der Platz neben der Spüle war ja von Anfang an dafür vorgesehen, aber bisher habe ich immer gesagt, ich brauche doch keine Spülmaschine. Aber ich sage dir, nach drei Tagen hatte ich mich bereits so sehr daran gewöhnt, dass ich sie um keinen Preis der Welt wieder hergeben möchte.«

»Das glaube ich dir.«

»Als meine Tante an meinem Geburtstag hier war, hatte ich die Maschine zum ersten Mal benutzt. Selbst meine Tante, die ihr Leben lang von Hand gespült hat, war so begeistert, dass sie den ganzen Abend von nichts anderem gesprochen hat. Am nächsten Tag musste Mutti mit ihr ins Fachgeschäft gehen und in den nächsten Tagen bekommt meine Tante ihre Maschine geliefert. Wäre das nicht auch was für dich?«

»Falsch wäre es bestimmt nicht«, gab Lara zu, »aber wie soll ich das denn finanzieren?«

Inzwischen war die Spülmaschine eingeräumt, in Gang gesetzt und die Espressomaschine hatte heißen Espresso ausgespuckt. Sie gingen ins Wohnzimmer zurück und wenig später stand vor jeder von ihnen neben dem duftenden Kaffee auch ein frisches Glas Sekt und ein italienischer Kräuterlikör. Sie prosteten sich zu.

»Ich will ja nicht zu indiskret sein«, sagte Silke dann, »aber sieht es denn bei dir finanziell tatsächlich so eng aus?«

»Ja, aber das war bei mir auch mal anders. Ich habe meiner Mutti viel zu verdanken. Sie hat mir bei der Anzahlung meiner Eigentumswohnung sehr geholfen, trotzdem waren die Raten zu hoch für mein kleines Schreibstubengehalt. Deshalb hat mir Mutti hin und wieder einen Schein zugesteckt. So konnte ich die Wohnung halten. Allerdings hatte ich kaum gescheite Möbel. Dann ist meine Mutter viel zu früh gestorben. Ich hätte nicht gedacht, dass sie überhaupt noch etwas sparen konnte. Aber sie hat mir noch mal eine kleine Summe hinterlassen. Damit habe ich dann meine Wohnung von Grund auf renoviert und mir endlich die Möbel gekauft, die mir seit Jahren fehlten. Außerdem habe ich mir die Stereoanlage zugelegt, von der ich schon seit Jahren geträumt hatte. Auch die Gardinen waren nicht mehr das Wahre und so habe ich vom Rest des Geldes neue anfertigen lassen. Leider habe ich den Fehler gemacht, zu glauben, dass die Scheine, die mir meine Mutter zusteckte, nicht viel ausmachten. Aber sie taten es. Ich hab es zu spüren bekommen, als der Motor von meinem alten Auto den Geist aufgab. Damals musste ich überlegen, ob ich meinen letzten Notgroschen für ein Auto ausgebe, das jeden Moment auseinanderfallen kann, oder ob ich für eine gewisse Zeit mit dem Zug fahre. Ich hab mich für die zweite Möglichkeit entschieden.«

»Ich kann dich gut verstehen, ich hätte es auch nicht anders gemacht, denn wer weiß, was noch kommt.«

Wer weiß, was noch kommt, das dachte auch Patricia Pletsch. Sie saß zwar immer noch auf der Couch und ihre Augen waren vom Heulen total verquollen, aber sie hatte sich wenigstens wieder etwas in der Gewalt. Das war auch kein Wunder nach den ganzen Beruhigungstabletten, die sie inzwischen eingenommen hatte; irgendwann mussten die ja mal wirken. Dennoch durfte man nicht vergessen, dass sie auch Aufputschmittel nahm, um erst einmal auf Touren zu kommen.

Patricia stand auf und wankte, angeschlagen vom Tablettencocktail, dessen Wirkung durch jede Menge Alkohol noch verstärkt wurde, ins Bad. Dort duschte sie abwechselnd heiß und kalt und versetzte ihrem ausgemergelten Körper damit den nächsten Schock. Anschließend begab sie sich in ihre kleine Küche, die mit Müll geradezu vollgestopft war. Es grenzte schon ein Wunder, dass sie zwischen all den leeren Schnaps- und Sektflaschen, den in einer Ecke aufgestapelten Pizzakartons und ungelesenen Werbeblättchen noch den Weg zum Herd fand. Während sie sich eine Kanne Kaffee kochte, dachte sie für den Bruchteil einer Sekunde darüber nach, wieder einmal aufzuräumen, sagte sich dann aber, dass das ohnehin alles vergeblich sei, da sie ja mit allergrößter Wahrscheinlichkeit in den nächsten Tagen die Kündigung bekäme. Wer wusste schon, was dann sein würde, wie lange sie die Wohnung überhaupt halten könnte.

Nur der Augenblick zählte. Sie ging mit der Kaffeekanne ins Wohnzimmer zurück, das längst seine Gemütlichkeit eingebüßt hatte. Hier sah es kaum besser als in der Küche aus. Nur dass hier keine Papierabfälle waren. Dafür lagen über einem der beiden Sessel mehr Kleidungsstücke, als im Kleiderschrank im Schlafzimmer hingen. Das hatte immerhin den Vorteil, dass es im Schlafzimmer einigermaßen ordentlich aussah – und wenigstens das sollte so bleiben.

Für einen Moment lang fühlte sich Patricia richtig gut. Sie zündete sich eine Zigarette an und schenkte sich eine Tasse Kaffee ein. Genüsslich schlürfte sie das heiße Getränk und dachte: Na ja, so schlecht geht es mir doch gar nicht. Selbst wenn ich entlassen werde, ich habe einiges an Rücklagen, was soll mir schon passieren. Da war es doch gar nicht so schlimm, dass ich vor fast einem Jahr den Führerschein wegen Trunkenheit am Steuer abgeben musste. Seit ich kein Auto mehr habe, komme ich doch echt gut mit dem Gehalt hin.

Aber wie das bei Patricia so war, lange dauerten diese Höhenflüge selten. So auch an diesem Abend. Sie hatte ihre zweite Tasse Kaffee noch nicht ganz ausgetrunken, da schweiften ihre Gedanken wieder zu Andreas ab, der nun schon fast vier Jahre auf dem Waldfriedhof lag. Mit ihm war sie zu dieser Jahreszeit mehrmals nach Gran Canaria geflogen. Gedankenverloren trat sie ans Fenster und starrte in den Abend hinaus.

»Brrr, was für ein Wetter«, sagte sie leise und beobachtete, wie der heftige Regen auf den Asphalt klatschte.

Abgesehen davon, dass es jetzt zu dunkel ist, bei dem Wetter bringen mich keine zehn Pferde vor die Tür, dachte sie. Fast schon wehmütig erinnerte sie sich daran, dass sie es nun schon fast drei Wochen nicht mehr geschafft hatte, sich aufzuraffen und zu Andreas' Grab zu gehen.

»Ach, was soll ich denn da«, beruhigte sie sich selbst und nahm die Fernbedienung der Stereoanlage zur Hand.

Sie schaltete den Norddeutschen Rundfunk ein und hatte das Pech, dass gerade der Song »Take it easy, altes Haus« von Truck Stop, Andreas' Lieblingsband, gespielt wurde. Augenblicklich erfasste sie ein großer Zorn und sie schleuderte die Fernbedienung in Richtung Stereoanlage. Da sie nicht mehr ganz nüchtern war, verfehlte sie diese und traf stattdessen die kleine Porzellanvase auf der Fensterbank, die ihr Andreas zum dritten Jahrestag ihrer Beziehung geschenkt hatte. Sie fiel um, rollte von der Fensterbank und zerschellte am Boden.

»Nein!«, rief Patricia gequält aus und ihr schossen augenblicklich die Tränen in die Augen.

Hektisch suchte sie Handfeger und Kehrschaufel, fegte die Reste der Vase auf, schüttete alles in einen Plastikbeutel und nahm sich vor, in einer ruhigen Minute die Teile wieder zusammenzusetzen. Dann ging sie in die Küche und nahm die Likörflasche aus dem Kühlschrank.

»Einmal Scherben reichen aus«, sagte sie halblaut zu sich selbst und setzte, was sie bisher noch nie getan hatte, die Flasche direkt an den Mund.

Nachdem sie einen mächtigen Schluck getrunken hatte, wurde sie augenblicklich ruhiger, ja sie grinste sogar, als sie dachte: Wenn das die Kollegen gesehen hätten, die hätten sich bestimmt das Maul über mich zerrissen.

Sie ging zurück ins Wohnzimmer. Dort ließ sie sich auf das Sofa fallen und zappte sich zwei Stunden lang durchs Fernsehprogramm. Aber auch das wurde ihr schließlich zu fade.

»Diese ewigen Schnulzen, das hält doch kein Mensch aus«, knurrte sie und dachte: Was mache ich bloß mit diesem vermaledeiten Abend; Lust habe ich zu gar nichts. Noch nicht einmal dazu, hier Ordnung zu machen. Dabei hätte es die Wohnung echt nötig. Vier Wochen habe ich jetzt schon kaum einen Handgriff getan. Ich müsste unbedingt mal den Müll runtertragen oder putzen. Ach, was soll's. Wer weiß, wie lange ich hier noch wohne.

So versank sie wieder in Grübeleien, trank abwechselnd den extrem starken Kaffee und Rotwein. Nach einer Weile, wie lange diese Weile gedauert hatte, hätte sie selbst nicht sagen können, fiel ihr Blick auf das Telefon, das schon kräftig eingestaubt war, so selten wurde es benutzt.

»Ach ja, telefonieren«, sagte sie zu dem Apparat, »das könnte ich mal wieder.«

Erst mit einiger Verspätung fiel ihr auf, dass es in ihrem Leben niemanden gab, der mit ihr hätte telefonieren wollen. Mit ihren Eltern hatte sie schon vor vielen Jahren gebrochen und sie wusste nicht einmal, ob sie überhaupt noch in Oldenburg lebten. Genau genommen wollte sie es auch nicht wissen. Nicht mehr wissen, seit ihr Stiefvater sie im Alter von achtzehn Jahren versucht hatte, in sein Bett zu zerren und ihre Mutter dem tatenlos zugesehen hatte. Danach war sie Hals über Kopf aus- und fortgezogen. Fort in eine Stadt, von deren Existenz sie bislang noch nicht einmal etwas geahnt hatte. Das war jetzt auf den Tag genau zweiundzwanzig Jahre her.

Aber wen außer ihren Eltern hätte sie anrufen sollen? Freunde oder Freundinnen hatte sie keine. Sie hatte nie welche haben wollen. Ihr hatte es genügt, mit Andreas zusammen zu sein. Die einzige Frau, die sie je gemocht hatte, hatte ihr Andreas genommen. Und die Kollegen aus der Firma hätten bestimmt wieder aufgelegt, wenn sie gehört hätten, wer dran ist, außer Bernhard Peters vielleicht. Aber halt, ihn hatte sie ja auch ganz schön in die Scheiße geritten. Seine Schimpfkanonade wollte sie auch nicht über sich ergehen lassen.

»Verdammt, irgendetwas läuft da bei mir immer falsch!«, schrie sie plötzlich ihre vier Wände an und holte sich ihr Pillendöschen vom Wohnzimmerschrank.

In einem Anfall von ohnmächtigen Zorn schüttete sie alle ihre Beruhigungspillen auf dem Wohnzimmertisch aus, musterte den recht großen Haufen und dachte: Was würde wohl geschehen, wenn ich die alle auf einmal nehme?

In Silkes Wohnung ging es derweil lustig her. Silke hatte ein Fotoalbum aus dem Wohnzimmerschrank geholt und zeigte Lara gerade den Teil aus ihrer Kindheit und Jugend. Immer wieder prosteten sich die beiden zu.

»Die Fotos vom Kinderfasching sind aber auch zu komisch«, sagte Lara gerade und wischte sich die Lachtränen aus dem Gesicht. »Ich habe auch ganz tolle Alben zu Hause. Zwei von meiner Mutter und zwei von mir. Die muss ich dir unbedingt mal zeigen. Außerdem habe ich noch ein Poesiealbum zu Hause, das ich hüte wie einen Schatz.«

»Damit kann ich auch dienen«, bekannte Silke.

»Wie bitte?«, rief Lara erfreut aus. »Ich habe gar nicht

erwartet, dass du so etwas hast. Zeigst du es mir einmal?«

»Aber klar«, sagte Silke und stand auf.

Schnell holte sie das Album, das auch in ihrem Leben einen besonderen Platz einnahm, aus der Schublade in ihrem Wohnzimmerschrank.

Irgendwie bin ich froh, dass der Abend eine Wendung in diese Richtung nimmt, dachte sie, ich muss unbedingt mit Lara sprechen, vielleicht kann sie mir einen Rat geben.

Nachdem Lara die Gläser erneut gefüllt und etwas Knabberzeug aus dem orangefarbenen Stoffbeutel gezaubert hatte, reichte Silke ihr das rote Poesiealbum.

»Das ist schön!«, rief Lara aus. »Ich habe auch ein rotes mit Goldrand. Das hat mir meine Patentante zur Einschulung geschenkt.«

»Ich habe meines von meiner Oma zum siebten Geburtstag bekommen.«

»Hast du deines auch noch öfter in der Hand?«, wollte Lara, neugierig wie sie war, wissen.

»Ja, sehr oft«, sagte Silke rasch, vielleicht etwas zu rasch, obwohl es ja der Wahrheit entsprach.

Lara, die eine gute Zuhörerin war, bemerkte den Unterton in Silkes Stimme sofort und hakte sogleich nach: »Ist irgendetwas? Hast du Probleme?«

»Probleme würde ich es jetzt nicht nennen, aber mir geht schon seit einigen Wochen etwas durch den Kopf, das mir keine Ruhe mehr lässt.«

»Erzähl es mir, vielleicht fällt mir etwas dazu ein. Und wenn du willst, dass es keiner erfährt, du weißt, dass ich schweigen kann.«

»Danke Lara, das weiß ich zu schätzen. Aber dazu muss ich etwas weiter ausholen.«

»Macht nichts, es ist Wochenende, ich habe Zeit«, sagte Lara grinsend.

»Na ja, so lange wird's auch nicht dauern«, meinte Silke und grinste ebenfalls. Dann begann sie zu erzählen: »Meine Schulzeit war eigentlich ganz schön; ich hatte fünf Freundinnen und wir waren ein prima Team. Eine richtige Clique eben. Wir feierten alle Geburtstage zusammen, gingen zusammen in die Stadt oder zum Eis essen. Im Sommer haben wir zusammen das Schwimmbad unsicher gemacht und im Winter sind wir auf dem Kahlsee Schlittschuh gelaufen, als das noch erlaubt war. Überall, wo wir hinkamen, herrschte Fröhlichkeit und wir steckten alle mit unserem Lachen an. Aber am fröhlichsten von allen war meine Freundin Jutta.«

»Das finde ich toll«, sagte Lara, »da ging es bei mir bescheidener zu.«

»Wieso? Hattest du keine Freundinnen?«

»Doch, doch«, sagte Lara schnell, »aber ich hatte nur eine beste Freundin, mit der ich alles unternahm. Aber leider haben wir uns nach der Hauptschule aus den Augen verloren. Ich habe dann zwei Jahre lang die Kaufmännische Berufsschule draußen im Industriegebiet an der Robert-Koch-Straße besucht und meine Freundin Ulrike Lachner begann gleich nach der Schule eine Lehre als Kosmetikerin. Sie hat hier am Ort nichts bekommen und musste nach Hannover ziehen. Am Anfang haben wir regelmäßig telefoniert, aber mit der Zeit wurde das immer weniger. Zwei Jahre nach dem Hauptschulabschluss habe ich sie bei einem Klassentreffen zum letzten Mal gesehen. Sie war damals schon verlobt und wollte gleich nach dem Ende der Lehre zu ihrem Freund ziehen. Da hat sie mich wohl vergessen. Denn irgendwann wollte ich mal wieder anrufen, da hieß es dann: Kein Anschluss unter dieser Nummer. Na ja, ich darf mich nicht beschweren, schließlich kann man auch mir vorwerfen, dass ich nicht genug in die Freundschaft investiert habe. Schade, dass ich nicht weiß, was aus Ulli, so haben wir sie immer genannt, geworden ist.«

»Würdest du sie denn gern mal wiedersehen?«, fragte Silke.

»Ja, unbedingt«, sagte Lara ohne Zögern.

»Und wie wäre es, wenn es sein könnte, dass sie ... äh ...«

»Was meinst du jetzt?«, fragte Lara irritiert.

»Nun, ich meine ...«, fuhr Silke zögernd fort, »wenn es nun so wäre, dass deine Freundin an den Rollstuhl gefesselt wäre? Würdest du auch dann den Kontakt zu ihr suchen?«

»Du stellst vielleicht Fragen, Silke. Was willst du denn damit sagen? Los, raus mit der Sprache!«

»Ja Lara, gleich. Aber erst brauche ich einen Sekt, das Ganze geht mir sehr an die Nieren.«

Schnell schenkte Silke ihr Glas, das sie vor Aufregung in wenigen Schlucken leer getrunken hatte, wieder voll und begann dann zu sprechen: »Ich habe durch einen dummen Zufall etwas herausgefunden, was mich sehr nachdenklich gestimmt hat. Irgendwie weiß ich nicht so recht, wie ich es erklären soll. Da ich aber weiß, dass ich auf deine Diskretion zählen kann, werde ich dir alles erzählen. Ich möchte auf keinen Fall, dass sich das bei uns in der Firma ausbreitet, falls sich meine Vermutung bewahrheitet.«

»Um Gottes Willen«, rief Lara erschrocken aus, »ist denn Schlimmes geschehen? Was hast du gemacht?«

»Ich?«, fragte Silke erstaunt. »Gar nichts.«

»Aber was ist denn dann?«

»Na ja, ich hab dir doch erzählt, dass ich neulich mit Janika Senger in der Mittagspause in der Traube war ...«

»Ja, ich kann mich erinnern. Ist etwas mit ihr?«

»Kann man wohl sagen«, sagte Silke bedrückt. »Das, was Janika mir erzählt hat, ist grauenvoll und mehr, als ein so junges Mädchen ertragen kann. Aber das ist es nicht. Ich habe Janika so weit ausgefragt, wie ich es verantworten konnte, ohne sie misstrauisch zu machen, aber jetzt weiß ich nicht mehr, wie ich weiter verfahren soll.«

»Wie meinst du das?«

»Nun, Janika hat mir erzählt, dass ihre Mutter Jutta heißt. Da hatte ich schon einen Verdacht, da meine beste Freundin aus der Schulzeit Jutta hieß.«

»Aber es gibt doch bestimmt hundertfünfzig Juttas in Kahlenfurth.«

»Das weiß ich auch, aber irgendwie habe ich innerlich vibriert. Ich habe also Janika nach dem Mädchennamen ihrer Mutter gefragt und ihre Mutter hieß Busche. Jutta Busche. Es gibt zwar noch eine zweite Jutta Busche in Kahlenfurth, aber die ist eine verehelichte Busche, die kann es also nicht sein. Ich habe nämlich dort angerufen und hatte ihren Mann dran.«

»Vielleicht ist das ja der Bruder deiner Freundin.«

»Gute Idee, aber Jutta hatte keinen Bruder. Irgendwie bin ich mir sicher, dass Janikas Mutter meine Schulfreundin ist, aber ich weiß nicht, ob ich sie besuchen soll. Was soll sie nur von mir denken?«

»Von wem redest du jetzt?«, fragte Lara irritiert. »Von Janika oder ihrer Mutter?«

»Natürlich der Mutter.«

Beide tranken einen Schluck, dann begann Silke erneut aufgeregt zu sprechen: »Jutta Senger, geborene Busche, hatte vor Jahren mit ihrem Mann einen schweren Autounfall. Während ihr Mann den Unfall nicht überlebte, lag Jutta monatelang im Koma. Dazu hatte sie, ausgelöst durch den Unfall, einen Schlaganfall. Und das in ihrem

Alter. Jutta ist neununddreißig, so alt wie ich, und der Unfall liegt jetzt gut fünf Jahre zurück, wie Janika mir erzählt hat. Übrigens hat Janika noch eine Zwillingsschwester, die Danika heißt.«

»Du meine Güte, das ist ja furchtbar!«, rief Lara erschrocken aus.

»Was, dass Janika eine Zwillingsschwester hat?«

»Ach Quatsch, dass sie ihren Vater verloren hat natürlich«, sagte Lara mit genauso schwerer Zunge wie Silke zuvor, denn die beiden Frauen waren beileibe nicht mehr nüchtern. Sie hatten drei Flaschen Sekt getrunken.

»Lass uns mal ganz in Ruhe überlegen«, schlug Lara vor, »da muss man mit Fingerspitzengefühl drangehen.«

»Da hast du recht«, sagte Silke, »ich will da nichts verkehrt machen. Da kann man zu viel Unheil anrichten.«

Lara dachte kurz nach. »Kannst du Janika nicht mal nach einem Bild von ihrer Mutter fragen? Am besten nach einem aus der Schulzeit.«

»Das ist die Idee, das könnte ich versuchen.«

»Sag mir Bescheid, wenn du Rat oder Hilfe brauchst, ich bin immer für dich da«, sagte Lara.

Da es mittlerweile weit nach Mitternacht war, beschlossen sie, Feierabend zu machen, und räumten schnell noch das Wohnzimmer auf.

Dann sagte Silke: »Lara, auch wenn wir hier im Stadtteil Kaltenbach sind und nicht in Chicago, geh nicht mehr allein durch die Nacht. Du kannst hier schlafen. Ich leih dir ein Nachthemd von mir.«

Kurz darauf lagen beide in Silkes großem Bett. Sie waren so müde dass sie kaum noch ein Wort wechselten, bevor sie einschliefen.

# Kapitel 10

Während Lara und Silke selig schlummerten, fand eine andere Person keinen Schlaf: Patricia Pletsch.

Kein Wunder, dachte sie, während sie sich zum hundertsten Mal von einer auf die andere Seite wälzte, wenn man zwei riesige Kannen voll Kaffee trinkt.

Aber da ihre Tage bei der Versicherung ohnehin gezählt waren, fand sie das auch nicht weiter tragisch.

Na ja, dachte sie, dann schlafe ich morgen früh eben bis elf. Das ist ja auch egal. Die Hausarbeit läuft mir schon nicht davon. Die macht sowieso keiner für mich.

Irgendwann, es war bestimmt schon bald drei Uhr, wurde sie doch noch vom Schlaf übermannt und schlief ein. Tatsächlich wurde Patricia erst wach, als es schon nach halb elf war. Sie hatte so lange geschlafen, obwohl sie vergessen hatte, den Rollladen zu schließen und die Sonne schien. Das grelle Licht im Schlafzimmer blendete sie fast, als sie sich mühsam aus dem Bett schälte und in die Küche wankte, um Kaffee aufzusetzen. Danach duschte sie ausgiebig, was ihr mancher, der sie kannte, nicht zugetraut hätte. Aber so tief gesunken, wie viele meinten, war sie eben doch noch nicht; zumindest glaubte sie das.

Nachdem sie geduscht hatte, schlüpfte sie in ihre alte, ausgeleierte Jogginghose und entschloss sich, ihr rotes T-Shirt anzuziehen. Sie nahm es aus dem Schrank und schlüpfte hinein.

»Ach, du lieber Gott«, murmelte sie vor sich hin, »das Ding sieht ja grausam aus, total verwaschen.«

Dunkel erinnerte sie sich daran, dass ihr dieses T-Shirt vor längerer Zeit einmal in die Kochwäsche geraten war. Deshalb entschloss sie sich für ein hellblaues, das gut zu ihrem dunkelbraunen Kurzhaarschnitt passte.

In der Zwischenzeit war der Kaffee durchgelaufen. Sie setzte sich an den kleinen Küchentisch und verdrängte alle Gedanken an Andreas, obwohl ihr das reichlich schwer fiel. Denn hier hatte sie auch mit ihm oft gesessen und geredet. Sie überlegte sich, wie sie an diesem Samstag die Zeit totschlagen könnte. Alles Mögliche fiel ihr ein, nur dass die Wohnung es mal wieder dringend nötig hatte auf Vordermann gebracht zu werden, kam ihr nicht in den Sinn. Stattdessen dachte sie sich: Wenn ich mir meine Klamotten ansehe, dann müsste ich unbedingt mal wieder in die Stadt zum Einkaufen gehen.

»Genau das werde ich tun«, sagte sie laut und dachte nicht daran, dass auch ihr Kühlschrank einmal wieder eine Füllung gebrauchen konnte. Lediglich die Tatsache, dass kaum noch Alkoholika im Haus waren, fiel ihr auf und genau das trieb sie dazu, sich mehr zu beeilen, als sie es sonst getan hätte. So aber dauerte es keine zwanzig Minuten, bis sie fertig angezogen und erstaunlich korrekt gestylt vor der Aufzugtür wartete. Da sie in einem der ältesten Siedlungshäuser Kahlenfurths, am Rande des alten Ortskerns von Querberg wohnte, kam der Lift, wie gewöhnlich, nicht. Er steckte mal wieder irgendwo fest. Normalerweise hätte Patricia ein wütendes Stakkato auf den Knopf neben der Fahrstuhltür getrommelt, aber an diesem Morgen lechzte ihre Kehle nach etwas kühlem Trinkbaren und es war bestimmt kein Wasser.

Deshalb ging sie schon nach weniger als einer Minute des Wartens zur Treppe hinüber und machte sich auf den mühsamen Weg vom vierten Stock, in dem ihre kleine Drei-Zimmer-Wohnung lag, hinunter auf die Straße. Sie war froh, dass die hohen Herren von Kahlenfurth sich vor einigen Jahren entschlossen hatten, die Endstation der Straßenbahnlinie 2 vom Ortsrand bis in die Siedlung hineinzuverlegen, sodass sie nur bis zur übernächsten Ecke gehen brauchte, um in die Tram zu steigen, die sie bis ins Stadtzentrum bringen würde. Sie überquerte gerade an der Fußgängerampel die Parkstraße, als eine Tram im weiten Bogen in die Wendeschleife der Endhaltestelle fuhr. Da Patricia seit ihrem Führerscheinverlust eine Monatskarte besaß, brauchte sie sich nicht am Fahrkartenautomat anzustellen, sondern stieg gleich ein. Sie suchte sich einen Sitzplatz und versank in derselben Sekunde so tief in Gedanken, dass sie nicht merkte, wie der moderne Niederflurwagen sich in Bewegung setzte. Nun ja, sie hatte ja auch etwas Zeit. Denn die Fahrt in die Stadt dauerte acht Stationen oder gut zwanzig Minuten und ging, nachdem Querberg verlassen war, erst einmal zwei Kilometer über Land.

Kurz vor Kahlenfurth hielt die Straßenbahn am Waldfriedhof und es versetzte Patricia einen Stich, denn sie dachte daran, dass ihr Andreas hier, nicht weit vom Haupteingang entfernt, begraben lag.

Ohne dass sie es recht bemerkte, murmelte sie: »Ein Gutes hat es, dass ich gefeuert werde. Ich muss nicht mehr täglich am Friedhof vorbei.«

Die anderen Leute im Straßenbahnwagen sahen sie an, als ob sie nicht ganz gescheit wäre, aber Patricia merkte nichts davon. Sie sah mit starrem Blick aus dem Fenster und erst als die Tram wieder anfuhr, normalisierte sich auch ihr Blick wieder.

Kurze Zeit später war ihr Ziel erreicht. An der Station

zwischen dem Kahlenbachtor und dem Schlossgarten stieg sie aus und ging zu ihrem Lieblingsimbiss, der sich genau gegenüber vom Haupteingang zum Schlossgarten befand. Nicht nur, dass sie dort hervorragende Lachsbrötchen hatten, die sie für ihr Leben gern aß, nein, sie fragten auch nicht dumm, wenn sie es mit einem Bier und einem Kräuterschnaps hinunterspülte. Nachdem sie gleich zwei Brötchen verspeist hatte – schließlich hatte sie seit fast zwei Tagen keine feste Nahrung mehr zu sich genommen –, ging sie die Straße unter dem Schloss entlang, bog dann in die Schlossstraße ein und ging bis zum Kaufhaus am Gerberweg. Sie fuhr mit der Rolltreppe hinauf in die Damenkonfektionsabteilung und ehe sie sich versah, hatte sie die halbe Abteilung eingesammelt. Mit ihrer Beute verschwand sie in einer Umkleidekabine und probierte alles an. Sie entschied sich für eine dunkelblaue Stoffhose und zwei T-Shirts, von denen eines mit Pailletten bestickt, das andere in mehreren Blautönen gefärbt war. Da sie inzwischen nicht mehr ganz nüchtern war, bekam sie schon wieder Oberwasser und ließ alles, was sie nicht kaufen wollte, einfach in der Kabine liegen. Mit ihren Neuerwerbungen ging sie zur Kasse und bezahlte.

Dann ging sie ins Erdgeschoss in die Kosmetikabteilung und gleich zu ihrem Lieblingsregal. Dort gab es Nagellacke in allen Farben und Patricia suchte sich gleich drei aus, von denen zwei völlig neue Farben waren. Danach schlenderte sie weiter. Mittlerweile füllte sich das Körbchen, das sie sich an der Kasse genommen hatte, und wurde immer schwerer. Allerlei Dinge kramte sie zusammen. Dinge, die sie brauchen, aber noch mehr Dinge, die sie nicht brauchen konnte. Wenn sie erst einmal am Einkaufen war, war sie nicht mehr so schnell zu bremsen. Schließlich ging sie mit all den Haarshampoos,

Haarschaums, Haarlacks und all den anderen Sachen zur Kasse und stellte sich ungeduldig in die Schlange. Sie ärgerte sich, dass noch fünf Leute vor ihr waren, und sah sich mit einer Mischung aus Wut und Langeweile um.

Plötzlich zuckte sie zusammen – war das da hinten nicht Janika?

Habe ich das richtig gesehen?, fragte sie sich und wischte sich über die Augen, dann sah sie noch einmal hin, konnte Janika aber nirgends mehr entdecken.

Endlich war sie an der Reihe. Schnell bezahlte sie, steckte ihr Wechselgeld ein und strebte der Schreibwarenabteilung zu, die sich direkt an die Kosmetikabteilung anschloss.

Da schon seit dem vergangenen Abend, gerade als sie am tiefsten Punkt angekommen war, ein Gedanke in ihrem Hirn herumspukte, der sie nicht mehr losließ, brauchte sie noch so einiges, um ihren Plan auszuarbeiten. Einen Ordner, Blätter, Stifte und einen Taschenrechner. Gestern, gerade, als sie darüber nachgedacht hatte, was geschehen würde, wenn sie alle Beruhigungstabletten auf einmal nähme, hatte sie die Idee ihres Lebens gehabt. Wenn man sie wirklich rausschmeißen würde, dann wollte sie hier alle ihre Zelte abbrechen und irgendwo im Ausland ganz neu anfangen. Aber dazu müsste sie noch so einiges berechnen. Und weil sie so begeistert von ihrer Idee war, würde sie das am Abend feiern. Dazu brauchte sie nicht nur eine ganze Ladung Sekt, sondern auch Kerzen und Servietten, am besten in Orange. Sie suchte alles zusammen, lediglich bei den Servietten fand sie nicht das, was sie suchte. Dennoch war sie guter Laune und schlenderte gemütlich durch die Regalreihen. Als sie um die nächste Ecke bog, sah sie gerade noch, dass eine junge Frau etwas in ihre Tasche fallen ließ. Obwohl oder gerade weil Patricia es selbst nicht so genau mit fremdem Eigentum nahm, hielt sie etwas Abstand und beobachtete die Frau. Als die Frau den Kopf leicht drehte, durchfuhr es sie siedend heiß: Ja, das war die Frau von vorhin und es war Janika Senger.

Schnell ging sie zwei Schritte auf sie zu und rief: »Hallo Janika, gehst du auch einkaufen?«

Die junge Frau ging langsam weiter und schenkte Patricia keinen Blick. Das musste Janika sein, denn genau so würde sie wohl reagieren, wenn ihr Patricia am Samstagnachmittag begegnen würde. Deshalb trat Patricia ihr in den Weg. »Janika, was ist los? Stell dich nicht so an. Grüßen könntest du wenigstens.«

Die junge Frau sah Patricia überrascht und verständnislos ins Gesicht. »Ich heiße nicht Janika.«

»Wie bitte?«, entfuhr es Patricia. »Willst du mich verarschen? Erzähl doch keinen Blödsinn!«

»Was soll denn das?«, sagte die junge Frau unerwartet heftig. »Lassen Sie mich in Ruhe! Ich kenne Sie nicht und lege, so wie Sie sich aufführen, auch nicht den geringsten Wert darauf.«

Patricia war viel zu verdattert, als dass sie sofort etwas erwidern konnte, und so sprach die Frau, die Patricias Meinung nach Janika Senger war, weiter: »Kümmern Sie sich gefälligst um Ihren eigenen Kram und lassen mich in Ruhe.«

Dann drehte sie sich um und ging in die entgegengesetzte Richtung.

Das gibt's doch nicht, dachte Patricia und runzelte die Stirn. So versoffen kann ich doch gar nicht sein, dass ich mich derart irre. Aber da ihre gute Laune im Moment recht tragfähig war, dachte sie nicht weiter darüber nach und ging in die Dessousabteilung. Dort sah sie die Frau, die ihrer Meinung nach eindeutig Janika war, wieder.

Kurz darauf verließ die Frau das Kaufhaus und Patricia starrte ihr lange nach. Als die vermeintliche Janika bemerkte, dass sie von Patricia beobachtet wurde, beschleunigte sie ihre Schritte und war kurz darauf hinter der nächsten Ecke verschwunden. Erst jetzt kamen Patricia leichte Zweifel, ob es wirklich Janika gewesen war, denn als sie schneller ging, hatte die Frau leicht gehinkt und Janika hinkte eindeutig nicht.

»Na ja«, murmelte Patricia vor sich hin, »da musst du dir schon mehr einfallen lassen, um mich zu täuschen.«

Dann zuckte sie mit den Schultern, dachte, dass es ja wohl vollkommen egal sei, ob das jetzt Janika war oder nicht, und beschloss, einen Kaffee trinken zu gehen. Aber nicht irgendein Kaffee sollte es sein, nein, Irish Coffee oder ein Pharisäer mit viel Alkohol. Danach lief sie noch zwei Stunden mehr oder weniger ziellos durch die Stadt und kaufte dabei noch eine Handtasche. Als es schon dunkel war, setzte sie sich in die Straßenbahn, fuhr nach Hause und legte den Sekt kalt.

Als Lara am Samstagmorgen nach Hause kam, war sie in guter Stimmung. Sie hatte Silke für diesen Abend in ihre Wohnung eingeladen. Sie wollte um siebzehn Uhr kommen und ihr beim Kochen helfen. Lara duschte schnell und kochte sich einen Kaffee, da sie das Frühstück bei Silke dankend abgelehnt hatte.

Anschließend überlegte Lara, was sie einkaufen könnte. Sie aß schnell eine Kleinigkeit im Stehen, nahm dann ihre Einkaufstasche und zog los. Sie freute sich, dass es im Stadtteil Kaltenbach alle wichtigen Läden gab. Beim Metzger am Kirchplatz studierte sie die handgeschriebenen Tafeln, auf denen unter anderem Schnitzel im Sonderangebot angepriesen wurden.

Na, das wäre doch was, dachte sie. Reis habe ich zu

Hause und den Salat hole ich vom Gemüsegeschäft gegenüber der Metzgerei.

Eine gute Stunde später war sie wieder zu Hause. Kaum hatte sie sich auf ihrem Sofa niedergelassen, da fiel ihr siedend heiß ein, dass sie sich ja schon seit Tagen einen Termin beim Friseur ausmachen wollte. Sie nahm ihr Telefon und rief an.

Was dann geschah, hatte sie nicht erwartet. In einer halben Stunde sei ein Termin frei und sie könne sofort kommen. Das kam ihr sehr gelegen. Schnell trank sie noch ein Glas Wasser, nahm ihre Jacke erneut vom Haken, hängte sich die Handtasche über und verließ das Haus. Nur zehn Minuten später betrat sie den Friseursalon »Irene« am Rande des alten Ortskerns, in dem sie schon seit Jahren Stammkundin war.

»Guten Tag«, grüßte Lara freundlich.

»Ach, guten Tag«, kam es aus der hintersten Ecke des Ladens, »ich komme gleich.«

Es dauerte keine zwei Minuten, da kam Viola Müller, Laras Friseurin, aus der Teeküche.

»Sie können sich gleich setzen, Frau Bräunig; ich bin sofort bei Ihnen«, sagte sie. »Möchten Sie einen Kaffee? Ich habe gerade frischen gekocht.«

»Ja, gerne«, sagte Lara, obwohl sie nicht einmal zwei Stunden zuvor erst drei Tassen getrunken hatte. Aber der Kaffee, den Viola Müller kochte, schmeckte einfach zu gut. Oftmals trank sie drei Tassen davon, während sie sich die Haare schneiden ließ. Wenige Augenblicke später hatte sie bereits eine Tasse mit heißem Kaffee sowie einen Aschenbecher neben sich stehen. Genüsslich zündete sie sich eine Zigarette an.

»Wie soll die Haarpracht denn heute werden?«, fragte Viola Müller.

»Ich bitte Sie«, sagte Lara entrüstet, »wie können Sie

bei meinen langen dünnen Haaren denn von Haarpracht sprechen? Damit ist doch kein Staat zu machen.«

»Da irren Sie sich aber gewaltig, Frau Bräunig. Ihre Haare müssten nur mal ordentlich gekürzt und vom Spliss befreit werden. Wenn ich mir Ihre Haare so ansehe, dann gehören die mal radikal geschnitten und es müsste mehr Volumen rein. Ich mache Ihnen einen Vorschlag: Lehnen Sie sich zurück und lassen mich mal machen. Ich wette, Sie werden vom Ergebnis begeistert sein.«

»Meinen Sie wirklich?«, fragte Lara skeptisch.

»Auf alle Fälle, Frau Bräunig.«

Da Lara schon sehr lange mit ihren Haaren unzufrieden war, konnte sie das verlockende Angebot der Friseurin nicht ablehnen. Deshalb sagte sie nach einer Bedenkminute: »Wenn Sie meinen, Sie können etwas aus meinen Haaren machen, dann lasse ich Ihnen freie Hand, Frau Müller. Schlimmer als es ist kann es schließlich nicht werden.«

»Frau Bräunig, Sie brauchen keine Angst zu haben. Ich garantiere Ihnen, Sie werden begeistert sein.«

»Okay, dann machen Sie.«

»Gut, dann kommen Sie erst mal mit zum Waschen. Wenigstens das ist wie immer.«

Schnell ging Lara zum Waschbecken hinüber, setzte sich und wartete darauf, den angenehm massierenden Wasserstrahl der Brause auf der Kopfhaut zu spüren.

Nach nicht einmal einer Stunde betrachtete Lara sich im Spiegel und musste feststellen, das Viola Müller nicht zu viel versprochen hatte. Ihr Urteil änderte sich auch nicht, als die Friseurin ihr einen kleinen Spiegel reichte, damit sie ihren Hinterkopf betrachten konnte.

Donnerwetter, dachte Lara, das hat sie ja verdammt gut hinbekommen. Hoffentlich kostet das nicht die Welt.

Sie ging zur Kasse und war überrascht, denn Frau

Müller hatte ihr nur fünfunddreißig Euro berechnet. Da Lara schon einmal dreißig Euro für nicht einmal dreißig Minuten bezahlt hatte, konnte es sich eigentlich nur um einen Fehler handeln. Aber Lara hielt trotzdem den Mund, bezahlte und machte sich auf den Heimweg.

Kaum in ihrer Wohnung angekommen, ließ sie sich in einen Sessel fallen. Jetzt ruhe ich mich erst mal eine halbe Stunde aus, dachte sie, dann muss ich aber noch etwas tun, bis Silke kommt.

Danika Senger war wieder zu Hause und dachte nach. Was soll ich nur tun? Nur durch einen glücklichen Zufall bin ich einer großen Katastrophe entkommen. Da hat mich diese Frau doch tatsächlich dabei beobachtet, wie ich diese Farbkartusche in meine Tasche gleiten ließ.

»Mein Gott«, stöhnte sie halblaut auf und dachte, dass es schon eine große Dummheit gewesen war, so etwas überhaupt zu machen.

Ich habe zwar der Frau gegenüber gut reagiert, sagte sie sich, aber aus dem Laden bin ich nur unbeschadet herausgekommen, weil die dort vergessen hatten, die Kartusche auszuzeichnen. Oh weh, wenn ich erwischt worden wäre. Ich darf so etwas nicht wieder machen, auch wenn es bei diesen Preisen noch so verlockend ist. Aber das nächste Mal geht es bestimmt nicht so glatt ab.

Sie hatte sich gerade wieder beruhigt, da fiel ihr etwas ein. Moment mal, dachte sie, die Frau, die mich da angesprochen hat, wollte doch im Grunde gar nichts von mir. Sie nannte mich Janika, also hatte sie es in Wahrheit auf meine Zwillingsschwester abgesehen.

Nun fügten sich vor ihrem geistigen Auge die Bruchstückchen dieser seltsamen Begegnung zusammen. Ihr wurde bewusst, dass diese Frau die Arbeitskollegin von

Janika gewesen sein musste, von der sie schon so viel, allerdings nichts Gutes, gehört hatte. Wie hieß diese Frau noch gleich?

»Ja, genau«, murmelte Danika vor sich hin, »Patricia Pletsch. Janika hat dich sehr gut beschrieben.«

Ja, es stimmte schon, wenn Janika sagte, ihre Vorgesetzte sei eine dürre lange Spinatwachtel, das traf es ganz genau. Das war also die Frau, die sich in alles einmischte, was sie nichts anging.

Danika seufzte kurz auf. »Soll ich Janika von dieser Begegnung erzählen? Ich weiß nicht, was besser ist. Zugeben, dass ich geklaut habe, oder Janika am Montag ins offene Messer laufen lassen?«

Unentschlossen stand sie auf und ging zu ihrer Mutter und ihrer Schwester ins Wohnzimmer. Die beiden sahen kurz auf, als Danika eintrat, dann starrten sie wieder auf den Bildschirm, wo gerade »Wetten dass …« mit Thomas Gottschalk lief.

Noch so ein Lästermaul, dachte Danika.

Das durfte sie allerdings nicht laut sagen, da nicht nur ihre Mutter, sondern auch ihre Zwillingsschwester erklärte Fans des Entertainers waren und keine seiner Sendungen verpasste.

»Na, guckst du jetzt doch mit?«, fragte Jutta Senger ihre Tochter.

»Nein«, antwortete diese schnell, »ich wollte mir nur mein Buch holen, das ich gestern hier liegen gelassen habe. Viel Spaß noch beim Gucken.«

Kaum hatte Danika das gesagt, da verließ sie auch schon den Wohnbereich und zog sich in ihr Zimmer zurück. Janika sah ihrer Schwester nach, als sie die Tür zum Wohnzimmer hinter sich schloss. Dann sagte sie zu ihrer Mutter: »Wo sind denn unsere alten Fotos von früher?«

»Warum fragst du?«

»Ach, ich wollte mal einige Bilder ansehen. Irgendwie kommt's mir so vor, als hätte ich eine meiner Kolleginnen schon auf alten Fotos von dir gesehen.«

Das stimmte zwar nicht ganz, aber Janika wünschte sich so sehr, dass ihre Mutter auch wieder außerhalb von Familie und Sozialdienst Kontakte knüpfte. Deshalb hatte sie einen Plan. Silke und ihre Mutter waren etwa gleich alt und beide waren in Kahlenfurth geboren. In einer Stadt, die zur Zeit ihrer Geburt nicht einmal vierzigtausend Einwohner zählte. War es da nicht naheliegend, dass es zwischen ihnen Verknüpfungspunkte gab wie gemeinsame Bekannte oder Freunde, die es ermöglichten, dass die beiden Frauen Kontakt zueinander aufnahmen?

»Wie heißt denn diese Kollegin?«, fragte Jutta Senger, einer plötzlichen Eingebung folgend, und riss damit ihre Tochter aus deren Planungen.

»Silke Jansen.«

»Und wie alt ist sie?«

»Das weiß ich ehrlich gesagt gar nicht so genau«, gab Janika zu, »aber ich denke, sie dürfte in etwa in deinem Alter sein.«

»Mit ihr kommst du scheinbar gut zurecht«, sagte Janikas Mutter lächelnd.

»Ja, Mutti, wir verstehen uns gut. Wenn Sie nicht wäre, hätte diese andere Kollegin, von der ich dir erzählt habe, mir das Leben noch mehr zur Hölle gemacht.«

»Ist schon in Ordnung, Kind«, meinte Jutta Senger milde, »nimm ihr doch mal einige Bilder mit.«

Später, als »Wetten dass …« beendet war, sagte Jutta Senger zu ihrer Tochter: »Sei doch so gut und hole mir aus dem Wohnzimmerschrank unten links die große Fotokiste raus.«

Janika sprang auf und brachte ihrer Mutter das

Gewünschte. Jutta Senger hob den Deckel ab, wühlte einen Moment in den Fotos und zog dann eine alte Schwarz-Weiß-Aufnahme hervor. Sie sah das Foto einige Sekunden lang an, dann sagte sie: »Sieh mal, so habe ich als Zehnjährige ausgesehen. Das war bei unserem Schulsportfest. Ich war ja immer eine gute Sportlerin.«

Jutta Senger betrachtete das Bild in ihrer Hand wehmütig, denn ihr wurde einmal mehr schmerzlich bewusst, wie sehr sich ihr Leben in den letzten Jahren verändert hatte. Sie, die Frau, die neben ihrer Familie ein Leben lang nur den Sport gekannt hatte, sah sich aller Perspektiven beraubt. Nicht nur dass sie lernen musste, ohne ihren Mann zu leben, nein, das Schicksal hatte sie obendrein noch in diesen verdammten Rollstuhl gezwungen und ließ sie darin verrotten. Was war denn von all den aufmunternden Worten geblieben, die man ihr in der Reha gesagt hatte? Nicht viel. Anfangs hieß es noch: Frau Senger, in zwei, drei Jahren werden Sie wieder springen wie ein Reh. Aber auch die Ärzte waren inzwischen zurückhaltender geworden; vom Springen sprach keiner mehr. Die Perspektive, dass sie vielleicht irgendwann ohne Rollstuhl, nur mit einem Gehgestell bewaffnet und ohne fremde Hilfe, nach draußen könnte, erschien ihr mittlerweile wie das Paradies. Aber selbst das lag noch in weiter Ferne.

Jutta Senger war sich zuerst gar nicht bewusst, dass ihr bei all den trüben Gedanken, die ihr innerhalb weniger Sekunden durchs Hirn schossen, die Tränen in die Augen getreten waren. Erst als ihre Tochter den Arm um ihre Schultern legte und liebevoll sagte: »Mutti, bitte quäle dich nicht so, Danika und ich stehen immer an deiner Seite«, da wusste sie, dass sie um ihrer Kinder Willen nicht aufgeben durfte.

»Du hast ja recht«, sagte sie deshalb dankbar, »aber das Leben ist so verdammt hart.«

»Das glaube ich dir, Mutti«, sagte Janika leise und strich ihrer Mutter zärtlich übers Haar.

Gut gelaunt lief Lara in ihrer Wohnung umher und freute sich darauf, dass Silke in nicht einmal einer Stunde zu Besuch kommen würde. Die Hausarbeit ging ihr leicht von der Hand wie schon lange nicht mehr und sie merkte selbst, wie gut es ihr tat, dass sie erstmals seit einigen Wochen wieder ein Privatleben neben der Arbeit hatte. Also hatte der Motzer doch recht gehabt, wenn er behauptete, dass man sich ohne Privatleben nicht so richtig wohl fühlen könne, egal, wie sehr man in seiner Arbeit aufging.

So weit war Lara mit ihren Betrachtungen gerade gekommen, als es an der Wohnungstür läutete. Draußen stand Silke mit zwei prall gefüllten Taschen. Sie war wie eigentlich immer auf die Minute pünktlich.

»Um Himmels Willen, was schleppst du denn schon wieder alles an?«, fragte Lara entsetzt.

»Siehst du, gestern standen die Zeichen andersherum«, meinte Silke grinsend.

»Da hast du allerdings recht, komm erst mal rein.«

Silke trat in den Flur, zog ihren Mantel aus und ließ sich in einen der Sessel fallen. Anschließend begann sie die Taschen auszuräumen.

»Den soll ich jetzt bestimmt kalt stellen, oder?«, fragte Lara schmunzelnd, nachdem sie gesehen hatte, dass Silke drei Flaschen Sekt mitgebracht hatte.

»Ganz genau.«

Lara legte zwei Flaschen davon in den Kühlschrank und stellte die andere daneben. »Die kommt rein, wenn ich wieder Platz darin habe. Schließlich habe auch ich uns Sekt besorgt.«

»Ach du meine Güte«, stöhnte Silke auf, denn seit sie

sich mit Lara wieder regelmäßig traf, war ihr Sektkonsum gewaltig angestiegen.

»Ja, deshalb schlage ich vor, wir trinken erst mal einen Kaffee zusammen, was meinst du? Ich hab gerade frischen gekocht.«

»Das ist gut, den kann ich immer trinken.«

»Das geht mir nicht anders, nur hab ich heute schon so viel davon getrunken, ich werde wohl die ganze Nacht aufrecht im Bett sitzen.«

»Warum soll es dir besser gehen als mir«, erwiderte Silke grinsend. »Oh, Lara ich sehe gerade, du warst beim Friseur.«

»Und? Ist es nicht gut geworden?«

»Äh … na ja …«, druckste Silke erst etwas herum, aber als sie Laras geschocktes Gesicht sah, sagte sie schnell: »Es sieht ganz toll aus. Da hat deine Friseurin ganze Arbeit geleistet.«

»Findest du wirklich?«

»Aber klar. Ich wollte dich nur ein bisschen necken. Du siehst toll aus. Was wird wohl der Motzer am Montag dazu sagen?«

»Am Dienstag«, korrigierte Lara.

»Stimmt, am Dienstag. Du hast dir den Montag ja frei genommen.«

»Ja«, bestätigte Lara lachend, »ich habe vor, mal in die Stadt zu fahren.«

»Ach, willst du doch mal wieder bummeln gehen?«

»Ja, ich will und ich muss«, sagte Lara, »Ich brauche dringend neue Stiefel und noch dringender eine neue Hose. Meine anderen sitzen so prall, seit ich die strenge Diät etwas gelockert habe.«

»Das Thema kenne ich irgendwoher«, bekannte Silke grinsend, »meine Klamotten werden auch ständig enger. Das liegt bestimmt am Wäschetrockner.«

»Ganz sicher«, stimmte Lara mit ein, hob ihre Kaffeetasse und sagte: »Na denn, prost.«

Sie leerten ihre Tassen, dann bot Lara an: »Wenn du willst, können wir auch einen Sekt trinken, ich habe meine Flaschen schon seit heute Morgen kalt liegen.«

»Sekt ist immer gut«, schmunzelte Silke. »Und anschließend kochen wir gemeinsam etwas Gutes, okay?«

»Einverstanden. Mir läuft jetzt schon das Wasser im Mund zusammen.«

»Meinst du, mir nicht?«

»Jetzt trinken wir erst mal in Ruhe ein oder zwei Gläser Sekt und dann fangen wir an«, sagte Lara.

»Was hast du denn Gutes besorgt?«

»Also«, begann Lara, »ich habe uns Schnitzel besorgt, die waren beim Metzger im Angebot. Außerdem habe ich einen Kopfsalat, rote und gelbe Paprika, Eier, Paniermehl und Mehl besorgt – wie du mir gesagt hast. Außerdem habe ich Reis zu Hause. Den können wir doch dazu machen, nicht wahr?«

»Das hört sich wirklich gut an, das hast du fein gemacht«, lobte Silke.

»Danke für das Kompliment«, sagte Lara und fügte hinzu: »Mein Glas ist leer. Wenn du willst, können wir an den Küchentisch rübergehen. Was meinst du?«

Sie gingen in die Küche und begannen Paprika und Zwiebeln klein zu schneiden. Etwas später standen sie am Herd und Silke gab ihrer Freundin allerlei Tipps, wie sie die Speisen geschickt würzen konnte, worauf sie beim Kauf achten musste und noch vieles andere mehr. Lara staunte nicht schlecht, was Silke alles wusste, und ehe die beiden Frauen sich versahen, stand das Essen fertig und dampfend vor ihnen auf dem Küchentisch. Sie genossen schweigend und hätten am liebsten noch ihre Teller ausgeleckt, als sie fertig waren.

»Mensch, hat das gut geschmeckt«, sagte Lara, »Silke, du bist eine Spitzenköchin. Von deinen Kochkünsten könnte sich jedes Drei-Sterne-Restaurant eine Scheibe abschneiden.«

»Danke für das Kompliment, aber du darfst auch nicht zu bescheiden sein. Ich weiß nämlich nicht, was du willst. So ungeschickt, wie du immer tust, bist du bei Weitem nicht. Dir fehlt einfach nur der Mut beim Würzen. Alles andere hätte ich auch nicht besser gemacht.«

Lara errötete vor Stolz über dieses Lob und schenkte beiden einen Ramazotti ein. Nur auf den Espresso zum Abschluss mussten sie verzichten, denn Lara besaß keine Espressomaschine. Aber das trübte ihre Laune nicht im Geringsten, denn sie schenkten sich die Sektgläser wieder voll und begannen munter drauflos zu plaudern. Sie sprachen bestimmt schon eine Stunde, da fragte Silke plötzlich: »Weißt du schon das Neuste aus der Firma?«

»Was denn? Dass Patricia auch an meinem Computer war und erwischt wurde, kannst du ja nicht meinen. Schließlich war ich live dabei.«

»Nein, das meine ich nicht, aber es hängt unmittelbar damit zusammen.«

»Jetzt hast du mich aber neugierig gemacht.«

»Ich erzähl dir alles, aber du musst mir versprechen, absolutes Stillschweigen darüber zu bewahren. Offiziell weiß ich von nichts, aber Herr Timpe hat mich eingeweiht, nachdem ich durch Zufall ein Telefonat zwischen ihm und Motschmann mitbekommen habe. Timpe hat gemeint, ich wäre nicht im Büro, als er mit Motschmann telefonierte, und hat die Verbindungstür offen gelassen. Als er seinen Irrtum bemerkte, meinte er, dass mich das schließlich auch beträfe, und hat mich eingeweiht.«

»Wenn du meinst, dass die Pletsch die Kündigung erhalten soll, das weiß ich schon«, sagte Lara.

»Sie soll nicht nur, am Montag hat sie die fristlose.«

»Warum das denn?«

»Weil sie sich, kurz nachdem du am Freitag weg warst, gleich noch einen Bolzen erlaubt hat.«

»Oh Gott, was denn noch?«

»Sie hat Bernhard Peters aus der Abteilung Auszahlungsprüfung ganz schön verar…«

»Das war doch ihr Komplize oder nicht?«

»Wie es aussieht, hat sie ihn verführt, um an Kenntnisse über Computer zu kommen. Außerdem ist sie so an ein Nacktfoto von ihm gekommen. Das hat sie als Anhang einer Mail vom Chef in seiner Abteilung rumgehen lassen und außerdem an alle Leute mit Computerarbeitsplatz im ganzen Haus versandt. Das heißt, auf jedem Rechner ist ein Nacktbild von Bernhard Peters. Da hat dann selbst Timpe, der nun wirklich niemanden reinreißt, gesagt, jetzt sei Schluss. Allerdings tun mir die Herren Baumgart und Hagner leid. Die dürfen jetzt am Wochenende eine Sonderschicht schieben und das Bild von so vielen Rechnern löschen wie nur möglich.«

Plötzlich begann Lara, die beileibe nicht mehr nüchtern war, zu kichern.

»Was ist denn, Lara?«, fragte Silke, die ebenfalls ganz ordentlich dem Sekt zugesprochen hatte.

»Ein Nacktbild von Bernhard Peters? Na ja, er ist nicht gerade eine Schönheit, aber hoffentlich ist das Foto noch nicht gelöscht, wenn wir am Montag in die Firma kommen. Das heißt, ich komme ja erst am Dienstag.«

»Ich drucke es dir aus«, sagte Silke glucksend.

Beide brachen in Gelächter aus und amüsierten sich köstlich bei der Vorstellung, einen nackten Bernhard Peters in ihrem Computer zu haben. Hätten sie in diesem Moment einen Zuschauer gehabt, der sie gut kannte, er hätte bemerkt, was die beiden sich selbst nicht einzugestehen wagten und auch nicht geglaubt hätten: Beide begannen sich, nach den Enttäuschungen ihres Lebens, so langsam wieder nach einem Mann an ihrer Seite zu sehnen.

So aber war das Thema bald abgehakt und sie plauderten wieder von diesem und jenem, bis der Samstagabend sich seinem Ende neigte und sie müde wurden. Um zwei Uhr früh fielen ihnen beinahe die Augen zu und sie schafften es mit letzter Kraft, für Silke die Couch im Wohnzimmer herzurichten. Kurz darauf schliefen sie dem neuen Morgen entgegen.

Nachdem Silke sich am späten Vormittag von Lara verabschiedet hatte, verbrachte Lara einen ruhigen Tag in ihren vier Wänden. Sie dachte keine Sekunde mehr an das Foto auf ihrem Rechner in der Firma und hätte sich auch um keinen Preis der Welt mehr eingestanden, dass das, was der Alkohol für ein oder zwei Minuten in ihr freigesetzt hatte, tatsächlich existierte. Nämlich dass tief in ihrem Innern die Sehnsucht bestand, sich ohne Angst vor Enttäuschungen in die starken Arme eines Mannes schmiegen zu können.

Stattdessen fing sie an, einen Liebesroman zu lesen, was den unbestreitbaren Vorteil hatte, in der Rolle des neutralen Beobachters bleiben zu können. Später am Tag, als sie keine Lust mehr hatte, weiter in diesem Buch zu schmökern, legte sie ihren Lieblingsfilm »Dirty Dancing« ein und begnügte sich auch hier mit der Rolle der Zuseherin, die zwar mitleiden konnte, aber selbst nicht betroffen war. So neigte sich der Sonntag seinem Ende zu. Erst jetzt wurde ihr bewusst, dass nicht nur der Film, sondern auch ihr Lambrusco-Vorrat am Ende angekommen war. Ein untrügliches Zeichen dafür, dass es Zeit wurde, schlafen zu gehen.

Was soll's, dachte sie, morgen stehe ich ohnehin nicht vor acht Uhr auf und dann fahre ich mit der Bahn in die Stadt. So ein verlängertes Wochenende hat schon was.

Mit der Überlegung, so etwas in Zukunft vielleicht öfter zu machen, schlief sie ein.

# Kapitel 11

Silke Jansen wurde am Montagmorgen völlig davon überrascht, dass Janika ihr eine ganze Reihe alter Bilder, darunter einige in Schwarz-Weiß, auf den Schreibtisch legte.

Was ist denn jetzt los?, dachte sie, kann Janika Gedanken lesen? Ich hatte ihr doch noch gar nicht vorgeschlagen, einige Bilder mitzubringen. Und dann noch so viele. Hat sie am Ende das ganze Wochenende darüber zugebracht?

Laut sagte sie: »Das sind aber tolle Bilder. Hast du die alleine ausgewählt?«

»Nein, nein«, versicherte Janika schnell, »meine Mutter hat mir dabei geholfen.«

Silke war sehr erfreut darüber, dass ihr Plan aufzugehen schien, ohne dass sie ihn selbst auszuführen brauchte. Denn allem Anschein nach enthielt der riesige Stapel vor ihr auf dem Tisch auch Bilder aus Jutta Sengers Jugendzeit. So brauchte Silke nicht selbst danach zu fragen, was ihr um einiges angenehmer war.

Sie begann zu arbeiten, aber die Bilder ließen ihr keine Ruhe. Schon in der ersten kleineren Pause nahm sie sich die Fotos vor. Nach nur wenigen Bildern hatte sie ein altes Schwarz-Weiß-Foto in der Hand und war augenblicklich elektrisiert. Das Bild zeigte ihre Jugendfreundin Jutta als Sportlerin.

Ja, dachte Silke, Jutta war schon immer eine Sportskanone gewesen, im Gegensatz zu mir. Ich habe im

Schulsport nicht mehr getan als unbedingt notwendig. Aber Jutta war anders. Sie holte alle möglichen Rekorde und wenn sie nicht gerade schwamm, dann machte sie am liebsten Weitsprung, Vierhundertmeterlauf oder alle Arten von Staffelläufen. Jetzt weiß ich wenigstens Bescheid. Ich habe es zwar geahnt, aber sicher war ich mir nicht. Jetzt muss ich nur noch den Mut aufbringen, zu ihr zu gehen.

»Was mache ich nur?«, seufzte Silke.

Kann ich mit Lara darüber reden? Nein, das werde ich besser nicht, dachte sie. Dann wischte sie alle Bedenken beiseite und sagte sich: Ach was, ich werde mich am Samstag einfach zusammenreißen, einen Blumenstrauß kaufen und nach Riegelsbach fahren. Schließlich sind es von Kaltenbach bis dorthin nicht einmal ganz neun Kilometer; das ist keine Weltreise. Aber vielleicht sollte ich mal auf dem Stadtplan nachsehen, wo die Kaltbornstraße liegt.

Nun, da sie wusste, wie sie sich verhalten würde, ging ihr die Arbeit nicht nur an diesem Tag, sondern auch für den Rest der Woche sehr viel leichter von der Hand. Auch Lara merkte, dass Silke viel gelöster war, und da sie ihr aus vollem Herzen gönnte, dass sie ihre verschollene Jugendfreundin wiedertraf, freute sie sich mit ihr.

So wurde es schließlich Samstag.

Gegen vierzehn Uhr parkte Silke vor ihrem Haus aus, was wie an fast jedem Wochenende zu einer kleinen Tortur wurde. Die ach so freundlichen Nachbarn hatten sie, da rings um den Bahnhofsplatz Parkplätze rar waren, gnadenlos zugeparkt. Doch endlich war es geschafft. Zügig verließ sie Kaltenbach und fuhr Richtung Kahlenfurth. Zwischen der Wolfsberg-Siedlung und dem Industriegebiet West traf sie auf den Alleenring und hatte Glück, denn sie schwamm auf der grünen Welle durch die ganze Stadt. Südlich der Stadt ging es dann an Krächzingen vorbei bis nach Riegelsbach. Ihr Auto, ein roter, vier Jahre alter Opel Vectra, den sie Felix getauft hatte, genoss es genauso sehr wie Silke, durch die frühwinterliche Landschaft zu gleiten. Silke hatte ihr Auto Felix, der Glückliche, getauft, weil es das Glück hatte, bei ihr gelandet zu sein. Zu dieser Fahrt passte, dass Silke seit Langem einmal wieder das Autoradio eingeschaltet hatte und im WDR gerade das Wunschkonzert lief.

»Wenn heute alles so gut wird wie das Musikprogramm«, sagte Silke zu ihrem Auto, »dann kann ja gar nichts schief gehen.«

Denn schon seit sie Kaltenbach verlassen hatte, war das Musikprogramm spitze. Zuerst waren die Paldauer mit »Amore Romantica« gelaufen, dann hatten die Flippers »Weine nicht, kleine Eva« gesungen. Und zu guter Letzt kam auch noch ihre erklärte Lieblingsgruppe Fernando Express dran. Die CDs dieser Gruppe sammelte Silke schon seit vielen Jahren und gerade als das Ortsschild von Riegelsbach vor ihr auftauchte, stimmte die Sängerin der Gruppe »Das Märchen der weißen Lagune« an. Silke ließ es sich nicht nehmen, lauthals mitzusingen, und prompt verfuhr sie sich im Villengebiet.

Sie hielt an, packte den Stadtplan, den sie vorsichtshalber mitgenommen hatte, aus und faltete ihn auf der Motorhaube auseinander. Stadtpläne zu lesen war noch nie Silkes Stärke gewesen, deshalb stand sie noch etwas ratlos darüber gebeugt, als ein etwa dreißig Jahre alter Mann aus einer Toreinfahrt kam und fragte, ob er helfen könne.

»Können Sie mir sagen, wo hier in Riegelsbach die Kaltbornstraße ist?«, fragte Silke.

»Aber klar. Da sind Sie hier vollkommen falsch. Sie

müssen in die Siedlung am anderen Ende des Ortes. Fahren Sie im Grunde immer geradeaus und achten Sie auf die Seitenstraßen links; eine davon müsste es sein.«

Silke fand die Siedlung auf Anhieb und wollte gerade einen Passanten, der seinen Pudel ausführte, nach der Adresse fragen, als sie bemerkte, dass sie an der Einmündung zur Kaltbornstraße stand. Rasch fuhr sie in die Straße hinein und stand schon wenige Sekunden später vor dem neu erbauten Mehrfamilienhaus, in dem Jutta Senger im Erdgeschoss lebte, seit sie behindert war.

Silke nahm den Blumenstrauß und eine Tüte mit Pralinen vom Rücksitz, die sie für Jutta und die Zwillinge gekauft hatte. Dann ging sie die wenigen Meter bis zur Haustür. Ihr Herz pochte so sehr, dass sie es zu hören glaubte, während sie die Klingel drückte.

Es dauerte nur wenige Sekunden, bis der Türsummer ertönte und die Haustür aufsprang. Drinnen ging es nur drei Stufen nach oben und an der Wohnungstür, die nach links vom Flur abging, stand Janikas Zwillingsschwester Danika.

»Ja bitte?«, fragte sie.

»Ich bin Silke Jansen, ich möchte zu Frau Jutta Senger.«

Silke hatte nahezu augenblicklich erkannt, dass sie Janikas Schwester gegenüberstand und das nicht nur, weil Danika einige Pfunde weniger auf den Rippen hatte. Sie hatte auch das leichte Hinken bemerkt, von dem ihr Janika erzählt hatte.

In der Zwischenzeit war Jutta Senger, die ihren Namen gehört hatte, mühsam auf Krücken herbeigehumpelt und Danika ging, um ihren Rollstuhl zu holen. Als Jutta Senger ihre Jugendfreundin erblickte, starrte sie sie an. Silke starrte zurück. Keine wusste so recht, was sie sagen sollte.

Aber dann fasste sich Jutta Senger ein Herz und sagte: »Komm rein, bevor du da draußen Wurzeln schlägst.«

Silke lächelte und trat ein. In diesem Augenblick kam Janika aus ihrem Zimmer in die Diele. Sie war überrascht, als sie ihre Kollegin erblickte.

»Nanu«, sagte sie, dann biss sie sich vor Aufregung auf die Lippen.

In der Zwischenzeit hatte Danika den Rollstuhl für ihre Mutter herbeigebracht, da Jutta Senger die wenigen Schritte mit ihren neuen Krücken doch sehr angestrengt hatten.

Um die Situation etwas zu entspannen, sagte Silke zu Janika: »Als du mir erzählt hast, dass deine Mutter Sportlehrerein am Dr.-Weber-Gymnasium gewesen ist, hatte ich schnell den Verdacht, dass sie meine Jugendfreundin Jutta Busche ist. Aber erst als du mir die Bilder von deiner Mutter und deiner Schwester gezeigt hast, fiel bei mir der Groschen. Oh Pardon, das heißt ja heute Cent.«

Befreit lachten alle auf und das Eis war gebrochen.

»Kommt«, sagte Jutta und drehte ihren Rollstuhl, »wir müssen ja nicht hier im Flur stehen.«.

Sie gingen ins Wohnzimmer und kaum hatten sie sich niedergelassen, sagte Silke: »Mein Gott Jutta, ich hätte nie gedacht, dass wir uns unter diesen Umständen wiedersehen würden.«

»Ich auch nicht«, sagte Jutta Senger, »aber besser jetzt als nie. Ich freu mich jedenfalls darüber.«

Dann überreichte Silke ihrer Freundin die Blumen.

»Oh, die sind aber schön«, sagte Jutta gerührt. »Janika, sei doch bitte so gut und stelle die Blumen in die große weiße Vase.«

»Mach ich, Mutti, und dann werden wir euch erst mal allein lassen. Ihr habt bestimmt viel zu bequatschen.

Danika, komm, wir gehen in die Küche und kochen Kaffee.«

»Ja, machen wir«, sagte ihre Schwester, dann verließen die Mädchen das Zimmer.

Kaum hatte sich die Tür hinter ihnen geschlossen, sagte Jutta leise zu Silke: »Ich werde dir alles erzählen, was mir so widerfahren ist, seit wir uns aus den Augen verloren haben, aber nicht vor den Kindern. Auch wenn die beiden schon siebzehn sind, so wissen sie doch nicht alles. Sie haben in den letzten fünf Jahren schon genug Leid erlebt. Wir werden erst alle zusammen Kaffee trinken, dann werde ich sie bitten, uns allein zu lassen. Dann können wir reden.«

»Okay«, sagte Silke besorgt. »Aber ich werde dich nicht ausfragen. Wenn du nicht mehr reden kannst oder willst, kannst du jederzeit aufhören. Ich werde dich nicht bedrängen. Aber jetzt reden wir erst mal über etwas anderes.«

Das taten die beiden Frauen dann auch und es dauerte keine halbe Stunde, bis Janika und Danika mit Kaffee, Streuselkuchen und den Blumen ins Wohnzimmer zurückkamen.

»Ich stell die Blumen auf deinen Lieblingsplatz«, sagte Janika und trug die Vase zu dem kleinen runden Tisch in der Ecke.

Danach tranken die vier Kaffee und unterhielten sich. Es schien gerade so, als wolle ihnen der Gesprächsstoff nicht ausgehen. Dennoch sagte Jutta, als der Kuchen vertilgt war: »Wenn ich mich nicht irre, haben eure Zimmer mal wieder eine Grundüberholung nötig.«

»Du hast ja recht, Mutti«, seufzte Danika, die sofort verstanden hatte, »aber Aufräumen ist doch langweilig.«

Das war einer der wenigen Unterschiede im Charakter der beiden jungen Frauen. Während Janika die Ordnung in Person war, musste Danika immer wieder mit sanftem Druck zum Aufräumen gedrängt werden. Aber an diesem Tag war Janika nicht im Vorteil. Denn sie hatte am Vorabend einen Pulli gesucht und nicht gefunden. Aus Wut hatte sie ihren Kleiderschrank bis auf das letzte Kleidungsstück leer geräumt und dementsprechend chaotisch sah es auch in ihrem Zimmer aus.

Nachdem Danika ihrer Mutter eine Weinflasche aus dem Kühlschrank sowie zwei Gläser geholt und sich die Tür hinter den beiden Teenagern geschlossen hatte, wandte sich Jutta an ihre Freundin: »Silke, sag, wie ist es dir denn in all den Jahren ergangen?«

»Na ja, es geht so, aber erst mal bist du an der Reihe. Wenn ich das recht sehe, hast du selten Gelegenheit, über dein Leben zu sprechen. Deshalb rede, ich werde dir zuhören.«

»Danke, das ist lieb von dir. Ja, das Ganze lastet schwer auf mir. Dann fange ich mal an. Aber wo?«

»Am besten am Anfang.«

»Gut«, sagte Jutta und holte tief Luft. »Das letzte Mal haben wir uns ja auf diesem Klassentreffen gesehen, drei Jahre nachdem wir aus der Schule kamen. Ich wäre gern weiter zur Schule gegangen, aber meine Eltern wollten, dass ich einen handwerklichen Beruf erlerne. Also habe ich eine Lehre als Gärtnerin gemacht, obwohl ich keine Lust dazu hatte, und nebenbei die Abendschule besucht. Ich wollte schon immer Sportlehrerin werden. Aber dazu brauchte ich das Abitur und ein Studium. Ich habe also die Berufsausbildung und die Abendschule ziemlich gleichzeitig abgeschlossen und auch sofort einen Studienplatz an der Uni Dortmund bekommen. Ich bin also nach Dortmund gegangen und habe Sport studiert. Mein Vater war vielleicht sauer.

Deshalb habe ich auch nebenbei viel gearbeitet, da ich meinen Eltern nicht auf der Tasche liegen wollte. Das Verhältnis zu meinen Eltern war einige Jahre lang recht unterkühlt und die beiden haben erst eingelenkt, als ich das Studium als Jahrgangsbeste abgeschlossen habe und sie merkten, wie sehr ich in meinem neuen Beruf aufging. Damals kam ich an einem Wochenende nach Kahlenfurth zurück. Bei einer Sportveranstaltung des SV Kahlenfurth 02, es war eine Jubiläumsveranstaltung, lernte ich meinen ersten Mann kennen. Er hieß Zlatko Pavlovic und kam aus Zagreb. Er war zwar ›nur‹ Mechaniker, aber klug. Wir verstanden uns sofort. Ich habe mich schließlich in ihn verliebt und auch meine Eltern waren ganz angetan von ihm. Sie unterstützten unsere Hochzeitspläne. Meine Eltern richteten uns ein großes Fest aus, ein halbes Jahr später war ich schwanger und noch mal neun Monate später kamen unsere Zwillinge zur Welt. Im Eiltempo beendete ich das Studium und ging mit Zlatko nach Kahlenfurth zurück. Aber Zlatko fand hier keine Arbeit und das verkraftete er nicht. Wir gingen uns zu Hause immer mehr auf die Nerven und er veränderte sich zusehends. Er begann zu trinken, trieb sich nächtelang rum und ich möchte gar nicht wissen, wo und mit wem. Es konnte passieren, dass er vor dem Fernseher saß und die Zwillinge zu schreien begannen. Dann stand er wortlos auf, nahm den Autoschlüssel vom Haken und weg war er. Oftmals war er dann schon nicht mehr nüchtern. Eines Nachts passierte es: Er hatte kurz vorher zwei Flaschen Bier getrunken. Dann begann eines der Mädchen zu weinen. Beide hatten eine Erkältung aus dem Kindergarten mitgebracht, in den sie noch nicht mal vier Wochen gingen. Keine fünf Minuten später war er fort. Das Letzte, was ich von ihm hörte, waren die durchdrehenden Reifen auf dem Asphalt. Nicht mal zwei Stunden später standen zwei Polizeibeamte vor meiner Tür und erklärten mir, dass er tot sei. Ich habe die Beamten angestarrt, als wenn sie nicht ganz normal wären, und sie sagten mir, dass er in eine Gewitterfront gerast sei, die Kontrolle über den Wagen verloren hätte, ins Schleudern gekommen und einen Abhang hinuntergerast sei. Er war auf der Stelle tot.«

»Das versteh ich jetzt aber nicht. Janika hat mir gesagt, du hättest mit im Auto …«

»Ach Silke, ich war ja noch nicht fertig. Meine Leidensgeschichte geht ja weiter.«

»Wie, was kommt denn da noch?«

»Das Schlimmste. Aber lass mir einen Moment Zeit, ich muss mich erst sammeln, bevor ich weitersprechen kann.«

Erst jetzt merkte Silke, dass Jutta recht angegriffen wirkte. Vermutlich lag es daran, dass sie sich zum ersten Mal seit Jahren alles von der Seele reden konnte. Deshalb ging Silke auch bereitwillig auf Juttas Wunsch ein. Schweigend tranken sie das nächste Glas Wein, das Silke mit viel Wasser verdünnte.

Etwa zur gleichen Zeit saß Lara im Café Ebner in Kahlenfurth und versuchte bestimmt zum fünften Mal, Silke zu erreichen.

»Na, du bist wohl auch unterwegs«, murmelte sie. »Hast dich tatsächlich getraut, zu dieser Jutta Senger zu fahren. Deinen Mut möchte ich haben; ich hätte das nicht geschafft.«

Obwohl Lara sich für Silke freute, war es ihr gar nicht wohl bei dem Gedanken, dass Silke ihre Jugendfreundin wiedergefunden hatte. Nicht dass sie eifersüchtig gewesen wäre, nein, das ganz bestimmt nicht. Aber sie kannte ihre Schwächen. Sie war noch nie sehr kontaktfreudig gewesen und seit dem Tod ihrer Mutter vor annähernd dreißig Monaten hatte sie sich noch mehr als vorher in Arbeit vergraben. Außer einigen gelegentlichen Treffs mit Silke fand kein Privatleben statt. Kurz gesagt, sie fühlte sich einsam und wusste nicht, wie sie aus dieser Einsamkeit ausbrechen sollte. Denn seit Lars sie damals in der Berufsschule aufs Übelste hintergangen hatte, konnte sie Männern nicht mehr vertrauen. Damals war sie siebzehn und Lars neunzehn gewesen. Sie hatte in ihrer Naivität geglaubt, er würde sie lieben, und hatte sich von ihm nach nur kurzem Zögern entjungfern lassen. Doch kaum waren zwei, drei rauschende Liebesnächte vergangen, da wollte Lars nichts mehr von ihr wissen und ließ sich von da an verleugnen. Lara stürzte in ein tiefes Loch und hatte eigentlich geglaubt, schon auf dem Grund angekommen zu sein, als sie erfuhr, wie alles zusammenhing. Durch Zufall hörte sie mit an, wie Lars zu seinem Freund Roman sagte: »Du hattest recht. Die Kuh hat Feuer. Ich hätte nie geglaubt, dass eine so fette Person im Bett so feurig sein kann. Du hast gewonnen. Hier hast du deine fünfzig Mark.«

Ja, damals war Lara noch sehr dick gewesen und sie hatte deshalb als Wettobjekt herhalten müssen. Seitdem konnte Lara nicht mehr anders, sie blockte ab, sobald ein Mann mehr als kollegiales Interesse für sie zeigte.

Dennoch ließ sie sich auch an diesem Nachmittag nicht unterkriegen. Sie tat, was sie meistens machte, wenn sie trüber Stimmung war. Sie trank eine weitere Tasse Kaffee und schlürfte anschließend einen Piccolo. Auch wenn dies im Café Ebner ziemlich ins Geld ging, so dauerte es doch nicht lange und die trüben Gedanken waren wie weggeblasen.

Aber auch Patricia Pletsch war in Hochstimmung. Dass diese Stimmung über Tage anhielt, war schon seit Monaten nicht mehr vorgekommen. Aber das war auch kein Wunder. Schließlich nahm ihr Plan, Deutschland den Rücken zu kehren, immer deutlichere Züge an. Sie plante und rechnete. Wohin sie wollte, war ihr noch nicht so recht klar, aber dass sie dafür Geld brauchte, das wusste sie. Ihre Rücklagen hatten leider nicht mehr den Umfang, wie sie angenommen hatte, aber wenn sie alles zu Geld machte, was in ihrer Wohnung zu versilbern war, würde sie bestimmt zwanzigtausend Euro mitnehmen können. Das sollte für den Start in ein neues Leben reichen. Außerdem wollte sie sich in der Firma noch einen spektakulären Abgang verschaffen. Die sollten ihren Abgang versilbern. Nur wie sie das anstellen sollte, das war ihr noch nicht eingefallen.

Aber immerhin aß sie im Moment wieder regelmäßiger, trank nicht mehr ganz so viel und sparte, wo immer sie konnte. Dass sie zwei Tage zuvor beim Schwarzfahren erwischt worden war, war nur ein kleiner Schönheitsfehler in ihrem Plan. Der größere Haken war, dass es mehr ihrer Einbildung entsprang, über den Berg zu sein, als dass es sich mit der Realität deckte. Denn von ihren Tabletten ließ sie nicht ab und auch der Alkoholkonsum war immer noch enorm. So blieb sie auch an diesem Abend allein mit sich und ihrer Fantasiewelt und als sie später am Abend mit sich selbst auf ihre alten Kollegen anstieß, sagte sie hämisch grinsend: »Prost, ihr Schleimer, ihr werdet mich noch kennenlernen.«

Unterdessen hatte Jutta Senger ihre Sprache wiedergefunden und erzählte weiter: »Nachdem ich diese Nachricht erhalten hatte, war ich vollkommen am Boden zerstört und brauchte sehr lange, bis ich wieder einigermaßen klar sah. Ich war lange in psychiatrischer Behandlung und hatte noch Jahre später gelegentlich Albträume deswegen. Die Kinder und ich haben fast ein ganzes Jahr lang bei meinen Eltern gelebt, die damals schon nicht mehr die Jüngsten waren. Hätte ich sie nicht gehabt, ich wäre vor die Hunde gegangen.«

»Wie kamen deine Kinder denn zu ihren Namen?«

»Ach, das ging schnell. Da ich nicht so recht wusste, wie wir sie nennen sollten, fragte Zlatko mich, ob ich etwas dagegen hätte, wenn wir sie nach seinen Großmüttern nennen würden. Ich fragte ihn, wie die denn hießen und er meinte, Janica und Danica. Da mir die eingedeutschten Formen mit K besser gefielen und Zlatko nichts dagegen hatte, war das schnell entschieden.«

»Das sind ja auch schöne Namen«, sagte Silke, »ganz besonders Danika hat es mir angetan. Schade, dass ich keine Kinder habe, ich glaube, dann gäbe es noch eine kleine Danica, allerdings mit C.«

»Ja, schade, Kinder sind etwas Schönes. Mich haben sie über all die Jahre am Leben gehalten. Ja, nachdem das passiert war, habe ich mich erst mal um meine Kinder gekümmert und als die beiden ein halbes Jahr in den Kindergarten gingen, musste ich einfach etwas tun, um nicht ins Grübeln zu kommen. Ich bewarb mich also beim Landesschulamt und man verwies mich ans Stadtschulamt von Kahlenfurth. Ich dachte schon, jetzt werde ich durch die Bürokratie gereicht, aber ehe ich mich versah, hatte ich meine Stelle. Erst mal nur eine Referendarstelle, aber immerhin. Einer der Sportlehrer am Dr.-Weber-Gymnasium hatte sich beim Fußballspielen einen komplizierten Bruch zugezogen und ich durfte ihn vertreten. Später stellte sich heraus, dass die Verletzung erheblich schlimmer war als ursprünglich angenommen und der Lehrer nicht mehr an die Schule zurückkommen würde. Ich hatte meine Stelle als Sportlehrerin. Zum ersten Mal im Leben verdiente ich genug, um für meine Kinder zu sorgen. Darüber hinaus konnte ich sogar noch etwas sparen. Schließlich wusste ich nicht, was die Zukunft noch bringen würde. Zlatko ist ja auch nicht alt geworden.«

»Wie alt war dein Mann denn, als es passierte?«

»Sechsundzwanzig. Ich war damals vierundzwanzig, Danika und Janika waren gerade mal drei. Zum Glück haben sie ihren Vater kaum gekannt. Als ich zwei Jahre später Albert Senger, der geschieden war und keine Kinder hatte, kennenlernte, war es Liebe auf den ersten Blick. Albert verstand, dass ich noch etwas Zeit brauchte, um mit mir ins Reine zu kommen. Aber das Beste war, dass meine beiden Töchter sich hervorragend mit ihm verstanden. Es war, als wenn er ihr Vater gewesen wäre, den sie bis dahin so schmerzlich vermisst hatten. Kurz vor dem sechsten Geburtstag der beiden heirateten wir in aller Stille, nur mit beiden Elternpaaren und Alberts Schwester Tamara. Albert hat die beiden adoptiert, sobald wir von der Hochzeitsreise zurück waren. Als sie eingeschult wurden, hießen sie bereits Senger. Wir waren für einige Jahre eine glückliche und ganz normale Familie, bis das Schicksal erneut und mit grausamer Härte zuschlug. Albert hatte eine Einladung zum sechzigsten Geburtstag seines Chefs bekommen und wir sind an diesem Freitagabend hingefahren. Tamara hatte sich bereit erklärt, auf die Kinder aufzupassen und so waren wir beruhigt losgefahren. Es wurde ein sehr schöner Abend, wir plauderten, lachten viel und amüsierten uns. Getrunken haben wir nichts. Spät in der Nacht fuhren wir zurück und Albert fuhr betont vorsichtig. Nicht schneller als einhundertzwanzig. Albert fuhr nachts nie schneller. Das Wetter war gut, der Himmel sternenklar. Es war nicht mehr weit, wir hatten höchstens noch fünf Kilometer bis nach Kahlenfurth, Albert sagte gerade: Den überhole ich jetzt nicht mehr, das rentiert sich kaum noch, und ich war auf dem Beifahrersitz schon fast eingeschlafen. Auf einmal fuhr ich hoch, denn ich sah zwei Lichter auf uns zurasen. Fast gleichzeitig riss Albert das Steuer herum. Vermutlich wollte er auf die Mittelspur und hinter den anderen Wagen fahren, damit der Geisterfahrer leichter vorbeikonnte. Aber leider hatte der Mann auf der Mittelspur die gleiche Idee und fuhr nach rechts. Eine verhängnisvolle Idee. Wie man mir später sagte, muss der Geisterfahrer bemerkt haben, was Albert wollte, ist auf die rechte Spur gewechselt und hat das Steuer herumgerissen, als er merkte, dass er wegen dem Vorausfahrenden dort auch nicht vorbeikam. Er fuhr in die Lücke zwischen beiden Wagen und katapultierte sie von der Fahrbahn, während sein Mercedes nur leicht beschädigt wurde. Als er merkte, was er angerichtet hatte, brauste er davon. Alberts Passat und das andere Auto, es war irgendein Kleinwagen, hatten der schweren Limousine nicht viel entgegenzusetzen, dementsprechend sahen sie aus. Der andere Wagen war direkt eine Böschung hinabgestürzt und Alberts Auto krachte erst in die Mittelleitplanke, bevor es dem anderen Auto folgte. Albert starb noch an der Unfallstelle und der Mann im Kleinwagen verstarb auf dem Weg ins Krankenhaus. Das Schlimmste daran ist, dass ich im Nachhinein sagen muss, dass es für Albert wahrscheinlich besser so war. Denn die linke Autoseite war vom Aufprall auf die Mittelleitplanke vollkommen eingedrückt und das Auto lag auf der linken Seite. Alberts Pech war mein Glück. Während er so eingeklemmt war, dass man ihn ohne Amputation der Beine nicht aus dem Auto bekommen hätte, konnten die Retter gut an mich heran; nur deshalb habe ich überlebt.«

»Der Unfallfahrer beging auch noch Fahrerflucht? Wurde er denn geschnappt?«

»Lange Zeit nicht. Erst letztes Jahr wurde er durch Zufall bei einer Trunkenheitsfahrt erwischt, vor sechs Wochen war der Prozess. Sieben Jahre hat er bekommen. Jetzt geht es mir besser.«

»Oh Scheiße, das ist hart.«

»Die erste Zeit nach dem Unfall war hart. Besser gesagt, die Zeit, als ich wieder aus dem Koma erwacht war, in dem ich fast sechs Wochen gelegen hatte. Da war es noch ein Leichtes, alles wieder neu zu lernen, weil ein Blutgerinnsel im Gehirn einen Schlaganfall ausgelöst hatte. Aber zu begreifen, dass mein Albert nicht mehr da ist, war ein hartes Stück Arbeit. Erst seit letztem Jahr, als ich die Kliniken ein für alle Mal hinter mir gelassen habe, geht's mir leidlich gut. Das Jugendamt hatte damals entschieden, die Zwillinge vorerst bei meinen Eltern zu lassen, da Alberts Eltern in Hildesheim leben und man die Kinder nicht aus ihrer gewohnten Umgebung reißen wollte. Aber das ging nicht lange gut. Denn ...«

»Jutta, ich kenne die Geschichte von deinen Eltern und Tante Hildegard.«

»Ach ja, woher?«

»Janika hat mir vor einiger Zeit ihr Herz ausgeschüttet. So kam ich auch auf deine Spur.«

»Schön, dass man das auch mal erfährt«, sagte Jutta lachend, »aber Spaß beiseite, wenn ich meine Schwägerin Tamara nicht hätte, sähe es auch heute noch trübe aus. Sie hilft mir, wo immer sie kann. Aber sie hat ja auch noch ihre eigene Familie zu versorgen und wohnt auf einem alten umgebauten Bauernhof zwanzig Kilometer von hier. Außerdem kommt noch eine Pflegekraft von der Sozialstation am Hauptbahnhof. Die wirst du nachher kennenlernen, wenn sie um siebzehn Uhr kommt. Sie geht auch einkaufen und bringt mir die nötigsten Sachen fürs Wochenende mit, damit ich nicht immer die Zwillinge schicken muss.«

»Wenn es dich nicht stört, kann ich gern mithelfen, meine Kochkünste werden von vielen Leuten geschätzt. Ich kann gern ein oder zwei Mal in der Woche vorbeikommen.«

»Das würdest du für mich tun?«, fragte Jutta gerührt und ihre Augen füllten sich mit Tränen.

»Natürlich«, meinte Silke nur.

»Du warst ja schon immer meine beste Freundin und ich sehe, du bist es noch heute.«

»Äh, ja, …«, sagte Silke verlegen und fragte dann, um vom Thema abzulenken: »Hast du eigentlich eine Ahnung, was aus unserer Clique geworden ist?«

»Teils, teils.«

»Was meinst du damit?«

»Ich weiß nur, dass Diana Förster verheiratet ist und heute Schweitzer heißt; Kinder hat sie, so viel ich weiß, keine. Nicole Christ hat einen schwarzen amerikanischen Soldaten geheiratet und ist mit ihm in seine Heimatstadt New Orleans gegangen. Wie sie jetzt heißt, weiß ich leider nicht. Und Gesine Schipper, die in der zweiten Klasse zu uns kam, ist wieder in ihre Heimatstadt Hamburg zurückgegangen, des Berufes wegen. Von den beiden anderen weiß ich leider gar nichts.«

»Na ja, du bist doch gut informiert, ich wusste davon bis eben gar nichts«, gestand Silke ein.

»Das hört sich aber auch nicht gerade danach an, als wenn du mitten im Leben stehen würdest. Los, nun zu dir. Wie ist es dir ergangen?«

»Bitte?«, fragte Silke irritiert.

»Entschuldige, wenn ich mich falsch ausgedrückt habe«, ruderte Jutta gleich wieder einige Schritte zurück. »Aber seit ich behindert bin, habe ich kaum noch Übung im Umgang mit Menschen. Wenn ich dich beleidigt habe, tut es mir leid.«

»Nein, nein«, sagte Silke, »zumindest teilweise hast du ja recht. Ich war immerhin schon einunddreißig, als ich meinen ersten und bislang einzigen Freund kennengelernt habe.«

»Wie bitte? Bis dahin hattest du keinen Freund?«

»Nein – ich weiß, es ist ungewöhnlich, aber es ist so. Ich lasse mir auf der Arbeit nichts gefallen, aber wenn es um Männer geht, bin ich immer noch so schüchtern wie früher. Wenn mich einer anspricht, werde ich rot wie eine Tomate und selbst einen anzusprechen, traue ich mich schon gar nicht.«

Jutta verdrehte innerlich die Augen und dachte sich ihren Teil, sagte aber erst mal nichts weiter dazu, denn sie wusste noch von früher, dass Silke sehr unter ihrer Schüchternheit litt und fuchsteufelswild werden konnte, wenn man sie auf dem falschen Fuß erwischte. Nach einer Weile siegte aber die Neugier und sie fragte vorsichtig: »Aber dann hast du doch noch jemanden kennengelernt?«

Dass sie die Frage genau richtig gestellt hatte, merkte sie daran, dass Silke ohne zu zögern weitererzählte: »Ich habe auf eine Kontaktanzeige geantwortet. Das heißt, nicht auf eine, sondern auf unzählige. Mindestens zwanzig Leute haben sich gar nicht bei mir gemeldet und noch mal so viele haben Absagen geschickt. Dann endlich wollte sich jemand mit mir treffen. Anfangs war's ja ganz schön. Aber schon nach vierzehn Tagen fing der Typ an zu drängen, weil er mit mir ins Bett wollte. Eine weitere Woche später ist er handgreiflich geworden, da habe ich ihn rausgeschmissen. Danach hatte ich die Schnauze gestrichen voll.«

»Das kann ich gut verstehen, das ist bitter. Aber hast du denn gar keine Sehnsucht nach einem Freund?«

»Ach nein, ich kenne es ja nicht anders«, sagte Silke erst, überlegte es sich dann aber anders und sagte ehrlich: »Scheiße ja, manchmal bin ich ganz schön einsam, verdammt einsam sogar. Aber das braucht außer dir niemand zu wissen.«

»Ist schon klar; bei mir ist dein Geheimnis in guten Händen. Aber sag, was macht denn die Arbeit, wie bist du denn zur Norddeutschen Industrieversicherung gekommen?«

»Ich habe nach der Hauptschule zwei Jahre lang die kaufmännische Berufsschule besucht. Damit hatte ich den Realschulabschluss und so die Voraussetzungen, eine Lehre im Büro anzufangen. Ich habe dann in einem kleinen Betrieb den Beruf der Bürogehilfin erlernt und bin einige Jahre dort geblieben. Als ich vor fast dreizehn Jahren die Stellenanzeige von der Versicherung im ›Kahlenfurther Anzeiger‹ sah, habe ich mich beworben und wurde eingestellt. Nun ja, im Beruf hat mir noch niemand etwas vormachen können. Ursprünglich sollte ich am Empfang arbeiten, aber nach wenigen Wochen hat mein jetziger Chef, Herr Timpe, mich ins Schreibbüro geholt. Im Moment arbeite ich mit deiner Tochter und Sibylle Lautenschläger zusammen. Patricia Pletsch ist die Chefin des Schreibbüros. Vor Sibylle war Lara Bräunig bei uns, mit der ich übrigens recht gut befreundet bin. Aber sie wurde befördert und ist nun Chefsekretärin bei Bereichsleiter Emil Motschmann. Im Moment sind wir allerdings nur zu dritt. Über das Warum kann ich leider nicht sprechen ... oder hat Janika dir davon erzählt?«

»Was würdest du sagen, wenn es so wäre?«, fragte Jutta vorsichtig.

»Ich würde es zwar nicht so gut finden, könnte es aber verstehen. Solange die Firmeninterna bei euch gut aufgehoben sind, soll es mir recht sein.«

»Silke, was ich dir jetzt erzähle, musst du für dich behalten. Janika würde mir bestimmt den Kopf abreißen, wenn sie wüsste, dass du Bescheid weißt.«

»Ist es denn so schlimm?«

»Janika hat mir erzählt, wie froh sie darüber ist, dass Patricia Pletsch gefeuert wurde. Diese Frau muss meiner Tochter das Leben zur Hölle gemacht haben. Sie hat Janika von frühen Morgen bis zum Feierabend schikaniert, wo immer sie konnte.«

»Jutta«, sagte Silke, »meinst du, deine Tochter war die Einzige, die auf Patricias Abschussliste stand? Unsere Vorgesetzte Patricia Pletsch hat auch mir und einigen anderen in der Firma das Leben so sehr vermiest, dass ich zum Beispiel den Tag oftmals nur mit Kopfschmerztabletten so einigermaßen überstanden habe. Von Lara weiß ich, dass es ihr auf den Magen schlug. Zum Glück habe ich die volle Rückendeckung meines Chefs, der mich ja nun schon über zwölf Jahre kennt. Das macht die Sache für mich etwas leichter. Aber leider bin ich offenbar die Einzige, die Patricia hin und wieder Paroli bietet. Außer mir traut sich scheinbar niemand, dieser arroganten Ziege mal den Marsch zu blasen.«

Jutta musste grinsen, weil Silke sich so in Rage geredet hatte, und noch bevor sie etwas sagen konnte, sprach Silke weiter: »Na ja, okay, ich denke mal, dass Janika auch über die Sache mit den Rechnern mit dir gesprochen hat.«

»Ja, hat sie«, bekannte Jutta knapp.

»Jutta, stell dir doch mal vor, die liebe Kollegin hat

an etlichen Rechnern in fast allen Abteilungen die Passwörter geknackt und die Rechner lahmgelegt, sodass keiner mehr damit arbeiten konnte. Die ganze Rechnerumstellung, die zurzeit läuft und Tausende von Euro kostet, geht zu Lasten von Patricia und ihren dummen Spielchen. Da ich die neuen Programme für unseren Spezialisten bestellen musste, weiß ich, was das unsere Firma alles kostet.«

»Das ist ja noch schlimmer, als ich es mir vorgestellt habe«, stöhnte Jutta auf und ihr fiel vor Schreck der Kaffeelöffel aus der Hand. Er polterte zuerst auf die Tischkante und dann zu Boden. Silke bückte sich schnell und hob ihn auf. Dabei fiel ihr Blick zufällig auf ihre Armbanduhr und sie erschrak, denn mittlerweile war es neunzehn Uhr geworden.

»Was!«, rief sie. »So spät ist es schon? So langsam sollte ich mal heimfahren.«

»Komm«, sagte Jutta schnell, »iss doch noch mit uns zu Abend. Dann können wir noch ein Stündchen plaudern. Es kommt nicht allzu oft vor, dass ich Gesellschaft habe.«

»Na gut«, gab Silke nach, »aber spätestens um acht fahre ich wirklich. Ich möchte nicht so spät heimkommen.«

Dann bot Silke an, sich um das Abendessen zu kümmern. Beide Frauen machten sich auf den Weg in die Küche und staunten nicht schlecht darüber, was dort vor sich ging. Janika und Danika hatten sich Schürzen von ihrer Mutter umgebunden und richteten gemeinsam eine schön dekorierte Platte mit appetitlich aussehenden Broten her.

»Das gibt's doch nicht«, sagten Silke und Jutta nahezu gleichzeitig und Jutta, die als Erste die Fassung wiederfand, fügte hinzu: »Was ist denn in euch gefahren? Habt ihr etwa ein schlechtes Gewissen?«

»Nein, nein«, sagten die beiden lachend, »wir wollten euch einfach eine Überraschung bereiten.«

»Diese Überraschung ist euch geglückt«, riefen die Freundinnen wie aus einem Munde.

Dann gingen alle vier ins Wohnzimmer hinüber und machten sich über die Brote her. Dazu plauderten sie noch eine ganze Weile und als Silke sich endlich verabschiedete, war es doch schon Viertel nach acht.

# Kapitel 12

Schnell stieg Silke in ihr Auto, winkte den dreien, die am Fenster standen, noch einmal zu und fuhr davon.

»So, mein Guter«, sagte sie zu ihrem Auto, kaum dass sie die Straße verlassen hatte, »jetzt fahren wir nach Hause.«

Da sie ein sehr inniges Verhältnis zu ihrem Auto hatte, war ihr, als hätte es geantwortet: »Langsam wird's aber auch Zeit. Ich wollte eigentlich nicht hier übernachten.«

Silke hatte Riegelsbach kaum verlassen, da schaltete sie das Autoradio ein. Aber schon kurz darauf dachte sie: Oh nein, dieses Gedudel kann doch kein halbwegs vernünftiger Mensch ertragen, und schaltete das Gerät wieder ab. Ich muss jetzt erst mal meine Gedanken sammeln, denn bei dem, was mir Jutta alles erzählt hat, läuft es mir eiskalt den Rücken hinunter. So viel Leid kann ein Mensch doch gar nicht aushalten, ohne zu Grunde zu gehen. Wer weiß, wenn Jutta nicht eine solche Frohnatur gewesen wäre … Ich hätte das bestimmt nicht verkraftet. Wer weiß, was ich getan hätte.

»Eigentlich will ich jetzt nicht allein sein«, sagte Silke laut ins Auto hinein und ehe sie sich recht versah, war sie mitten im schönsten Selbstgespräch. »Genau«, sagte sie, »ich fahre jetzt heim, gehe mal schnell in die Wohnung, um nach den Rechten zu sehen, nehme zwei Flaschen Lambrusco mit und schau mal bei Lara vorbei. Sie ist bestimmt zu Hause, denn in der Regel geht sie genau wie ich abends nicht weg.«

Sie hatte diesen Gedanken noch nicht ganz formuliert, da war sie auch schon zu Hause. Das Glück stand ihr bei und sie bekam einen Parkplatz direkt vor der Haustür. Er war zwar ziemlich eng und sie musste mehrere Male rangieren, aber da sie eine gute Autofahrerin war, stand sie schließlich exakt zwischen dem roten Opel Astra ihres Nachbarn und dem silbernen Renault Megane einer Frau aus dem Nebenhaus. Zufrieden stieg sie aus, schloss ab und stieg in den ersten Stock des perfekt restaurierten Altbaus hinauf, wo ihre Wohnung lag. Sie sah kurz ins Wohnzimmer, kippte das Fenster, da die Luft im Raum ziemlich abgestanden war, und sah auf ihre Uhr, die auf der Anrichte stand.

Oh, dachte sie, da war ich aber schnell daheim. Es ist gerade mal halb neun. Das ist noch nicht zu spät für einen Überraschungsbesuch.

Nach einem kurzen Blick auf den Anrufbeantworter wusste sie, das niemand angerufen hatte. Sie ging in die Küche, nahm ihre Einkaufstasche aus dem Schrankfach und stellte zwei große Flaschen Lambrusco hinein. Aus dem Schlafzimmer holte sie ihre bequeme Jogginghose und steckte sie ebenfalls dazu. Danach ging sie ins Bad, fuhr sich mit der Bürste durch ihre Lockenpracht und gönnte sich ein paar Spritzer ihres Lieblingsparfüms. Dann ging sie zur Wohnungstür, nahm unterwegs ihre dicke Jacke vom Haken und trat ins Treppenhaus hinaus.

»Puh, ist das kalt«, entfuhr es ihr, als sie unten ankam und die Haustür hinter sich ins Schloss zog.

Ihr Auto sah sie mit großen Augen an, da sie schon wieder da war, aber Silke beruhigte es sofort: »Keine Angst, du darfst dich weiter ausruhen.«

Sie zog den Reißverschluss ihrer Jacke bis oben hin zu,

denn jetzt, Anfang Dezember, war es bereits erbärmlich kalt. Schnellen Schrittes und in ihre warme Jacke eingekuschelt verließ sie den Bahnhofsplatz mit seinem Kopfsteinpflaster, das wegen der hohen Luftfeuchtigkeit und des einsetzenden Frostes bereits zu glitzern begann, und überquerte die Werner-Senger-Straße. Nun hatte sie die ruhige Nebenstraße erreicht, in der Lara wohnte. Sie klingelte und es dauerte gar nicht lange, bis der Türsummer ertönte. Silke stieg langsam die Treppe hinauf und als sie den obersten Treppenabsatz erreichte, stand Lara am Geländer und sah hinunter, um zu sehen, wer sie da besuchte. Als sie Silke erkannte, rief sie aus: »Ach, du bist es Silke. Schön, dich zu sehen!«

Silke betrat die Wohnung und zog ihre Jacke aus. »Es ist ganz schön kalt draußen, was?«

»Das stimmt, ich bin gerade dabei mich aufzuwärmen. Trinkst du einen Kaffee mit?«, fragte Lara.

»Ja gern«, sagte Silke und ging ins Wohnzimmer durch. »Nanu«, rief sie über die Schulter zurück, »du hast ja die neuen Sommerkataloge aller großen Reiseveranstalter geholt.«

Lara, die gerade mit der Kaffeekanne und zwei Tassen im Wohnzimmer erschien, sagte: »Ja, ich war mal im Reisebüro. Du hast übrigens Glück, ich bin erst seit einer halben Stunde aus der Stadt zurück.«

»Wieso denn das?«

»Ach weißt du, ich habe heute Vormittag eine Waschmaschine Kochwäsche laufen lassen, weil ich im Schrank keine Unterwäsche mehr gefunden habe. Dann habe ich mir überlegt, dass ich, sobald der Trockner fertig ist, in die Stadt fahren könnte, um neue zu kaufen. Ich bin erst um halb eins gefahren, deshalb ist es so spät geworden. Aber es ist mir lieber, wenn alle Geräte abgeschaltet sind, wenn ich das Haus verlasse. Deshalb habe ich den ganzen Nachmittag in der Stadt verbracht.«

»Hast du außer der Unterwäsche noch etwas gekauft?«

»Ja, schau mal her. Ich habe mir ein schlichtes, hellblaues Leinenkleid gekauft«, sagte Lara und holte das gute Stück mit den großen Knöpfen aus der Plastiktüte des größten Modehauses der Stadt.

»Das ist ja toll«, entfuhr es Silke fast ungewollt, »so etwas würde mir auch gefallen, wenn ich nicht mehr der Hosentyp wäre.«

»Das bin ich im Grunde genommen auch, aber da wir bald Weihnachten haben und ich an einem der Feiertage meine Patentante besuchen will, brauche ich etwas Gescheites zum Anziehen. Für den Alltag habe ich mehr als genug zum Anziehen, aber für besondere Anlässe, nein, da gibt der Kleiderschrank nicht viel her. Zumal meine Tante zwar richtig süß, aber schon sehr alt und eine richtige Dame ist. Ich will es mir mit ihr nicht verderben, schließlich ist sie die letzte noch lebende Verwandte, die ich habe. Sie mag es nun mal überhaupt nicht, wenn Frauen in Hosen gehen. Auf die Predigt zu diesem Thema kann ich wenigstens in diesem Jahr gut verzichten. Außerdem wollte ich dich für nächsten Freitag zu meinem Geburtstag einladen. Ursprünglich wollte ich das am Montag in der Arbeit machen, aber jetzt bist du ja da, dann kann ich es genauso gut jetzt sagen.«

»Danke für die Einladung, ich komme natürlich gerne. Übrigens war mein Besuch bei Jutta Senger ein voller Erfolg.«

»Na also. Ich hatte ja schon die Befürchtung, dass du es dir wieder anders überlegst.«

»Ich auch«, gab Silke freimütig zu, »ich habe lange mit mir gekämpft, ob ich hingehen soll, aber jetzt bin ich froh, es getan zu haben. Wir haben uns auf Anhieb wieder toll verstanden. Ab jetzt wollen wir wieder regelmäßig telefonieren und ich habe Jutta angeboten, ihr ein bis zwei Mal pro Woche hilfreich zur Hand zu gehen. Denn sie sitzt im Rollstuhl, aber das habe ich dir, glaube ich, schon erzählt.«

»Du, ich bin gleich wieder da«, sagte Lara, kaum dass Silke ihren Satz beendet hatte, und ging schnell ins Bad. Dort setzte sie sich auf den Wannenrand und sprach in Gedanken mit sich selbst: Lara, du bist eine dumme Kuh. Einerseits ist es dir zu viel, dass sich Silke in den letzten zwei Wochen bestimmt sechs Mal mit dir getroffen hat, auf der anderen Seite hast du Angst, abgehängt zu werden, wenn Silke wieder öfter zu Jutta Senger geht; so kann das nicht weitergehen.

Sie wusch sich mit dem Waschlappen einmal über das Gesicht und war sich, während sie zu Silke an den Tisch zurückging, im Klaren darüber, dass sie über kurz oder lang ihr Leben ändern musste. Nur in welche Richtung, das wusste sie nicht.

Während sie sich setzte, machte Silke die Lambruscoflasche auf, die Lara aus dem Kühlschrank genommen hatte, und schenkte ihnen ein.

Dann sagte sie: »Ach, ich hab ja auch noch was mitgebracht, ich dachte mir, sicher ist sicher.«

Lara nahm die beiden Flaschen entgegen und stellte sie in den Kühlschrank. Dann fiel ihr ein, dass sie noch eine Packung Salzbrezeln da hatte, holte eine ihrer schönen Glasschalen aus dem Wohnzimmerschrank und schüttete die Brezeln hinein. Als sie damit an den Wohnzimmertisch zurückkam, hatte Silke schon einen der Kataloge in der Hand und blätterte darin. Das heißt, im Grunde blätterte sie nicht ziellos, sondern sie hatte ganz bewusst den Katalog des größten Reiseveranstalters zur

Hand genommen und suchte darin ein ganz bestimmtes Hotel auf Mallorca. Noch bevor Lara ebenfalls zu blättern begann, hatte Silke gefunden, was sie suchte, und reichte den Katalog an Lara weiter.

»Guck mal, das hab ich gesucht. Da war Peter Baumgart mit seiner Meike und die beiden waren ganz begeistert davon.«

Lara nahm den Katalog in die Hand, sah sich das Hotel wohlwollend an, verzog plötzlich das Gesicht und sagte: »Mallorca? Gibt's nichts Besseres?«

»Wieso?«, fragte Silke verwundert.

»Nun ja, man hört ja nicht viel Gutes davon. Ich hab gehört, es sei vollkommen überlaufen, überteuert und voller betrunkener junger Leute. Außerdem soll das ganze Hinterland mit Protzvillen von Unmengen Multis zugebaut sein.«

»Nein, Lara, ganz so ist es auch wieder nicht.«

»Warst du schon mal da?«

»Nein, ich war noch nie am Meer.«

»Woher weißt du dann, wie es da ist?«

»Peter Baumgart hat es mir erzählt. Um mich besser zu informieren, habe ich mir außerdem einen Reiseführer und eine Reise-DVD gekauft. Hast du einen DVD-Player?«

»Ja, warum?«

»Dann können wir uns die DVD zusammen ansehen. Ich hab sie auch noch nicht gesehen. Aber das, was mir Peter erzählt hat, macht Appetit auf mehr – oder Meer, ganz wie man will. Peter hat gesagt, wenn man nicht gerade in den Sommerferien nach Mallorca fährt, ist es nicht so überlaufen, wie immer gesagt wird. Man bekommt am Strand immer ein freies Plätzchen. Die betrunkenen Jugendlichen siehst du bestenfalls in El Arenal und selbst das ist nicht so schlimm, wie uns der

Film ›Ballermann 6‹ weismachen will. Die Villen von den Multis gibt es zwar, aber die stehen nicht Haus an Haus, wie du anscheinend glaubst. Und was die Preise angeht – wenn selbst Peter Baumgart nicht meckert, kann's nicht so schlimm sein.«

So langsam begannen Silkes Argumente zu wirken und Lara beschäftigte sich wieder mit dem Katalog. Das Hotel Sabina in Cala Millor, an der Ostküste Mallorcas, schien wirklich so einiges zu bieten.

»Es liegt direkt am Strand, nur die Promenade ist noch dazwischen, hat Peter gesagt. Außerdem ist es in die Fußgängerzone kaum weiter, sodass dort bummeln pur angesagt ist. Laut Peter ist der Pool, der übrigens auch einen Whirlpool hat, eine Augenweide und das Essen am Büffet gut und mehr als reichlich. Peter hat in den vierzehn Tagen, die sie dort waren, sage und schreibe fünf Kilo zugenommen und seine Meike drei. Natürlich weiß ich, dass er mir das schmackhaft machen wollte, aber da ich noch nie am Meer war, würde mich das schon reizen«, sagte Silke mit leuchtenden Augen. »Warst du denn schon mal am Meer?«

»Im sonnigen Süden noch nicht«, gab Lara unumwunden zu, »aber ich war in grauer Vorzeit mit meiner Mutter mal an der Ostsee – oder war's die Nordsee? Auf jeden Fall ist es schon ewig her. Ich glaube, da war ich so in der ersten oder zweiten Klasse. So genau kann ich mich nicht mehr daran erinnern.«

»Hättest du nicht Lust, mal in den Süden zu fliegen?«, fragte Silke geradeheraus.

»Ja schon, aber allein?«

»Wieso allein? Wir können doch zusammen fliegen!«

»Das wäre allerdings eine gute Idee. Mal rauskommen aus dem Alltagstrott. Aber wann und wohin?«

»Mein Vorschlag wäre das Hotel Sabina in Cala Millor, im nächsten Frühsommer. Lass uns zusammen die DVD ansehen und wenn du dann ähnlich denkst wie ich, reden wir weiter.«

»Nein«, sagte Lara spontan. »Ich glaube dir auch so. Okay – lass uns nach Mallorca fliegen!«

»Wir müssen uns ja nicht gleich heute auf einen Termin festlegen«, sagte Silke. »Aber Peter Baumgart hat mir den Tipp gegeben, gleich Anfang Januar zu buchen, denn da hat man gute Chancen, dass das Hotel noch nicht ausgebucht ist.«

»Was, so früh?«, fragte Lara entsetzt. »Ich weiß doch noch gar nicht, wann ich nächstes Jahr Urlaub nehmen kann.«

»Dann überlege es dir schnell und rede in den nächsten Tagen mit Herrn Motschmann, der ist doch kein Unmensch«, konterte Silke schnell. »Ich habe mich schon entschlossen, mir einen neuen Taschenkalender gekauft und meine Wunschzeit bereits festgelegt. Mit Herrn Timpe kann ich zwar vor nächsten Mittwoch nicht reden, aber ich denke, das geht trotzdem klar.«

»Wieso kannst du erst am Mittwoch mit Timpe reden?«, fragte Lara verwundert.

»Weil er Urlaub hat und erst am Mittwoch wiederkommt«, sagte Silke. »Ist die Freudenbotschaft denn noch nicht bis zu dir durchgedrungen?«

»Nein, welche Botschaft denn?«

»Nun, Timpe ist doch wieder Vater geworden.«

»Was? Wann kam denn das Kind zur Welt?«

»Kind ist gut«, sagte Silke lachend. »Seine Frau hat Drillinge bekommen.«

»Drillinge? Hatte er nicht schon Kinder?«

»Ja, jetzt sind es fünf.«

»Na klasse, dann haben die beiden ja alle Hände voll zu tun. Sollte Herr Timpe nicht besser Frührente einreichen?«

»Um Gottes Willen, Lara, sag so was nicht laut. Der Typ ist in der Lage und bringt das tatsächlich. Aber einen besseren Chef könnte ich nicht haben.«

»Auf jeden Fall hat Frau Timpe ihre liebe Mühe. Wie alt sind denn die beiden anderen Kinder?«

»Das Mädchen ist zwölf und der Junge zehn. Ich glaube, das jetzt war ein Betriebsunfall.«

»Betriebsunfall ist gut«, gluckste Lara los, um im selben Moment neugierig zu fragen: »Wie heißen die beiden Großen denn?«

»Mensch Lara, du stellst vielleicht Fragen. Sie heißen Stefan und Tamara. Und um gleich auf deine nächste Frage zu antworten, die Jüngsten heißen Thorsten, Philipp und Ramona.«

»Ach, es ist bestimmt schön, wenn man Geschwister hat«, sagte Lara versonnen, »ich kenne so etwas nur vom Hörensagen, denn ich war ja ein Einzelkind.«

»Ganz so schön, wie du dir das vorstellst, ist das beileibe nicht immer«, sagte Silke knapp und Lara merkte sofort, dass hinter Silkes Worten mehr steckte als ein gewöhnlicher Einwand.

Deshalb sagte sie: »Es ist schon sonderbar. Jetzt kennen wir uns bald vier Jahre, aber wirklich viel aus unserem Leben haben wir uns nicht erzählt. Aber genau das sollten wir tun, wenn wir wirklich miteinander verreisen wollen. Sonst kann es viel zu leicht vorkommen, dass eine von uns etwas sagt und die andere tödlich beleidigt ist, obwohl es gar nicht böse gemeint war. So etwas verdirbt dann den schönsten Urlaub.«

»Da gebe ich dir recht, Lara. Ich weiß, wie sehr du deine Mutter vermisst. Ich glaube, mir ginge es auch nicht anders, wenn meine Eltern nicht mehr wären. Irgendwann kommt auch für mich die Zeit, da ich lernen muss, damit zu leben. Aber im Moment genieße ich es noch, mich bei Muttern zum Essen an den Tisch zu setzen.«

»Das kann ich gut verstehen. An diese Zeiten kann ich mich auch noch sehr gut erinnern und es tut verdammt weh, dass das vorbei ist; auch nach zweieinhalb Jahren.«

»Wie? Ist das wirklich schon wieder so lange her?«

»Ja, im kommenden August werden es drei Jahre. Genau gesagt, am achtzehnten. Daran merkt man erst, wie schnell doch die Zeit verrinnt.«

»Das ist wahr«, stimmte Silke zu, um dann schnell weiterzusprechen: »Aber glaube bitte nicht, dass bei uns zu Hause eitel Sonnenschein herrscht, nur weil ich meine Eltern noch habe. Nein, ganz und gar nicht.«

Verwundert sah Lara ihre Freundin an und harrte der Dinge, die da kommen würden. Und wie sie kamen.

»Dass ich eine jüngere Schwester habe, weißt du bestimmt noch nicht«, platzte es förmlich aus Silke heraus. »Ich bin es gar nicht gewohnt, über sie zu sprechen, denn das ist ein Tabuthema, das bei meinen Eltern zu Hause schon seit Jahren nicht mehr angesprochen werden darf.«

»Aber warum denn?«, fragte Lara mitfühlend. »Silke, das ist ja schrecklich.«

»Als meine Schwester ihren Freund kennenlernte, passte das meinen Eltern ganz und gar nicht. Sie sagten, das sei kein Umgang für Kerstin. Dazu muss man wissen, dass mein Vater früher in vorderster Front bei der konservativen Partei in Kahlenfurth mitgemischt hat und Jörg, der Freund meiner Schwester, aus dem gegnerischen Lager kommt. Da beide, mein Vater und auch Jörg, rechte Sturköpfe sind, dauerte es gar nicht lange und die beiden waren derart zerstritten, dass es keine

Versöhnung mehr gab. Ausgerechnet Ostersonntag vor fünf Jahren hat es so sehr gekracht, dass meine Eltern Jörg des Hauses verwiesen haben. Jörg sagte dazu nur, er wäre sowieso gegangen. Von da an ist Kerstin an den Sonn- und Feiertagen allein zu den Eltern gefahren. Gepasst hat ihr das nicht und sie nahm es unseren Eltern sehr übel, dass sie Jörg nicht akzeptierten. Eines Tages, ungefähr ein halbes Jahr später, hatte sie die Nase von diesem Theater voll. Sie stellte unsere Eltern vor die Wahl. Entweder sie akzeptierten Jörg, wie er war, oder sie würde mit ihm weggehen und so schnell ganz bestimmt nicht zurückkommen.«

»War das nicht ein bisschen hart?«

»Ja, vielleicht, aber was sollte sie machen? Mutti fragte sie, was das solle, und Kerstin antwortete ihr, Jörg habe ein gutes Angebot seiner Firma, der Sandmann KG, im Industriegebiet West bekommen, er solle in Australien eine Filiale aufbauen. Dann wären sie bestimmt zehn Jahre in Down Under und ob sie in dieser Zeit zu Besuch kämen, das hinge ganz vom Verhalten der Eltern ab. Papa sagte darauf zu Kerstin: Denn geh doch. Aber wenn du gehst, dann kannst du gleich ganz dort bleiben. Von uns hast du nichts mehr zu erwarten.«

»Oh mein Gott, sind deine Eltern grausam. Da sitzt du jetzt sicher zwischen allen Stühlen, oder? Du bist wirklich nicht zu beneiden.«

»Nein, das ist nicht schön, das kannst du mir glauben, denn meine Schwester kam mit Tränen in den Augen zu mir und erzählte mir alles. Sie konnte es gar nicht verstehen, wie unsere Eltern so stur sein konnten. Dann erzählte sie mir, dass sie schwanger sei und sich auf das Kind freue. Aber selbst das war unseren Eltern egal, als sie davon erfuhren. So packten Kerstin und Jörg innerhalb weniger Tage ihren Haushalt zusammen und ließen alles nach Australien versenden. Kurz darauf wanderten sie aus. Kerstin gab mir zum Abschied ihre Adresse und auch einen Zettel für unsere Eltern. Den sollte ich ihnen übergeben, wenn die Wogen sich etwas geglättet hätten. Aber einige Wochen später, als ich den Zettel sonntags einmal mitbrachte, zerriss mein Vater ihn vor meinen Augen in tausend Fetzen. Ich war so geschockt darüber, dass ich gar nicht wusste, was ich sagen sollte, und mich ziemlich schnell wieder abseilte.«

»Das kann ich verstehen«, sagte Lara leise und legte Silke tröstend die Hand auf den Arm.

»Aber ich habe nach wie vor einen hervortragenden Kontakt zu meiner Schwester«, fuhr Silke nach einer Weile fort, »wir schreiben uns regelmäßig und zwei Mal im Monat telefonieren wir miteinander. Zur Taufe meiner kleinen Nichte war ich einige Tage in Australien, aber unsere Eltern haben nicht eine Sekunde darüber nachgedacht, auch hinzufliegen und das Kriegsbeil zu begraben. Ganz im Gegenteil. Was meinst du wohl, warum ich schon nach vier Tagen zurückgeflogen bin? Wir waren nicht mal zusammen am Meer. Außer dem Flughafen von Canberra, ihrem Wohnort und ihrem Haus habe ich dort nichts gesehen. Meine Eltern wissen nicht, dass ich dort war. Ihnen habe ich gesagt, ich sei mit einer Kollegin verreist. Sie sind so schon sauer genug auf mich, weil ich einen so guten Kontakt zu Kerstin habe. Am liebsten würden sie mir das auch noch verbieten. Aber das zu verlangen, trauen sie sich dann doch nicht. Ich hab ja gedacht, dass alles mit der Zeit besser würde, aber als letztes Jahr meine Schwester ihr zweites Kind, meinen Neffen, bekam, ignorierten sie das völlig.«

»Du Ärmste«, sagte Lara mitleidig und plötzlich entfuhr es Silke: »Mensch, so langsam wird mir das ganze echt zu blöd, aber was soll ich machen, es sind doch meine Eltern.«

»Mein Gott, Silke, ich hab immer gedacht, so was gibt's nur im Film. Im wahren Leben geht's ja noch schlimmer zu.«

»Das hab ich auch immer gedacht – bis ich in den zweifelhaften Genuss kam, es selbst erleben zu dürfen.«

Um ihre Freundin etwas abzulenken, fragte Lara: »Hast du eigentlich ein Bild von deiner Nichte und deinem Neffen?«

»Aber klar. Das trag ich immer in meiner Brieftasche mit mir herum.«

»Dann zeig doch mal.«

Im Handumdrehen hatte Silke ihre Brieftasche aus der Handtasche geangelt und ein Bild hervorgezogen, auf dem ihre Schwester, ihr Schwager und die beiden Kinder vor einer repräsentativen Villa zu sehen waren.

»Die haben sich richtig gut in Australien eingelebt«, sagte Silke gerade halb verträumt, halb traurig, als ihr Blick zufällig auf ihre Armbanduhr fiel. »Oh, es ist ja schon nach elf, jetzt wird's aber Zeit für mich.«

Schnell packte sie ihre Sachen zusammen, trank ihr Glas noch leer und machte sich auf den kurzen Heimweg.

# Kapitel 13

Als Silke eine Woche später zu Laras Geburtstag kam, konnte diese ihr gute Neuigkeiten verkünden: »Silke, ich komme gern mit dir in Urlaub. Wir können Anfang Januar buchen. Herr Motschmann hat mir den Urlaub vom zehnten bis zum vierundzwanzigsten Juni genehmigt.«

»Hat er gejammert?«

»Nicht mal.«

»Na, dann schenk mal ein Glas Sekt ein, damit wir auf deinen Geburtstag anstoßen können.«

Lara kam dem Wunsch ihrer Freundin schnell nach und es dauerte keine fünf Minuten, da waren die beiden mitten in ihren Urlaubsplanungen.

Die nächsten Tage und Wochen vergingen für Silke wie im Fluge, denn sie kümmerte sich mehr um Jutta und bescherte ihrer Jugendfreundin so schöne Weihnachtstage. Aber auch für Lara, die ja außer ihrer Tante keine Familie mehr hatte, gingen die Feiertage schnell vorbei. Nicht zuletzt, weil sie sich auf den gemeinsamen Urlaub mit Silke freute und plante, was das Zeug hielt.

An den Feiertagen besuchte sie ihre Tante in der betreuten Wohnanlage in der Stadtmitte, wo die alte Dame schon seit sechs Jahren wohnte. Laras Tante, die zwar schwer herzkrank und körperlich sehr gebrechlich, geistig aber topfit war, freute sich sehr, ihre Nichte zu sehen. Da sie sehr neugierig war, fragte sie Lara nach dem nicht vorhandenen Privatleben aus. Sie war schon seit einiger Zeit sehr besorgt darüber, dass ihre Nichte sich in Arbeit vergrub, deshalb freute sie sich, als sie hörte, dass Lara im Sommer mit einer Kollegin nach Mallorca fliegen wollte. Sie ging an ihre Geldkassette und sagte augenzwinkernd: »So eine Reise ist teuer. Du hattest ja erst Geburtstag und außerdem ist Weihnachten.« Sie hielt Lara einen Umschlag hin, denn diese ungeöffnet einsteckte.

Lara blieb noch bestimmt zwei Stunden bei ihrer Tante, dann bedankte sie sich noch einmal für ihr Geschenk und verließ die Altenwohnanlage. Erst draußen sah sie in den Umschlag und erschrak. Ihre Tante hatte ihr nicht wie sonst zweihundert Euro hineingetan, sondern tausend. Gleich nach den Feiertagen ging Lara zur Bank und zahlte das Geld auf ein Sparkonto ein, damit es nicht unter die Räder kam, bis es in den Urlaub ging.

In den ersten Tagen des neuen Jahres sorgte Patricia Pletsch im Versicherungsgebäude noch einmal für Furore. Da sie noch Geld brauchte, um in den Süden zu ziehen, mussten ihre alten Kollegen, auf die sie einen fürchterlichen Hass hatte, herhalten. Denn dass sie auswandern wollte, das stand für sie inzwischen fest. Sie schaffte es bestimmt zehn Mal, mit Kollegen, die sie nur vom Sehen kannte, ins Gebäude zu gelangen und jede Menge Portemonnaies und auch Kaffeekassen zu entwenden. Keiner wusste, wer der Klabautermann war, der da so erbarmungslos zuschlug. Meist tauchten die entwendeten Geldbörsen zwar nicht völlig entleert wieder auf, aber manchmal, wenn nicht viel Geld oder keine wichtigen Papiere darin gewesen waren, blieben sie auch gänzlich verschwunden.

Aber dann kam der Tag der Wahrheit. Als alle Mitarbeiter der Auszahlungsprüfung in der Mittagspause in die Kantine oder in das Lokal gegenüber verschwunden waren, ging Bernhard Peters kurz aus dem Zimmer, um sich einen Kaffee zu holen. Denn seit Patricia ihm so übel mitgespielt hatte, war er zum Gespött der Firma geworden. Er konnte von Glück reden, dass er halbwegs ungeschoren aus der Sache herausgekommen war. Als er nur wenige Minuten später zu seinem Arbeitsplatz zurückkam, staunte er nicht schlecht. Wer saß da mitten im leeren Büro an seinem Schreibtisch? Niemand anderes als Patricia Pletsch. Er sah gerade noch, wie sie die Schreibtischschublade schloss, in der er seinen Notgroschen verwahrte, mit dem er essen oder einkaufen ging, wenn er mal sein Geld vergessen hatte. Es waren zwar kaum mehr als fünfzehn Euro, die er da verwahrte, aber immerhin. Augenblicklich packte ihn ein großer Zorn.

Hast du mir nicht schon genug angetan? dachte er, zog sich leise zurück und verschloss von außen die Bürotür.

Dann rief er seinen Chef, Uwe Grothewohl, der gerade in einer Besprechung war, an. Grothewohl war ziemlich wütend darüber, gestört zu werden, aber als er hörte, um was es ging, ließ er alles stehen und liegen und kam zum Büro zurück. Unterwegs rief er noch Herrn Timpe an, sodass die beiden Männer fast gleichzeitig vor der Bürotür bei Bernhard Peters ankamen.

»Was gibt's denn?«, fragte Wolfgang Timpe und Grothewohl antwortete: »Da drinnen soll die Pletsch sein.«

»Was?«

»Und wenn das stimmt, was Herr Peters beobachtet hat, dann haben wir den Klabautermann gefunden, der immer unsere Kaffeekassen leert.«

»Das gibt's doch nicht. Frau Pletsch ist doch seit dem zehnten Dezember offiziell keine Mitarbeiterin unseres Hauses mehr. Wie kommt die hier rein?«

»Das möchte ich auch gern wissen. Also los, Peters, schließen Sie auf.«

Bernhard Peters tat, was sein Chef ihm aufgetragen hatte, und die drei staunten nicht schlecht, als sie Patricia Pletsch erblickten. Denn inzwischen hatte sie es sich auf Bernhard Peters Bürostuhl gemütlich gemacht, eine Zigarette angezündet und drehte sich auf dem Bürostuhl um die eigene Achse.

»Was soll denn das!«, schrie Wolfgang Timpe seine ehemalige Angestellte an.

»Was bitte? Ich habe nichts gemacht«, antwortete Patricia so ruhig, wie sie früher nie gewesen war.

»Sie sind die Person, die die Kollegen bestiehlt.«

»So, meinen Sie? Untersuchen Sie mich, Sie werden nichts bei mir finden.«

»Außerdem haben Sie sich illegal Zutritt in dieses Haus verschafft. Soll ich die Polizei rufen?«

Patricia merkte, dass sie im Moment die schlechteren Karten hatte, deshalb griff sie noch tiefer in ihre Trickkiste und drückte ein paar Krokodilstränen heraus. »Seit der fristlosen Kündigung weiß ich gar nicht, wovon ich noch leben soll«, jammerte sie. »Die Arbeitsagentur hat eine Sperrfrist verhängt und nicht mal das Sozialamt zahlt in dieser Zeit. Ich habe schon die Heizung abgedreht, um zu sparen. Aber jetzt ist es draußen so kalt und hier drinnen ist es schön warm.«

Augenblicklich ließ sich Wolfgang Timpe, dem die fristlose Kündigung ohnehin etwas Unbehagen bereitet hatte, erweichen. »Ich mache Ihnen allen hier einen Vorschlag zur Güte.«

»So, welchen denn?«, fragte Uwe Grothewohl misstrauisch.

»Da ich weiß, dass Frau Pletsch alkohol- und tablettenabhängig ist, will ich ihr nicht auch noch mit einer

Vorstrafe alle Perspektiven verbauen. Gleich hier in der Nachbarschaft ist ein Arzt, der sich auf die Behandlung von Suchtkranken spezialisiert hat. Der Mann ist außerdem noch Psychologe und eine wahre Koryphäe auf seinem Gebiet. Wenn Sie sich unverzüglich bei ihm in Behandlung begeben, werden wir von einer Anzeige absehen. Er ist ein Bekannter von mir, ich werde ihn gleich anrufen und wenn möglich für sofort einen Termin vereinbaren. Herr Peters wird Sie dorthin begleiten. Herr Grothewohl, Sie können doch Herrn Peters in den nächsten Stunden entbehren, falls es mit dem Termin klappt?«

»Ja – klar«, sagte Uwe Grothewohl nach anfänglichem Zögern.

Timpe rief den Arzt mit seinem Handy an, legte kurz darauf auf und sagte: »Na, das hat ja prima geklappt. Er beendet normalerweise seine Sprechstunde in einer halben Stunde. Aber für uns macht er eine Ausnahme und nimmt Frau Pletsch noch dran. Frau Pletsch, sind Sie auch mit dieser Lösung einverstanden? Ich müsste allerdings darauf bestehen, dass Sie den Arzt insoweit von seiner Schweigepflicht entbinden, dass er uns mitteilen darf, wie die Behandlung aussieht und ob Sie den Behandlungsterminen nachkommen oder nicht. Dann sehen wir von einer Anzeige wegen Hausfriedensbruchs und was weiß ich noch alles ab.«

Patricia kochte innerlich vor Wut. Aber da ihr eine Anklage und ein Prozess, bei dem am Ende noch einiges andere, das sie so verzapft hatte, ans Tageslicht käme, gar nicht in den Kram passten, willigte sie zum Schein ein.

So kam es, dass Bernhard Peters mit Patricia die wenigen Meter bis zur Praxis des Arztes ging und nach der ersten Sitzung mit einem Brief für Herrn Timpe zur

Firma zurückkehrte. Timpe, der inzwischen das Vorstandsmitglied Emil Motschmann von den Entwicklungen informiert hatte, öffnete mit diesem zusammen den Brief.

Darin stand, dass Dr. Holderbaum Patricia mit zwei wöchentlichen Sitzungen begleiten würde, bis in etwa vier Wochen ein Therapieplatz in einer geschlossenen Einrichtung zur Verfügung stünde.

Aber Patricia hatte gar nicht vor, diese Therapie wirklich durchzuziehen – ganz im Gegenteil. Sie hoffte, in vier Wochen Deutschland für immer verlassen zu haben. Noch am gleichen Abend buchte sie für Anfang Februar einen Flug nach Mallorca, denn sie hatte den Plan, dort in einem der zahlreichen Hotels als Zimmermädchen zu arbeiten. Zu den ersten Sitzungen bei Dr. Holderbaum ging sie, um nicht aufzufallen, in den Tagen dazwischen löste sie allerdings ihren Hausstand vollkommen auf. Als sie sich am Abend des zweiten Februars, nur mit einem kleinen Koffer, gut zwanzigtausend Euro im Gepäck und der Hoffnung auf ein neues Leben, zum Düsseldorfer Flughafen aufmachte, war sie guter Dinge, dass sie es schaffen würde.


Für Lara hatte das neue Jahr gut begonnen. Bei der alljährlichen Beurteilungsrunde hatte ihr Herr Motschmann ein derart hervorragendes Leistungszeugnis ausgestellt, dass sich das deutlich auf ihre Finanzen auswirkte. Jetzt hatte sie nicht nur die Gehaltserhöhung, die ihr der neue Job ohnehin gebracht hatte, sondern noch einmal fast zweihundert Euro obendrauf. Das bedeutete, dass sie ein Sparbuch anlegen konnte, auf das jeden Monat, ohne dass es ihr wehtat, automatisch hundert Euro eingezahlt wurden. Das hieß nicht nur, dass sie damit ihre Urlaubskasse deutlich aufbesserte, nein, auch ein neues Auto schien wieder in greifbare Nähe gerückt.

Aber dass Freud und Leid sehr dicht beieinander liegen, musste auch Lara einmal mehr erfahren. So bekam sie in den letzten Januartagen das Schreiben eines Notars, dass ihre Patentante ganz plötzlich an Herzversagen verstorben sei. Die alte Dame aber hatte gewusst, wie es um sie stand, und schon im Herbst ein Testament bei dem Notar Spinnewald hinterlegt. Als Lara eine Woche später bei ihm im Büro saß, wusste sie wieder, woher sie seinen Namen kannte. Spinnewald hatte damals, als ihr Onkel gestorben war, schon alles für ihre Patentante Sophie Marx geregelt. Auch den Verkauf ihres Hauses, das sie dann nicht mehr halten konnte.

Lara wusste gar nicht, wie ihr geschah, und die Summe, die sie erben sollte, klang ihr in den Ohren. Sie hatte gar nicht gewusst, dass Tante Sophie einen Großteil des Erlöses aus dem Hausverkauf auf Sparbüchern und in Wertpapieren angelegt hatte. Ihre Mutter hatte diesbezüglich nie etwas angedeutet oder vielleicht hatte sie auch nur nicht richtig hingehört.

Nun war nicht nur der Urlaub gesichert und ein neues Auto drin, nein, sie konnte auch ihre Eigentumswohnung fertig abbezahlen und immer noch etwas anlegen. Trotzdem wäre es ihr lieber gewesen, wenn ihre Tante noch einige Jahre gelebt hätte. Aber immerhin ist Muttis Schwester wenigstens siebenundsiebzig geworden, sagte sie sich, denn ihre Mutter hatte nicht einmal ihren siebenundsechzigsten Geburtstag feiern dürfen.

Einige Wochen später saß Lara abends mal wieder allein vor der Glotze. Auf fast allen Kanälen wurde wieder nur Mord und Totschlag gezeigt, deshalb stellte sie den Kasten angewidert ab und überlegte, ob sie nicht Silke anrufen und ihr von den Ereignissen der letzten Wochen erzählen sollte. Sie war sich noch nicht schlüssig darüber, deshalb zündete sie sich erst einmal eine Zigarette an und trank ein Glas Lambrusco.

»Nein, ich werde Silke vorerst nichts von der Erbschaft erzählen«, sagte sie sich, »am Ende ist sie noch neidisch.«

Ja Silke, dachte Lara dann etwas wehmütig. So rar wie in der letzten Zeit hättest du dich nun wirklich nicht zu machen brauchen. Aber du gehst ja förmlich auf in den Samariterdiensten für diese Jutta Senger und vergisst mich darüber völlig. Aber ich kann mir denken, dass das ursprünglich gar nicht so geplant war. Vermutlich willst du deine Jugendfreundin einfach nicht enttäuschen und findest von allein nicht das richtige Maß, also muss ich dir dabei helfen.

Augenblicklich entschloss sich Lara, bei ihrer Freundin anzurufen und ihr ein Treffen vorzuschlagen. Ob sie ihr dann von ihrer Tante und der Erbschaft erzählen würde, könnte sie immer noch spontan entscheiden.

»Mal sehen, was sie dazu sagt, wenn sie überhaupt zu Hause ist«, sagte Lara laut zu ihrem Telefon und dachte im gleichen Moment daran, dass sie Silke ja auf den Anrufbeantworter sprechen könnte. Sie wählte die fünfstellige Nummer und – oh Wunder – es wurde gleich nach dem zweiten Läuten abgenommen.

»Jansen am Apparat«, meldete sich Silke ganz außer Atem.

»Hier Bräunig am Apparat«, gab Lara postwendend zurück. »Rufe ich dich zu ungelegener Zeit an? Habe ich dich bei etwas Wichtigem gestört? Ich kann mich ja auch an einem anderen Tag noch mal melden.«

»Nein, wieso ungelegen oder gestört?«, fragte Silke zuerst verständnislos und ihr wurde erst mit einiger Verspätung bewusst, dass man ihr Schnaufen auch anders deuten könnte. Lachend sagte sie: »Mit dem Thema Männer bin ich durch. Du hast vielleicht eine verdorbene Fantasie. Ich schnaufe so, weil ich gerade aus dem Keller hochkomme und die hunderttausend Treppen bei mir im Haus kennst du ja.«

»Ja, allerdings«, sagte Lara. »Sag mal, hast du wieder mal Zeit für ein Treffen oder muss man dazu einen schriftlichen Antrag stellen?«

»Warum denn das?«, fragte Silke leicht eingeschnappt.

»Ganz einfach«, erklärte Lara munter, »weil ich mal wieder Lust auf einen Frauenabend mit Sekt und Chips habe. Wir haben uns doch seit meinem Geburtstag nur noch in der Firma oder wenn du mich morgens mit zur Arbeit genommen hast, gesehen.«

»Ja, du hast vollkommen recht, Lara. Das ist genau das, was ich auch mal wieder brauche. Einen Frauenabend ohne Krankheiten«, sagte Silke erstaunlich offen. Dann fragte sie schnell: »Und wann wollen wir uns treffen?«

»Wenn es dir recht ist, gleich jetzt am Samstag. Ich habe ja immer Zeit.«

»Ja, das ist mir recht, sehr recht sogar«, sagte Silke unerwartet schnell.

»Gut, komm du zu mir, ich mach uns was Gutes zu essen.«

»Alles klar, dann bringe ich die Getränke mit. Was ist dir denn lieber, Sekt oder Lambrusco?«

»Also wenn du mich so fragst, dann wäre mir Lambrusco lieber, davon hat man am nächsten Morgen wenigstens keinen Brummschädel.«

»Das ist wahr«, sagte Silke lachend, dann verabschiedeten sich die beiden und legten auf.

Patricia war unterdessen auf Mallorca angekommen und hatte tatsächlich, man konnte es kaum glauben, einen Job als Zimmermädchen in einer kleinen, aber feinen Pension am Stadtrand von Cala Millor gefunden. In den ersten Wochen ging alles erstaunlich glatt. Aber wenige Tage, nachdem sie ihren ersten Lohn bekommen hatte, fiel sie unangenehm auf, weil sie betrunken durchs Haus torkelte und die Gäste anpöbelte. Daraufhin machte ihr Arbeitgeber kurzen Prozess und setzte sie samt ihren wenigen Habseligkeiten auf die Straße. Danach heuerte sie in einem drittklassigen Restaurant als Spülhilfe an und da sie ja irgendwo wohnen musste, sah sie sich nach einer Bleibe um. Aber Patricia wäre nicht Patricia gewesen, hätte sie nicht diesen ausgeprägten Hang zur Großspurigkeit gehabt. Sie mietete sich mit Halbpension in einm Vier-Sterne-Hotel ein, obwohl das im Monat mehr kostete, als sie in zwei Monaten verdienen konnte. Aber das störte Patricia nicht. Ganz im Gegenteil. Es dauerte gar nicht lange, da hatte sie mehr Lust, den Komfort des Hotels zu genießen als zu arbeiten. Als sie zum dritten Mal mehr als eine Stunde zu spät kam und ihr Chef sie zur Rede stellte, warf sie ihm nicht nur die Schürze, sondern auch einen Stapel Teller vor die Füße und ging. Ab diesem Moment frönte sie nur noch dem süßen Nichtstun.

»Bald beginnt die Saison«, sagte sie sich, »dann angele ich mir einen vermögenden alleinstehenden Mann. Und bis dahin spanne ich erst mal aus.«

An und für sich war das noch der beste von Patricias Plänen. Nur übersah sie dabei, dass sie inzwischen so ausgemergelt war, dass es schwer sein würde, einen vermögenden Single, sei er auch noch so alt, dazu zu bringen, sich ihr hinzugeben – zumal sie ein nicht gerade kleines Alkohol- und Tablettenproblem mit sich herumschleppte.

Zu Hause in Kahlenfurth bereitete Lara inzwischen das Treffen mit Silke vor. Da sie keine Lust hatte, den ganzen Samstag in der Küche zu verbringen, fragte sie bei der Metzgerei am Kirchplatz nach, ob sie auch einen fertigen Braten, den sie nur noch aufzuwärmen brauchte, haben könnte. Die Verkäuferin sagte ihr zu, dass sie den Braten fertig gegrillt abholen könnte, und so bestellte sie ihn für Samstag Vormittag um elf Uhr.

Anschließend ging sie noch in die Bäckerei schräg gegenüber und bestellte zum gleichen Termin eine Partysonne. Das war mal etwas anderes als immer nur das ewige Stangenweißbrot. Schließlich wusste sie, wie gern Silke Mohnbrötchen aß. Sie selbst zog zwar die Brötchen mit Sonnenblumenkernen vor, aber da auf der Partysonne beides reichlich vorhanden war, konnte ja nichts mehr schief gehen. Unter all den Vorbereitungen wurde es schließlich Samstag.

# Kapitel 14

Pünktlich wie Silke war, stand sie bereits um fünf Minuten vor siebzehn Uhr vor Laras Wohnungstür. Da einer der lieben Nachbarn wieder einmal die Haustür offen gelassen hatte, konnte Silke gleich ins Treppenhaus und musste nicht auf der Straße im Kalten stehen bleiben, bis Lara öffnete.

Mit einem herzlichen »Hallo!« begrüßten sich die beiden Freundinnen und brachten erst einmal die Getränkeflaschen in den Kühlschrank.

»Ach, du liebes bisschen, willst du hier einen Lambrusco-Handel eröffnen?«, fragte Silke scherzhaft, als sie Laras gewaltige Vorratsmengen sah.

»Man könnte es gerade meinen«, sagte Lara ernsthaft. Dann mussten beide lauthals lachen.

»Komm, wir gehen zum Wohnzimmertisch, bevor wir hier Wurzeln schlagen«, meinte Lara grinsend und ging voraus.

Silke staunte nicht schlecht, wie schön Lara den Esstisch dekoriert hatte. In der Mitte des Tisches stand eine Blumenvase mit frischen Blumen, die farblich haargenau zu den orangefarbenen Servietten passten. Außerdem hatte sie einen mehrarmigen Kerzenleuchter aufgestellt und die ebenfalls passenden Kerzen darin rundeten das Bild harmonisch ab.

»Der Leuchter ist ja toll. Hast du den neu gekauft?«, fragte Silke.

»Nein, den habe ich schon eine ganze Weile, da hängen eine Menge Erinnerungen dran.«

»Ach so, den hast du von deiner Mutter geschenkt bekommen.«

»Nein, Silke, da irrst du dich gewaltig«, sagte Lara lächelnd, »der ist von meiner Patentante.«

»Von deiner Patentante? Von ihr hast du mir ja noch nie erzählt.«

»Natürlich habe ich. Ich hatte dir doch erzählt, dass ich sie an den Weihnachtstagen einmal besuchen will.«

»Ja, stimmt. Jetzt, da du das sagst, kann ich mich daran erinnern. Hast du sie denn besucht?«

»Ich war dort«, sagte Lara leise und fügte wehmütig hinzu: »Leider zum letzten Mal.«

Silke sah ihre Freundin schockiert an, denn sie hatte sofort verstanden, was Lara damit zum Ausdruck bringen wollte. Nach einigen schweigsamen Sekunden fragte Silke leise: »Wann ist deine Tante denn gestorben, Lara?«

»Am zehnten Januar, ziemlich genau zwei Wochen, nachdem ich bei ihr war.«

»Warum hast du mir denn nicht schon früher davon erzählt?«, fragte Silke mitfühlend.

»Ich hätte das gern getan, aber du warst ja nie zu Hause«, sagte Lara und bemühte sich, nicht allzu vorwurfsvoll zu klingen. »Und dem Anrufbeantworter wollte ich diese Nachricht nicht überlassen.«

»Das kann ich gut verstehen. Aber du hättest ruhig auf dem Anrufbeantworter hinterlassen können, dass ich dich anrufen soll. Ich hätte mich schon gemeldet.«

»Meinst du?«

»Äh ... ja, ich denke schon. Aber das ist eine verflixte Sache. Ich war in den letzten Wochen ständig bei Jutta Senger. Und dabei hättest du mich gebraucht«, sagte Silke zerknirscht.

»Ach Silke, das macht doch nichts, Jutta brauchte dich in dieser Zeit sicher noch mehr. Aber lass uns das Thema wechseln und über unseren Urlaub sprechen.«

»Du hast recht.«

»Allerdings«, sagte Lara süßsauer lächelnd, hob dann jedoch ihr Glas und prostete Silke zu. Silke tat das Gleiche und beide leerten ihre Lambruscogläser bis zur Hälfte. Dann trug Lara das Essen auf und die beiden ließen es sich schmecken.

Als sie einigermaßen satt waren, fragte Lara: »Silke, wollen wir nicht mal zusammen in die Stadt fahren und Klamotten für den Urlaub kaufen? Das ein oder andere Stück könnte ich schon noch gebrauchen.«

»Ich auch. Du, das ist eine ganz hervorragende Idee von dir. Lass uns überlegen, wann der beste Zeitpunkt dafür ist.«

Schnell holte Silke ihren Taschenkalender hervor und sah nach, was sie in der nächsten Zeit an Terminen eingetragen hatte. Aber außer einem Frauenarzttermin in vierzehn Tagen waren sämtliche Blätter noch weiß.

»Ich würde vorschlagen, wir gehen so in vier oder fünf Wochen, bis dahin dürfte dann auch die neue Sommerkollektion in den Läden hängen.«

»Ja, das stimmt.«

Sie vereinbarten, am ersten Samstag im Mai zusammen loszuziehen. Danach plauderten sie noch eine ganze Weile über die Ausflüge, die sie machen würden, und als Silke am Ende eines schönen Tages nach Hause aufbrach, war es bereits nach dreiundzwanzig Uhr.

Irgendwie flogen die Wochen nur so dahin. Das Wetter war in diesem Frühjahr viel schlechter als in den vergangenen Jahren und so kam es, dass Lara und Silke ihre Shoppingtour wegen anhaltendem Dauerregen sogar noch um eine Woche verschieben mussten. Erst als sie am zehnten Mai loszogen, wurde es langsam besser.

Das galt aber nicht für die Auswahl in den Geschäften. Was da so alles herumhing ... Mindestens die Hälfte taugte bestenfalls für den Kleidersack. Lara und Silke schüttelten beim Anblick der tristen Farben und unmöglichen Passformen entsetzt ihre Köpfe und suchten weiter. Was sie alles anprobieren mussten, nur um zwei, drei brauchbare Stücke zu finden ...

Danach gingen sie erst einmal ins Café Ebner, um einen Kaffee zu trinken und ihren müden Füßen eine Pause zu gönnen. Leider hatte jede von ihnen bis dahin erst eine Tüte neben sich stehen.

»Uff«, sagte Silke, »ich bin so kaputt, als wenn ich schon sechs Stunden unterwegs wäre. Dabei sind wir gerade erst zwei Stunden in der Stadt.«

»Meinst du, mir geht es anders?«, fragte Lara lachend.

Sie hatten die Karte noch nicht richtig in der Hand, da kam schon sie Bedienung und fragte: »Was darf's denn sein?«

Lara überlegte nicht lange, legte die Karte zur Seite und sagte: »Ich nehme einen Cappuccino.«

»Ich auch«, sagte Silke, »das ist mal was anderes.«

Kurze Zeit später kam die Serviererin zurück, stellte die Kaffeetassen vor den beiden Frauen ab und verschwand wieder hinter den Tresen. Nachdem sie ausgetrunken hatten, bezahlten beim Hinausgehen und stürzten sich wieder ins Getümmel. Sie gingen in die Parfümerieabteilung des großen Kaufhauses an der Gerbergasse und fanden die ein oder andere Kleinigkeit. Als sie durch die Lederabteilung liefen, fiel Lara auf einmal ein, dass sie noch eine Tasche für das Handgepäck brauchte.

»Stimmt«, sagte Silke. »Da wollte ich auch noch mal durchgehen.«

Beide hatten Glück und fanden etwas, das ihren Vorstellungen ziemlich nahe kam und außerdem nicht die Welt kostete. Lara kaufte gleich noch Sonnenmilch, Filme für den Fotoapparat und eine neue Sonnenbrille, da ihre alte schon sehr mitgenommen aussah.

»Eigentlich«, sagte sie, »müsste ich mir auch noch einen neuen CD-Player für Mallorca kaufen, mein alter geht nicht mehr richtig.«

Silke sah ihre Freundin verwundert an und fragte: »Für was brauchst du auf Mallorca einen CD-Player?«

»Na hör mal, ich will mir doch einige meiner Lieblings-CDs mitnehmen. Ich brauche meine Musik auch im Urlaub.«

»Wenn du meinst«, gab Silke eingeschnappt zurück und Lara konterte: »Du wirst mir für meinen CD-Player noch dankbar sein. Nimm wenigstens einige CDs mit, das ist mein Rat an dich.«

»Na, das werden wir ja noch sehen.«

Trotz der lautstarken Proteste Silkes ging Lara kurzerhand in das Elektro- und Fernsehfachgeschäft Meister am Marktplatz und ließ sich ausgiebig beraten. Währenddessen blieb Silke draußen stehen und Lara dachte: Oh je, wenn Silke so stur ist, kann das ja noch heiter werden.

Aber kaum kam Lara aus dem Geschäft, da grinste Silke ihre Freundin an und meinte: »Geht's dir auch so wie mir? Ich kann nicht mehr. Meine Finger sind schon fast abgestorben vom Tütenschleppen und meine Füße tun auch weh. Aber vor allem habe ich Hunger. Das mickrige Bratwurstbrötchen von heute Vormittag ist schon seit Stunden verdaut.«

»Dann geht's dir ja nicht anders als mir«, sagte Lara erleichtert. »Wie viel Uhr haben wir denn?«

Silke sah zur nahen Kirchturmuhr hinüber, was sie sich hätte sparen können, denn in diesem Augenblick schlug es fünf.

»Was, schon so spät?«, entfuhr es Lara. »Da könnten wir doch glatt hier in der Stadt essen gehen.«

»Das ist eine gute Idee. Wo wollen wir hingehen?«

»Ich war schon lange nicht mehr chinesisch essen. Was hältst du davon?«

»Zum Chinesen! Das wäre super!«, rief Silke so laut aus, dass einige der Passanten, die vorbeihasteten, sich erstaunt nach ihr umdrehten. »Weißt du denn, wo es hier ein gutes chinesisches Lokal gibt?«

»Klar doch«, sagte Lara, »hier ganz in der Nähe. Auf der anderen Seite des Marktplatzes in der Webergasse. Den habe ich damals entdeckt und ausprobiert, als du bei deiner Freundin Jutta warst und dann bei mir reingeschneit bist.«

»Kann es sein, dass du damals alles andere als begeistert darüber warst?«

»Ach nein«, wiegelte Lara schnell ab, »ich war einfach nur kaputt vom vielen Rumrennen. Nach diesem Tag heute wirst du das sicher verstehen.«

»Das glaube ich auch«, stimmte Silke zu, dann fiel ihr noch etwas ein. »Jetzt hätte ich doch fast vergessen, etwas einzukaufen. Danke, dass du mich daran erinnert hast.«

»Ich hab dich daran erinnert? Was ist es denn?«

»Ich muss nur noch mal schnell in die Parfümerie. Es dauert nicht lange.«

»Das trifft sich gut. Da muss ich auch noch hin. Am Marktplatz, Ecke Webergasse hat eine neue eröffnet.«

»Ich wollte eigentlich in die in der Schlossstraße.«

»Ach Silke, im Prinzip bekommst du doch überall das Gleiche. Aber die an der Webergasse hat viele Eröffnungsangebote. Zumindest wenn man wie ich die Gutscheine aus der Zeitung ausgeschnitten hat.«

»Das ist natürlich ein gutes Argument«, meinte Silke und die beiden Frauen schritten schnell über den Marktplatz zur Parfümerie.

Silke suchte einen bestimmten Duft, den Jutta so sehr geliebt hatte, als sie sechzehn Jahre alt gewesen war. Da sie aber die Packung, die ihr noch gut im Gedächtnis war nicht fand, sprach sie eine der Verkäuferinnen an. Die Angestellte zeigte ihr alle Parfüms, die es aktuell von dieser Marke gab, aber das gesuchte war leider nicht dabei.

»Vermutlich gibt es das, was ich suche, gar nicht mehr«, murmelte Silke vor sich hin. »Nun ja, es ist wahrscheinlich auch viel zu lange her.«

Die Verkäuferin hatte das Gesagte dennoch verstanden und sah Silke prüfend an. »Darf ich Sie etwas fragen?«

»Aber natürlich.«

»Suchen Sie ein Parfüm für jemanden, der Ihnen nahe steht?«

»Ja«, sagte Silke spontan, obwohl es sonst nicht ihre Art war, sich Fremden zu offenbaren. »Ich suche etwas für eine Freundin, die selbst leider nicht in der Lage ist, bummeln zu gehen. Ich wollte ihr eine Freude machen und ihr Lieblingsparfüm mitbringen. Da es aber schon sehr lange her ist, dass es dieses gab, fürchte ich, dass ich bei meiner Suche keinen Erfolg haben werde.«

»Kennen Sie denn den genauen Namen noch und können Sie mir den Duft beschreiben?«, fragte die Verkäuferin.

Silke brachte den Namen noch halbwegs zusammen und beschrieb den Duft so, wie sie ihn in Erinnerung hatte.

»Sie haben recht; dieses Parfüm gibt es tatsächlich

schon seit einigen Jahren nicht mehr«, sagte die Verkäuferin. »Aber ich kann einmal mit meiner Chefin sprechen, sie hat die größere Erfahrung. Vielleicht gibt es einen Duft unter einem anderen Namen, der dem Original ziemlich nahe kommt. Warten Sie einen Moment, ich hole sie gerade.«

Inzwischen war Lara, die sich bislang in einer anderen Ecke der Parfümerie aufgehalten hatte, dazugekommen. Sie hatte so einiges gefunden und in einem Einkaufskörbchen untergebracht.

»Na, hast du gefunden, wonach du suchst?«, fragte sie ihre Freundin.

»Nein, leider noch nicht und es sieht auch nicht gut aus. Aber die Verkäuferin ist noch unterwegs und holt ihre Chefin. Vielleicht kann sie mir etwas anderes zeigen.«

Es dauerte nicht lange, bis die beiden Frauen erschienen. Silke verstand gerade noch, wie die Chefin zu ihrer Angestellten sagte: »Nimm doch mal das Parfüm in der roten Packung, ganz hinten auf dem obersten Regalboden. Ich würde mich wundern, wenn das nicht ganz ähnlich wäre.«

Dann trat die Inhaberin der Parfümerie zu Lara und Silke. Bevor irgendjemand noch etwas sagen konnte, starrte Lara die Frau mit großen Augen an und stammelte dann: »Das ... das gibt's doch nicht.«

Der Frau ging es ebenso. Sie sah Lara einige Sekunden lang schweigend ins Gesicht. Während die Verkäuferin mit dem Parfüm zurückkam und sich Silke zuwandte, presste Lara »Ach, du meine Güte« heraus und versuchte, die Fassung zu wahren.

»Ulrike Lachner, das darf doch nicht wahr sein. Ich wusste gar nicht, dass du hier in der Gegend wohnst und arbeitest.«

Silke, die den Namen Ulrike Lachner deutlich verstanden hatte, wusste nun Bescheid und gab ihrer Freundin einige Minuten Zeit, sich mit ihrer Schulfreundin zu unterhalten. Sie wandte sich der Verkäuferin und den Düften zu, die sie ihr anbot.

Unterdessen sagte Ulrike zu Lara: »Ja, seit meiner Scheidung wohne ich wieder hier in Kahlenfurth.«

»Du bist geschieden? Was ist denn passiert?«

»Ach, das ist eine lange Geschichte. Wenn du willst, kann ich sie dir ja mal erzählen. Wollen wir uns mal treffen?«

»Natürlich treffen wir uns«, sagte Lara. »Die junge Frau, die mit deiner Verkäuferin da so angeregt über Düfte spricht, ist übrigens meine Freundin und Arbeitskollegin Silke Jansen und wohnt im Stadtteil Kaltenbach nur zwei Straßen von mir entfernt.«

»Das ist ja schön«, sagte Ulrike und fragte schnell, da gerade eine weitere Kundin den Laden betrat: »Kann ich dich mal anrufen, Lara?«

»Klar doch. Hast du einen Zettel? Ich schreibe dir meine Nummer auf.«

Gesagt, getan. Wenige Sekunden später hatte Lara ihre Telefonnummer notiert und den Zettel ihrer Jugendfreundin zugesteckt.

»Ich weiß ja nicht, wie lange du noch hier zu tun hast, aber ich wollte mit meiner Freundin zum Chinesen rüber. Willst du nachher noch kurz dort vorbeikommen?«

»Meinst du das chinesische Lokal hier um die Ecke?«

»Ja, ganz genau das. Da wollen wir jetzt hin.«

»Dann lasst es euch mal schmecken. Dein Angebot ist lieb gemeint, aber als frisch gebackene Inhaberin der Parfümerie habe ich noch einiges an Schreibkram zu erledigen. Bis ich heute hier rauskomme, ist es ganz bestimmt nach neun.«

Schnell bezahlte Lara und auch Silke, die sich noch einige Kleinigkeiten ausgesucht hatte, strebte der Kasse zu. Nachdem Lara Ulrike noch einmal zugewinkt hatte, gingen sie und Silke im Eilschritt zum Chinesen, denn ihre Mägen knurrten inzwischen bedenklich. Die beiden Freundinnen hatten Glück und fanden einen Fenstertisch, was besonders interessant war, da das Lokal im ersten Stock lag und man von dort auf den Marktplatz blicken konnte. Aber das Beste an ihrem Tisch war, dass er genug Platz bot, um ihre Einkäufe auf den Stühlen und nicht auf dem Boden unterzubringen.

Während sie zum Abschluss eines schönen Tages eine Flasche Wein bestellten und die Speisekarte studierten, sagte Silke: »Hier muss es auch im Winter schön sein, wenn du von hier oben auf den Weihnachtsmarkt schauen kannst.«

»Ja, stimmt«, sagte Lara, »da können wir ja auch mal zusammen hingehen. Aber jetzt interessiert mich, ehrlich gesagt, die Speisekarte mehr.«

»Mich auch.«

»Frühlingsrolle«, las Lara kurz darauf vor. »Schon mal gegessen?«

»Nein. Aber ich probiere gerne Neues aus, ganz besonders wenn ich einen Bärenhunger wie heute habe.«

»Frühlingsrollen schmecken nicht schlecht«, sagte Lara, »aber meinen Geschmack treffen sie nicht so sehr. Ich stehe schon eher auf die scharfen Suppen und Salate.«

»Was hältst du denn davon, wenn wir unterschiedliche Gerichte nehmen und uns gegenseitig davon kosten lassen?«

»Ja, du hast recht, das ist eine gute Idee.«

Als der Kellner mit der Weinflasche kam und einschenkte, fragte er die beiden nach ihren Essenswünschen.

»Ich nehme die Frühlingsrolle«, sagte Silke.

»Und ich die scharfe Suppe Nummer fünf«, sagte Lara.

Als der Kellner beide Speisekarten wieder mitnehmen wollte, meinte Silke: »Nein, lassen Sie bitte eine Karte da, das war ja erst die Vorspeise.«

Diskret zog der Kellner sich wieder zurück. Silke und Lara prosteten sich zu, tranken einen Schluck und waren mit sich und der Welt zufrieden.

»Auf einen gelungenen Einkaufstag«, sagten beide gleichzeitig.

Und auf einen genauso gelungenen Urlaub, fügte Lara im Geiste hinzu.

Beide tranken gierig ihr Glas leer, denn der trockene Rheingauer Riesling, den der Kellner empfohlen hatte, schmeckte einfach zu gut. Danach schenkte Silke ihnen die Gläser wieder voll.

»Mach mal langsam«, mahnte Lara, »erstens ist der Wein nicht gerade billig und zweitens muss ich erst was zu Essen zwischen die Kiemen bekommen.«

»Ich auch«, sagte Silke augenzwinkernd, »sonst vertrage ich nichts. Aber nachher trinken wir noch eine Flasche«

»Nein, eine Flasche reicht völlig.«

Silke lachte. »Du bist verrückt, Lara. Das Geld muss doch unter die Leute.«

»Wie bitte?«, fragte Lara irritiert und dachte, Silke hätte das mit ihrer Erbschaft bereits erraten. Also sagte sie: »Ich habe nicht mehr allzu viel übrig. Deshalb habe ich mir schon überlegt, ob ich überhaupt ein Hauptgericht nehmen soll.«

»Also, wenn du mir versprichst, dass du das Hauptgericht bestellst, das dir am besten schmeckt, dann verrate ich dir jetzt etwas. Hör mal gut zu.«

»Was ist denn los?«

»Also, meine Mutti hat mir genügend Geld gegeben und gesagt, wir sollen uns etwas Gutes zu essen und trinken gönnen. Dabei hat sie mir zwei Fünfziger zugesteckt. Da ich weiß, dass du gern Kanton-Ente isst, kann ich nur sagen: Schlag zu. Das Geld muss weg. Außerdem ist das doch ein schöner Abschluss für einen schönen Bummeltag.«

»Ja, das stimmt«, sagte Lara und dachte, dass sie Silke möglichst bald reinen Wein einschenken sollte. Schon allein deswegen, damit Silke nicht auf die Idee kam, ihr im Urlaub hin und wieder etwas ausgeben zu müssen, weil sie glaubte, Lara sei immer noch so knapp bei Kasse. Im Grunde war sie ja jetzt die Vermögendere. Aber das war kein Thema für diesen Abend.

Deshalb sagte Lara nur: »Na, dann vielen Dank und ein ganz herzliches Prosit auf deine Mutter.«

»Ebenfalls Prosit«, meinte Silke, »auf den schönen Urlaub, der uns bevorsteht.«

In diesem Moment kam der Kellner mit den Vorspeisen an ihren Tisch. Beide Frauen hielten sich nicht lange mit Reden auf, sondern stürzten sich wie zwei Verhungernde darüber her.

»Willst du mal die Suppe probieren?«, fragte Lara. »Aber denk dran, sie ist scharf.«

»Gerne.«

Lara schob die Suppe zu Silke hinüber und diese nahm einen großen Löffel voll. Kurz darauf fing sie an zu husten.

»Du meine Güte, Lara«, japste sie, nachdem sie wieder etwas Luft bekam, »willst du mich vergiften?«

»Ich habe dich doch gewarnt, dass die Suppe ziemlich scharf ist. Glaubst du mir es jetzt?«

»Allerdings«, sagte Silke, immer noch nach Luft

schnappend, »aber sie schmeckt verdammt gut. Irgendwann bestelle ich mir die auch mal.«

Sie hatten ihre Vorspeise noch nicht lange zu Ende gegessen, da kam der Kellner und brachte die Heizplatten, welche die Teller warm hielten. Kurz darauf kam auch das Hauptgericht. Da beide Frauen sich für die Kanton-Ente entschieden hatten, brauchten sie keine Bissen austauschen und aßen mit großem Appetit. Die Portionen waren riesig und da Lara schon seit Monaten verschärft auf ihre Linie achtete, hatte sie alle Mühe, ihre Portion zu schaffen. Aber auch mit der zweiten Flasche Wein taten sie sich schwer. Als sie zum Abschluss und zur besseren Verdauung jeweils noch einen Kaffee bestellten, waren sie schon etwas beschwipst.

Als sie bezahlt hatten, fragte Silke: »Was machen wir denn jetzt mit dem angebrochenen Abend?«

»Angebrochener Abend ist gut«, kicherte Lara, »es ist schon fast halb zehn. Ich für meinen Teil würde ehrlich gesagt gern heimfahren. Ich bin total erledigt von dem Herumgerenne und die Füße tun mir so weh, als wäre ich den ganzen Tag über ein Nagelbrett gelaufen. Ich sehne mich nach meiner Couch.«

»Meinen Füßen geht es auch nicht viel besser«, gab Silke zu. »Du hast recht, lass uns heimgehen.«

Schnell standen sie auf und verließen das Lokal. Auf der schmalen Wendeltreppe ins Erdgeschoss kicherten sie wie zwei Teenager und als sie keine fünfzehn Minuten später in der Straßenbahn zum Hauptbahnhof saßen, gähnten sie heftig und mussten aufpassen, dass sie nicht einschliefen und die Haltestelle verpassten.

# Kapitel 15

Patricia Pletsch saß am Strand und starrte regungslos auf das Meer hinaus, während die Wellen ihre Füße umspielten. In einiger Entfernung sah sie ein Schiff der Küstenschifffahrtslinie, das vermutlich nach Porto Cristo unterwegs war.

Ihr Plan, sich einen vermögenden Junggesellen zu angeln, ging nicht so richtig auf, denn der einzige Kandidat, den sie bis jetzt dafür ausgemacht hatte, wollte einfach nicht anbeißen. Noch reichte ihr Geld aus, aber die Geschwindigkeit, mit der es weniger wurde, trieb ihr inzwischen Sorgenfalten ins Gesicht. In den letzten Tagen hatte sie wieder bedeutend mehr getrunken, als ihr gut tat, und sie ahnte, dass ihr Unternehmen Mallorca kein gutes Ende nehmen würde, wenn sie das nicht wieder in den Griff bekäme.

So saß sie im Sand und dachte wehmütig: Ach, wie könnte alles so schön sein, wenn Andreas noch wäre. Sie seufzte tief auf und ließ die Geschehnisse des letzten Jahres Revue passieren. Warum bin ich nur so verbittert und bösartig geworden? Ich war doch früher nicht so.

Ohne dass sie es wollte und recht bemerke, traten ihr die Tränen in die Augen. Sie weinte eine ganze Weile still vor sich hin und zerfloss in Selbstmitleid.

Plötzlich überkam sie wieder einmal ein großer Zorn und sie dachte wütend: Daran sind nur dieser blöde Timpe und meine sogenannte Kollegin Silke Jansen schuld. Die beiden zwangen mich ja fast schon, so zu werden, wie ich bin. Mit ihrer arroganten Art, sich für etwas Besseres zu halten, haben sie mir jede Luft zum Atmen genommen. Ach, eigentlich waren die anderen auch nicht besser. Diese Bräunig, der Motschmann und wie sie alle hießen. Aber das ist jetzt vorbei. Nie wieder Norddeutsche Industrieversicherung. Gott sei Dank.

Mit einem Mal bekam Patricia wieder so etwas wie Energie. Sie riss sich vom Anblick des Wassers los, stand auf und ging zu ihrem Sonnenschirm zurück. Sie rückte ihre Liege in den Schatten, zog das Badetuch zurecht und legte sich darauf. Nach einer Weile stellte sie die Rückenlehne hoch und starrte wieder auf das Meer hinaus. Diese Weite faszinierte sie. In einiger Entfernung sah sie vereinzelte Schwimmer, die zum Strand zurückschwammen. Patricia beobachtete sie und schlief darüber ein. Als sie die Augen wieder öffnete, war außer ihr kaum noch jemand am Strand zu sehen. Sie sah auf ihre Armbanduhr und erschrak. Es war schon Viertel vor sechs.

Schnell packte sie ihre Siebensachen zusammen und ging in ihr Hotelzimmer. Sie duschte lange und ausgiebig, dann zog sie sich frische Kleidung an und schminkte sich noch attraktiver, wie sie glaubte. Dass sie dabei einfach nur billig wirkte, kam ihr nicht in den Sinn.

»Was mache ich denn heute?«, fragte sie bestimmt schon zum zehnten Mal ihr Spiegelbild, aber es wollte keine Antwort geben. »Verdammt, mir ist langweilig«, knurrte sie es an, aber es half nichts, sie musste sich selbst Gedanken machen.

Zur Abwechslung könnte ich ja mal in den Speisesaal gehen, dachte sie, irgendwann muss ja selbst ich etwas essen. Nur flüssige Nahrung, das geht auf Dauer nicht gut.

Mittlerweile war es fast zwanzig Uhr geworden und

der Speisesaal gut gefüllt. Als Patricia die Tür zum Saal öffnete, drang ihr nicht nur eine angenehme Kühle, sondern auch das Stimmengewirr aus mehr als hundert Kehlen entgegen, sodass sie am liebsten wieder kehrtgemacht hätte. Dieses Geplärre war etwas, das sie auf den Tod nicht ausstehen konnte. Aber es half alles nichts, Essen musste sie ja etwas. Wenn es finanziell noch besser ausgesehen hätte, wäre sie einfach in die Stadt gegangen und hätte in einem ruhigen Restaurant eine Kleinigkeit gegessen. Aber so konnte sie es sich fast schon nicht mehr leisten, die Halbpension Halbpension sein zu lassen und auswärts zu essen. Was die Unterkunft anging, musste sie sich ohnehin etwas einfallen lassen, denn sie hatte mit dem Hotelier monatliche Zahlungsweise ausgemacht und wenn sie weiterhin so viel Geld verbrauchte, würde die Rechnung am ersten Juli die letzte sein, die sie bezahlen konnte. Aber das alles schob sie für den Moment beiseite. Sie nahm sich einen kleinen Salat am Salatbuffet und bestellte beim Kellner eine Flasche Weißwein.

Während sie aß, sah sie sich unauffällig um, ob sich nicht doch ein Sponsor für sie im Speisesaal befände. Aber leider saßen an den Tischen fast nur Familien und Paare und auch an den verschiedenen Buffets sah es nicht viel besser aus. Selbst an den Dessert- und Kuchenbuffets, wo man für gewöhnlich einige fettleibige Singles beobachten konnte, beherrschten derzeit die Familien die Szene.

Mein Gott, dachte Patricia plötzlich erschrocken, so weit bist du schon gesunken. Sie machte sich wieder über ihren Salat her.

Ja, solche Gedanken waren in der Tat ungewöhnlich für Patricia. Denn im Allgemeinen fand sie solche Schwabbeltypen, wie sie dicke Leute sonst in ihrer arroganten Art geringschätzig nannte, einfach nur eklig. Aber sie war inzwischen bereit, selbst diese Typen zu umgarnen, um an Geld zu kommen. Wenn es sie denn gegeben hätte.

So aber beschäftigte sich Patricia wieder mit ihrem winzigen Salat, für den sie länger brauchte als andere für ein Fünf-Gänge-Menü. Nach einer halben Stunde hatte sie es endlich geschafft. Sie stand auf und verließ den Speisesaal. Geräuschlos fiel die Tür hinter ihr ins Schloss und sie blieb für einen kurzen Moment an der Tafel stehen, auf der die Reiseveranstalter ihre Tourenvorschläge für die Ausflüge ausgehängt hatten.

Interessiert betrachtete Patricia den Aushang mit der Ankündigung eines Schiffsausflugs nach Menorca, doch dann rief sie sich zur Ordnung und murmelte: »Was soll dieser Unfug? Ich muss Geld einnehmen und es nicht verpulvern.«

Glücklicherweise hatte niemand ihr Selbstgespräch gehört und so ging sie weiter durch den langen Gang zu den Aufzügen. Dahinter schloss sich die Rezeption an und rechts davon war ein Kartenständer, an dem unzählige Ansichtskarten von Hotel und Stadt angeboten wurden. Dieser Kartenständer war von einer wahren Menschentraube umlagert und Patricia wunderte sich darüber, dass all die Leute Freude daran fanden, nach Hause zu schreiben.

»Das könnte mir nicht passieren, selbst wenn ich wüsste, wem ich schreiben soll«, murmelte sie vor sich hin und ging schnell die drei Stufen zur Drehtür hinauf, durch die sie auf die Straße kam.

Da in allen Hotels der Stadt noch Abendessenszeit war, lag die Strandpromenade nahezu menschenleer vor ihr. Patricia fühlte sich so wohl wie schon lange nicht mehr. Kurzerhand bog sie links ab und hatte, da sie für ihre Verhältnisse fast noch nüchtern war, an diesem Abend sogar Freude daran, durch die verschiedenen Shops, Souvenirläden und Parfümerien zu bummeln. Die Auswahl an schönen Sachen war riesengroß und hätten Patricia nicht ihre Geldsorgen geplagt, sie hätte bestimmt ein kleines Vermögen für Parfüm und Modeschmuck ausgegeben. So aber dachte sie: Meine Güte, das ist doch alles Geldverschwendung.

Dennoch machte ihr der Ausflug durch die Geschäfte Spaß. Sie hatte ihr schönstes Kleid und ihre hochhackigen Stöckelschuhe an, die sie sich kurz nach ihrer Landung auf Mallorca gekauft hatte, und fühlte sich attraktiv. Mit der Zeit wurde sie jedoch müde und konnte mit diesen Schuhen kaum noch laufen. Deshalb ließ sie sich auf einer der zahlreichen Bänke am Rande der Promenade nieder, versank in Gedanken und merkte gar nicht, wie sich die Promenade nach und nach wieder füllte. Die Abendessenszeit war nun überall zu Ende.

Patricia schreckte hoch, als sich ein älteres Ehepaar neben ihr niederließ, und der Mann sie dabei mit seinem Stock anrempelte. Da bei Patricia die Gute-Laune-Phasen selten lange anhielten, war auch die jetzige bereits wieder Geschichte, und sie fuhr den alten Mann, noch bevor er sich entschuldigen konnte, an: »Verdammt noch mal! Können Sie nicht aufpassen? Muss man denn von allen Seiten gestoßen werden?«

Erschrocken stand das Ehepaar wieder auf und verließ fluchtartig diesen ungastlichen Ort. Aber auch Patricia hielt es nicht mehr auf dieser Bank, zumal sie langsam Durst bekam. Sie stand auf und flüchtete in die Waikiki-Bar, wo sie inzwischen schon gut bekannt war. Sie setzte sich an einen Tisch am äußersten Rand der Terrasse und bestellte eine Sangría. Da sie bisher nur wenig getrunken hatte, steckte sie sich mit zitternden Fingern eine

Zigarette an und inhalierte den Rauch tief. Als der Kellner das mitbekam, brachte er ihr unaufgefordert einen Aschenbecher.

Dabei sagte er zu Patricia: »Seien Sie froh, dass Sie hier draußen noch rauchen dürfen, im Innenraum herrscht seit Neuestem überall Rauchverbot.«

»Wie bitte?«, fuhr Patricia den Kellner an. »Was ist denn das für ein haarsträubender Blödsinn?«

»Haben Sie denn davon noch nichts gehört?«, fragte der Kellner und bevor Patricia dazu etwas sagen konnte, fuhr er fort: »Ja, das sind die neuen EU-Gesetze. Aber das ging doch durch die ganze Presse. Glauben Sie nicht, dass Sie die Einzige sind, die wütend ist; ich bin es auch. Ich bin hier der Inhaber und bekomme nun vorgeschrieben, dass ich in meinem eigenen Lokal nicht mehr rauchen darf. Ich finde es eine bodenlose Frechheit, was diese Deppen in der Regierung sich alles einfallen lassen, um unbescholtene Bürger zu ärgern. Oder finden Sie es gut, dass mir zwanzig Prozent der Gäste ganz wegbleiben und weitere dreißig Prozent nur so lange bleiben wie unbedingt nötig?«

»Nein, nein«, beeilte sich Patricia zu versichern. Sie hatte ihre Stimme wieder im Griff und fand diesen Wirt in seiner Wut fast schon sympathisch. Als er gegangen war, nahm sie ihr Sangría-Glas und trank es in einem Zug zur Hälfte leer.

An diesem Freitag, eine gute Woche bevor ihr Urlaub begann, war Lara fleißig. Silke hatte ihr den Tipp gegeben, Wäsche, Socken und andere Kleinigkeiten frühzeitig zu waschen und auf die Seite zu setzen. Lara kam dadurch erst auf die Idee, einmal in den Keller zu gehen und nach ihrem Koffer zu sehen. Schließlich war sie schon fast fünf Jahre nicht mehr verreist.

Als sie in den Keller kam, erstarrte sie vor Schreck. Der Koffer, das ehemals gute Stück, lag auf dem alten Kleiderschrank, den sie behalten hatte, als sie die Wohnung ihrer Mutter auflöste, und machte einen reichlich vergammelten Eindruck. Angewidert kehrte sie mit einem Besen erst einmal die gröbsten Spinnweben weg, dann zog sie den Koffer vorsichtig herunter. Trotz der Säuberung hatte sie noch jede Menge Spinnweben an den Händen, als der Koffer endlich vor ihr auf dem Boden stand. Ohne ihn eines weiteren Blickes zu würdigen, rannte sie fast schon panisch in die Waschküche hinüber und hielt ihre Hände unter den Wasserhahn; erst dann ging es ihr wieder besser. Sie ging sie in den Kellerraum zurück und betrachtete den Koffer, der schon von außen ziemlich schäbig aussah, genauer.

»Igitt« war alles, was ihr dazu einfiel und sie nahm sich vor, den Koffer erst von innen zu inspizieren, bevor sie ihn mit einem feuchten Lappen abwischen würde. Das war auch gut so. Denn als sie ihn mit spitzen Fingern geöffnet hatte, stellte sie fest, dass er von innen auch nicht besser aussah. Scheinbar war er nicht dicht verschlossen gewesen, sodass es einige Spinnen geschafft hatten, sich darin häuslich niederzulassen. Außerdem waren die Spanngurte und das Innenfutter in der langen Zeit, da er nicht geöffnet worden war, spröde geworden. Ein Gurt riss sogar, als Lara daran zog.

»Auch das noch«, stöhnte sie auf, »nein, das tue ich mir nicht an.«

Es ist ja schon ärgerlich genug, dachte sie, dass ich vor der Einkaufstour mit Silke nicht an den Koffer gedacht habe, aber wenn ich den nehme, mache ich mich zum Gespött des ganzen Flughafens. Sie beschloss, noch einmal loszuziehen und einen neuen Koffer zu kaufen, auch wenn ihr bei der Vorstellung, mit so einem Ungetüm in die überfüllte Straßenbahn zu steigen, nicht gerade wohl war.

Damit der Weg in den Keller wenigstens von einem Erfolgserlebnis gekrönt war, nahm sie noch zwei Flaschen Lambrusco, einige Flaschen Wasser und eine Dose Erbsen und Karotten mit nach oben. So bepackt kam sie an der Wohnungstür an. Schon während sie aufschloss, hörte sie das Klingeln des Telefons. Sie betrat schnell die Wohnung, ließ im Flur alle ihre Mitbringsel fallen und stürmte zum Telefontischchen im Wohnzimmer. Aber es war zu spät. Als sie den Hörer endlich abhob, hatte der Anrufer bereits wieder aufgelegt.

»Verflucht noch mal, Lara, wo hast du nur deinen Kopf!«, rief sie ärgerlich aus.

Sie hatte über all den Urlaubsplanungen noch etwas vergessen, aus der Stadt mitzubringen. Sie wollte eigentlich ihren kaputten Anrufbeantworter durch einen neuen ersetzen, hatte es aber völlig verschwitzt, da sie ohnehin nur selten telefonierte.

Aufgeschoben ist nicht aufgehoben. Gleich nach dem Urlaub kümmere ich mich darum, dachte sie, während sie die beiden Lambruscoflaschen im Kühlschrank unterbrachte. Dann nahm sie eine Flasche, die schon länger im Kühlschrank lag und daher richtig kalt war, heraus und dachte: Ein Glas Lambrusco und eine Zigarettenpause, das brauche ich jetzt nach all der Aufregung. Danach wasche ich meine beiden neuen Pareos und einige T-Shirts, die mit Pailletten besetzt sind, durch und versuche sie noch auf dem Wäschegestell auf dem Balkon unterzubringen. Mit etwas Glück sollte das klappen. Aber erst mache ich eine Pause, die hab ich mir redlich verdient.

Sie setzte sich auf die Couch, nachdem sie sich ein Weinglas und einen Aschenbecher aus dem Wohnzimmerschrank geholt hatte. Die Zigaretten und das Feuerzeug lagen ja ohnehin griffbereit auf dem Beistelltischchen neben der Couch. Lara schenkte sich das Glas voll und zündete die Zigarette an. Sie hatte gerade an der Zigarette gezogen und das Weinglas zum Mund geführt, als das Telefon sich erneut zu Wort meldete.

Schnell stellte Lara das Weinglas ab, nahm den Hörer auf und meldete sich: »Bräunig.«

»Hallo! Hier ist Ulrike Lachner«, schallte es ihr aus dem Hörer entgegen.

»Ulli, das ist nett von dir, dass du mich anrufst«, sagte Lara ehrlich erfreut. »Wie geht es dir denn?«

»Ach, so weit ganz gut«, meinte Ulrike etwas zu schnell. »Und dir?«

»Mir geht's prima und ab nächsten Freitag geht es mir sogar noch viel besser.«

»Wieso denn?«

»Dann habe ich nämlich drei Wochen Urlaub und fahre für vierzehn Tage mit meiner Arbeitskollegin und Freundin Silke, die du in der Parfümerie beraten hast, in Urlaub.«

»Ach, wie toll!«, rief Ulrike aus. »Aber hast du dann vor deinem Urlaub noch mal ein bisschen Zeit für mich? Oder sollen wir das besser auf nach deinem Urlaub verschieben?«

»Ja, also«, sagte Lara und dachte einen Moment lang nach. »Es geht eigentlich nur morgen. Oder aber du schaust jetzt auf die Schnelle bei mir vorbei.«

»Ja, ich hätte gerade Zeit«, entschied Ulrike spontan.

»Gut, dann komm vorbei«, sagte Lara zu, obwohl sie sich etwas überrumpelt fühlte. »Bis dann.«

»Bis dann, Lara.«

Nicht einmal zwanzig Minuten später läutete es bereits an der Tür. Überrascht kam Lara vom Balkon, denn sie hatte gerade ihre Blumen gegossen. Na, das ging aber schnell, dachte sie. Gerade so, als wenn sie schon in der Nähe gewesen wäre.

Nach einem kurzen Blick durch den Türspion öffnete sie ihrer Freundin und bekam zu ihrer Überraschung von ihr einen schönen Blumenstrauß überreicht.

»Danke Ulli, die sind aber toll«, sagte Lara gerührt.

»Da du von mir so überrumpelt wurdest, habe ich uns auch was zu trinken mitgebracht. Stell doch mal die Lambruscoflaschen kalt«, sagte Ulrike grinsend.

Lara nahm die Flaschen entgegen und stellte sie zu den ihren in den Kühlschrank, der in diesem Moment kaum besser aussah als der, den Patricia Pletsch in ihrer Wohnung gehabt hatte, als sie noch in Deutschland gewesen war. Dann nahm sie die Flasche, aus der sie sich eine halbe Stunde zuvor eingeschenkt hatte, heraus und schenkte sich und Ulrike erst einmal ein Glas davon ein.

»Kannst du etwas trinken oder bist du mit dem Auto da?«, fragte sie.

»Ich bin mit dem Zug da. Weißt du, ich wohne in einem der Siedlungshäuser in der Wolfsbergsiedlung. Genau gegenüber vom Nordbahnhof. Das sind ja nur zwei Stationen bis hierher.«

Dann unterhielten sich die beiden Frauen über alles Mögliche und natürlich auch darüber, wie es ihnen in der Vergangenheit so ergangen war. Nach einer Weile kamen sie auch auf die gescheiterte Ehe von Ulrike zu sprechen.

»Ach, weißt du, mein Ex-Mann ist zwar ein Genie in Geschäftsdingen, aber im zwischenmenschlichen Bereich ein ziemliches Arschloch. Er hat mich vor etwas mehr als einem Jahr von einem auf den anderen Tag aufgefordert, sein Haus zu verlassen.«

»Du meine Güte, warum denn das?«

»Tja, mein Hintern war nicht mehr so knackig wie der von seiner Sekretärin. Da hat er eben mal schnell getauscht. Und stell dir vor, seit sechs Wochen ist er mit seiner Neuen, einer gewissen Simone Dietrich, verheiratet. Das ging verdammt schnell, zumal wir noch nicht mal acht Wochen rechtskräftig geschieden sind.«

»Oh Scheiße, das tut weh.«

»Nicht so sehr, wie du vielleicht meinst. Unsere Ehe stand von vornherein unter keinem guten Stern und ich ahnte im Grunde, dass so etwas irgendwann geschehen würde. Denn damals, als unsere Nadine, die Älteste, zur Welt kam, hat er mich bekniet, wir sollten nicht heiraten. Schließlich könnte man auch ohne Trauschein zusammen sein. Meine Eltern haben mir daraufhin dringend abgeraten, mit diesem Mann einen gemeinsamen Hausstand zu gründen. Aber davon wollte ich nichts hören, dazu habe ich ihn viel zu sehr geliebt«, gestand Ulrike leise ein.

»Das kann ich verstehen.«

»Also zogen wir nur so zusammen. Als ich dann mit meiner zweiten Tochter Pamela schwanger war, haben ihn seine eigenen Eltern gezwungen, mich zu heiraten. Mit seinen Eltern habe ich im Übrigen immer einen guten Kontakt gehabt und habe ihn noch. Aber irgendwie habe ich da schon geahnt, dass das Ganze irgendwann schief gehen wird. Wir heirateten, als ich im vierten Monat war. Zuerst schien alles doch noch gut zu gehen, aber wir waren noch nicht lange aus den Flitterwochen auf Hawaii zurück, da fing es schon an. Volker war seinen Kindern ein guter Vater, aber mich vergaß er zusehends. Manchmal hatte ich das Gefühl, ich existiere für ihn gar nicht. Die Kinder bekamen alles von ihm und wurden mit allen möglichen Geschenken überhäuft. Aber meinen Geburtstag vergaß er oft. Wenn er tatsächlich mal daran dachte, speiste er mich mit einer Schachtel Pralinen ab. Wegen der Kinder ertrug ich das alles, obwohl das nun wirklich keine Traumehe war. Als ich dann endlich ein drittes Mal schwanger wurde, erkannte ich, warum alles so und nicht anders war. Er hatte immer gehofft, einen männlichen Nachkommen zu haben, der seine Firma einmal fortführen würde. Wäre unser drittes Kind ein Junge geworden, was ich insgeheim ja auch hoffte, dann hätte er den Namen Alexander bekommen. Aber es hat nicht sollen sein. Auch das dritte Kind wurde ein Mädchen. Ich hatte mir insgeheim für diesen Fall schon einen Namen ausgedacht und wollte diesen auch unbedingt durchsetzen, da mein Mann bei den anderen beiden rigoros seinen Willen durchgesetzt hat. Wie übrigens immer. Aber diesmal blieb ich hart und so bekam das Mädchen den Namen Danica. Nun hatte ich aber gar nichts mehr zu lachen. Mein Mann begann wahllos fremdzugehen und ich glaube, er hat sich auf die Suche nach einer Frau gemacht, die ihm einen Jungen schenkt. Das scheint diese Simone ja auch geschafft zu haben. Denn nachdem, was ich gehört habe, ist sie im sechsten Monat mit einem Jungen schwanger. Im Übrigen zahlt mein Mann nur den Kindern Unterhalt, nicht aber mir. Der raffinierte Hund hat es geschafft, mir einen Ehevertrag aufs Auge zu drücken, der mich mit einer Abfindung von hunderttausend Euro abspeist, obwohl er inzwischen Multimillionär ist. Was blieb mir also anderes übrig, als meine Kinder und das Geld zu schnappen, nach Kahlenfurth zurückzukehren und mit dem Geld hier die Parfümerie zu kaufen. Zum Glück sind meine Eltern noch rüstig und helfen mir, wo immer es geht. Sonst könnte ich unmöglich den größten Teil des Tages in meiner Parfümerie arbeiten.«

»Das stimmt. Wie alt sind deine Kinder jetzt?«

»Nadine, die Älteste, ist zwölf und schon ganz schön selbstständig. Pamela ist zehn und Danica wird demnächst vier. Seit sie in den Kindergarten geht, ist es für uns alle etwas leichter geworden.«

»Na, da hast du aber auch deine Arbeit«, meinte Lara mitfühlend.

»Ja, schon, aber wenn du das alles gut organisierst, geht es. Aber organisieren, das musste ich ja schon immer. Weißt du eigentlich noch, dass ich nach Hannover gegangen bin, um in einer Parfümerie zu lernen?«

»So richtig nicht mehr«, sagte Lara, »das ist einfach schon zu lange her und außerdem haben wir uns ja dann ziemlich schnell aus den Augen verloren.«

»Da hast du recht. Dann weißt du sicher auch nicht, dass ich schon im zweiten Lehrjahr schwanger wurde. Ich habe meine Lehre jedoch nicht abgebrochen, denn meine Chefin war sehr verständnisvoll und hat gemeint, dass wir das mit vereinten Kräften schon schaffen würden. Wir haben es geschafft. Aber da hatten meine Eltern, meine Schwester Sigrid und mein Bruder Michael ziemlich großen Anteil. Meine Eltern leben ja nach wie vor hier in Kahlenfurth. Sie sind an jedem zweiten Wochenende die Strecke nach Hannover gefahren und haben von Freitagmittag an auf die Kleine aufgepasst. Von Volker, der ja einige Jahre älter ist als ich, hatte ich diesbezüglich nichts zu erwarten, da er ja ohnehin mit seiner frisch gegründeten Firma verheiratet war. Meine Eltern haben sich übrigens mit meinem Bruder Michael abgewechselt, der jeden zweiten Samstag auf Nadine aufpasste, wenn ich arbeiten musste. Aber meine größte Stütze war meine Schwester Sigrid, die ja schon zwei Jahre vor mir der Liebe wegen nach Hannover gezogen war. Sie war damals vierundzwanzig und selbst Mutter von Zwillingen. Allerdings war sie Hausfrau. Deshalb hatte sie Zeit, sich am Tag um Nadine zu kümmern, wenn ich zur Arbeit musste. Im Gegensatz zu Nadine, die rund um die Uhr beschäftigt werden wollte, waren ihre Kinder Nina und Christian geradezu pflegeleicht. Die konntest du auf eine Decke setzen und die beiden haben sich stundenlang mit sich selbst beschäftigt.«

»Wirklich?«, sagte Lara und hoffte, dass es interessiert klang, da sie spürte, dass sich Ulrike alles einmal von der Seele reden musste. Dennoch konnte sie es nicht verhindern, dass eine lähmende Müdigkeit ihre Knochen hochkroch und immer mehr von ihr Besitz ergriff.

»Weißt du«, fuhr Ulrike fort, »Michael wohnt auch noch hier in Kahlenfurth und hat erst letztes Jahr mit fünfunddreißig geheiratet.«

»Das finde ich gar nicht so verkehrt«, meinte Lara und konnte es nun nicht mehr verhindern, dass sie heftig gähnen musste.

Ulrike, die den ganzen Abend über wie ein Buch gequasselt hatte, sah auf ihre Armbanduhr und erschrak. Denn mittlerweile war es schon fast halb elf geworden.

»Jetzt muss ich aber machen, um nach Hause zu kommen. Heute ist zwar mein Ausgehtag, da passen meine Eltern auf die Kinder auf, aber die wollen ja auch mal wieder heim. Außerdem fährt um viertel vor elf der letzte Zug.«

Während Ulrike ihre leichte Sommerjacke überzog und ins Treppenhaus hinausging, sagte Lara: »Es ist schön, dass du einmal da warst, und ich würde mich freuen, wenn wir uns in Zukunft regelmäßig treffen würden.«

»Das machen wir ganz bestimmt«, sagte Ulrike noch, dann war sie in den Tiefen des Treppenhauses verschwunden.

Lara schloss die Tür und sicherte sie. Mit einem Mal war die Müdigkeit wie weggeblasen. Sie ließ sich auf die Couch fallen und dachte grinsend: Oh mein Gott, das war eine reife Leistung, diesen abendfüllenden Monolog über mich ergehen zu lassen. Ich weiß, sie hatte es nötig, darüber zu reden, und ihr Schicksal ist wirklich nicht gerade berauschend, aber wenn das so weitergeht, werde ich die Freundschaft wohl besser nicht allzu intensiv wieder aufleben lassen. Mir geht es selbst nicht gerade blendend, ich fühle mich viel zu oft einsam, da kann ich mir unmöglich einen weiteren Klotz ans Bein binden. Nun ja, vielleicht sollte ich wirklich darüber nachdenken, mir noch mal einen Freund zu suchen. Irgendwo muss es ja auch anständige Männer geben. Schließlich weiß ich nicht, ob Silke in Zukunft noch viel Zeit haben wird, und so ganz allein, das ist auch nicht das Wahre. Aber jetzt mach ich mir erst noch eine Flasche Lambrusco auf und einen gemütlichen Abend alleine. Dazu nehme ich mir das Buch vor, das ich schon seit Wochen fertig lesen will.

Viel schneller als gedacht ging die letzte Arbeitswoche vorbei und der Urlaub stand vor der Tür. Am Freitagmittag wünschte Emil Motschmann Lara einen schönen Urlaub und ging zu einer Besprechung ins Konferenzzimmer. Sein Telefon stellte er für alle Fälle auf den Anrufbeantworter um, da Lara um ein Uhr gehen wollte.

Alles ging glatt. Lara kam pünktlich weg und war um kurz vor zwei zu Hause. Sie ging ins Wohnzimmer und ließ sich erst einmal auf die Couch fallen.

»Schön«, sagte sie laut, »endlich Urlaub. Den hast du dir redlich verdient.«

Für den Nachmittag hatte sie geplant, noch etwas Wäsche zu waschen und zu trocknen, am Samstagvormittag stand bügeln und am Sonntag Koffer packen auf dem Programm. Den Samstag Abend wollten Lara und Silke dazu nutzen, um noch die ein oder andere Kleinigkeit bezüglich des Urlaubs zu besprechen. Dazu wollte Silke zu Lara kommen.

Plötzlich durchzuckte Lara ein Gedanke: Mein Gott, ich habe ja für morgen Abend noch nichts eingekauft. Irgendetwas müssen wir ja essen. Aber dann überlegte sie: Eigentlich könnten wir unseren Urlaub ja mit einem Essen im Restaurant einläuten. Dann bräuchte ich mich nicht den halben Nachmittag in die Küche zu stellen.

Sie sah auf ihre Wohnzimmeruhr und stellte fest, dass es schon nach drei war.

»Ob ich schon bei Silke anrufen kann?«, fragte Lara sich laut und hatte im selben Moment den Hörer bereits in der Hand. »Ich denke schon. Schließlich wollte sie um halb drei gehen.«

Schnell wählte Lara die Nummer der Freundin, die schon nach dem zweiten Läuten am Apparat war.

»Jansen hier«, meldete sie sich etwas außer Atem, aber fröhlich. Man merkte es ihr direkt an, wie sehr sie sich auf den Urlaub mit Lara freute.

»Bräunig da«, gab Lara nicht minder fröhlich zurück und fragte: »Na, waren's wieder die Treppen?«

»Was denn sonst, du hast es mal wieder erraten. Ich bin gerade zur Tür hereingekommen.«

»Du, ich wollte dich fragen, ob wir morgen, als Urlaubsauftakt sozusagen, den Italiener, den Griechen oder am Ende sogar den Kroaten für uns kochen lassen?«

»Das ist eine gute Idee, Lara. Wollen wir in die Stadt fahren? Da ist die Auswahl größer.«

»Das können wir machen.«

»Okay, die Idee hätte glatt von mir sein können.«

»Aber dieses Mal war ich schneller«, rief Lara aufgekratzt in den Hörer.

»Und am Sonntag kommst du zu mir zum Mittagessen«, erklärte Silke großzügig, »ich hab noch so einiges im Kühlschrank, das gegessen werden muss. Das kann ich doch unmöglich dem Mülleimer überlassen.«

»Das ist ein gutes Argument.«

Und ganz genau so machten sie es dann auch.

Das Wochenende verging wie im Flug und am Montagmorgen um kurz nach vier Uhr stand das Taxi pünktlich vor Laras Haustür. Der Fahrer wusste Bescheid und läutete bei ihr, da er den Koffer nach unten tragen sollte.

Lara zog ihre leichte Sommerjacke an, hängte sich ihre Handtasche, in der ihre Reiseunterlagen, der Pass, das Geld und die Reiseschecks waren, über die Schulter und nahm ihr Handgepäck. Sie schloss ihre Wohnungstür sorgfältig ab und ging schnell nach unten. Eilig ließ sie sich auf der Rückbank des Taxis nieder und sie fuhren die wenigen Meter bis vor Silkes Haustür. Hier wiederholte sich diese Prozedur.

Nun trat der Fahrer das Gaspedal durch und fuhr in rasanter Fahrt über die Autobahn dem Flughafen Münster-Osnabrück entgegen. Er half ihnen beim Kofferausladen, wünschte ihnen einen schönen Urlaub und bekam von ihnen ein fürstliches Trinkgeld.

Lara und Silke gingen direkt zum Schalter ihrer Fluggesellschaft und gaben ihre Koffer auf. Als sie endlich ihre Bordkarten in der Hand hielten, begann für sie der Urlaub wirklich. Da sie bis zum Abflug noch reichlich Zeit hatten, sahen sie sich erst einmal ein bisschen um.

»Eigentlich würde ich mir gern noch einige Zeitschriften holen, denn auf Mallorca werden sie bestimmt teurer sein«, sagte Lara.

»Das ist eine gute Idee«, sagte Silke, »aber lass uns

dann gleich zum Gate gehen, denn ich habe gehört, dass es dort nicht allzu viele Sitzplätze geben soll. Wenn wir vor den meisten anderen Fluggästen dort sind, haben wir gute Chancen, zwei Plätze zu ergattern.«

Das sah Lara ein und sie gingen recht schnell durch die Schleuse. Nicht einmal neunzig Minuten später reckte der Silbervogel bereits seine Nase in den Wind.

# Kapitel 16

Der Bus, der Lara und Silke zu ihrem Hotel bringen sollte, fuhr recht flott über die neu ausgebaute Schnellstraße der Ostküste entgegen. Sie hatten den Flughafen Palma schon eine ganze Weile hinter sich gelassen, hatten die große Ebene Es Pla schon fast durchquert und näherten sich Manacor, der zweitgrößten Stadt Mallorcas. So langsam fing es an, draußen brütend heiß zu werden, und die Klimaanlage des Busses hatte ihre liebe Mühe, den Innenraum einigermaßen erträglich zu machen. Kein Wunder, denn die Zeiger auf der Uhr im Armaturenbrett hatten die Elf-Uhr-Marke soeben hinter sich gelassen. Inzwischen hatten sie die Außenbezirke Manacors und damit die Industriezone erreicht, die nicht gerade ein Aushängeschild der Insel war.

Lara und Silke sahen sich an und dachten vermutlich das Gleiche: Wie sieht das denn hier aus? So trist habe ich mir das aber nicht vorgestellt. Hoffentlich wird das noch besser.

Dann sagte Lara laut: »Na ja, warten wir mal ab, was da noch kommt.«

Silke schluckte den Kloß hinunter, der sich in ihrem Hals breit zu machen begann, und erwiderte so leise, dass selbst Lara kein Wort davon verstand: »Eigentlich kann es nur noch besser werden.«

Dabei hatten sie noch wenige Minuten zuvor, als sie durch die Ebene an Algaida, Montuiiri und Vilafranca de Bonany vorbeigefahren waren, darüber gestaunt, dass die Ebene gar nicht so eben war, wie sie es sich vorgestellt hatten.

Aber vielleicht kam ihr Missmut auch nur daher, dass ihre Nacht bereits um drei Uhr geendet hatte und sie todmüde waren. Dann endlich ging es aus Manacor, einer Stadt, die wie eine Großstadt wirkte, aber kaum dreißigtausend Einwohner hatte, hinaus und die lange Gefällstrecke in Richtung Porto Cristo hinunter. Sofort wurde die Landschaft wieder schöner und die Laune der Frauen wieder besser. Silke frohlockte, als sie in der Ferne zum ersten Mal das Meer aufblitzen sah, und Lara tat es ihr gleich, als sie ein Straßenschild entdeckte, auf dem »Cala Millor« stand. Hätten sie geahnt, wie viele Hotels der Bus anfuhr, bevor er vor dem Hotel Sabina Halt machen würde, ihr Jubel wäre deutlich verhaltener ausgefallen. Aber irgendwann hat selbst die längste Fahrt ein Ende. Als Lara und Silke aufstanden, um den Bus zu verlassen, sahen sie sich um und stellten fest, dass außer ihnen lediglich noch ein Pärchen im Bus saß. Die Ärmsten. Sie hatten es noch nicht überstanden. Wenn Silke den Zettel an der Windschutzscheibe des Busses richtig gelesen hatte, mussten die beiden noch nach Cala Ratjada. Das hieß aber auch, dass Lara und Silke die Einzigen waren, die mit diesem Bus im Sabina ankamen. Sie nahmen ihr Gepäck in Empfang und gingen an die Rezeption, um sich anzumelden.

Nachdem die Formalitäten erledigt waren, fuhren sie mit dem Fahrstuhl in den vierten Stock und bezogen ihr Zimmer. Es hatte die Nummer 427. Sie stellten ihre Koffer in die Ecke und warfen sich der Länge nach aufs Bett.

»Uff, das wäre geschafft«, stöhnte Silke und Lara zog es vor, erst einmal nichts zu sagen.

Nach einer Weile, die sie im Halbschlaf verbracht hatten, fragte Lara: »Was machen wir denn noch mit diesem angebrochenen Tag?«

»Um Gottes Willen, bist du verrückt?«, sagte Silke und fuhr hoch. »Meine Füße tun weh, als hätte ich einen Halbmarathon hinter mir.«

»Haben wir ja auch«, sagte Lara grinsend. »Dieser Flughafen in Palma, meine Güte, sind das vielleicht Wege. Ich habe gedacht, dass ich nicht mehr bis zum Bus komme.«

»Ja, auf diesen komischen Rollbändern war es ja so voll, da habe ich es vorgezogen, selbst zu laufen.«

»Das ging mir genauso. Aber sag, was wollen wir heute noch machen? Um den Tag im Zimmer zu verdösen, ist er zu schade.«

»Das stimmt. Wie spät ist es denn jetzt?«

»Halb drei.«

»Dann würde ich vorschlagen, wir räumen jetzt unsere Koffer aus, gehen dann im Pool eine Runde schwimmen und anschließend duschen. Danach essen wir zu Abend und wenn unsere Füße sich bis dahin erholt haben, bummeln wir noch ein Stündchen.«

»Besser hätte ich es auch nicht einteilen können.«

Aus dem Stündchen wurden gleich drei und als sie gegen elf total geschafft ins Hotel zurückkamen, gingen sie direkt auf ihr Zimmer, um zu schlafen.

Als die beiden am nächsten Morgen frisch und ausgeruht im Speisesaal erschienen, lachte die Sonne vom Himmel und hatte die Luft schon auf sechsundzwanzig Grad erwärmt. Sie gingen an ihren Tisch, den der Oberkellner ihnen am vorigen Abend zugewiesen hatte. Leider lag er ganz am Rand des Speisesaals, aber das war gut so, wie sie wenig später feststellten. Denn bei diesem köstlichen

Buffet blieben fast alle guten Vorsätze auf der Strecke. Selbst Lara, die ja schon einige Jahre mit Erfolg auf ihre Linie achtete, schlug gewaltig über die Stränge und so frühstückten die beiden lange und ausgiebig, bevor sie den Speisesaal wieder verließen.

Anschließend fuhren sie nach oben, um ihre Badetaschen zu holen und an den Strand zu gehen. Bereits wenige Minuten später waren sie auf der Promenade und gingen die wenigen Meter bis zum Begrenzungsmäuerchen, das den Strand von der Promenade trennte. Schnell hatten sie die steinernen Stufen entdeckt, die zum Strand hinunterführten, und nun gab es kein Halten mehr. Sie liefen um die Wette und Silke kam zuerst unten an.

»Komm, lass uns zuerst unsere Liegestühle holen und ein schattiges Plätzchen unter einem Schirm aufsuchen«, sagte sie zu Lara, die sofort dem Wasser zustrebte.

»Gute Idee.«

Kurz darauf lagen die beiden auf ihren Liegestühlen. Während Silke Lara den Rücken eincremte, sagte sie: »Ich habe mir von Peter Baumgart und seiner Frau Meike noch ein paar Tipps geben lassen, damit wir nicht blindlings hier herumtappen.«

»Das ist gut, dann erzähl doch mal etwas.«

»Der wichtigste Tipp war der, am Morgen rechtzeitig hier unten zu sein, um einen Platz zu reservieren. Obwohl das eigentlich eine Unart ist, hast du anders kaum eine Chance, nach zehn noch an einen Sonnenschirm zu kommen.«

»Reservieren? Gibt's hier denn ein Reservierungsbüro?«

»Nein, das nicht«, lachte Silke, »aber du nimmst dein Handtuch und klemmst es in die Lehne der Liege. Das werden wir von jetzt an jeden Morgen so machen und uns dabei abwechseln. Mein Vorschlag wäre um acht Uhr aufzustehen, einer geht runter und der andere sorgt derzeit im Zimmer für Ordnung. Dann können wir in Ruhe frühstücken und brauchen uns nicht abzuhetzen, um an den Strand zu kommen. Übrigens habe ich heute Morgen gesehen, dass die meisten Leute ihre Badesachen mit in den Speisesaal nehmen. Das können wir auch machen. Peter und Meike machen das auch so.«

»Das ist gut, dann braucht man nicht noch mal hochzufahren«, meinte Lara.

»Genau. Außerdem hat Meike mir noch einen sehr guten Tipp gegeben, der dazu beiträgt, dass man sich nicht gegenseitig den Urlaub vermiest.«

»Wie bitte?« Lara fuhr wie von der Tarantel gestochen von ihrem Liegestuhl hoch.

»Genau so habe ich auch reagiert«, sagte Silke lachend, »aber Meike hat recht. Sie meinte, dass es sehr wichtig sei, dass jeder vom anderen genau weiß, welche Erwartungen er an den Urlaub stellt, vor allem, wenn man zum ersten Mal zusammen verreist. Als sie zum ersten Mal mit einer Freundin verreist ist, wollte die Freundin nur Party machen und Meike lieber lesen. Das konnte nicht gut gehen.«

»Nein, Party machen ist nicht so meine Sache. Wie stellst du dir denn deinen Urlaub vor?«

»Ich will mich vor allem am Meer ausruhen und viel schwimmen gehen. Abends, nach dem Essen, würde ich gern über die Promenade bummeln und hin und wieder eine Sangría trinken. Außerdem würde ich gern zwei oder drei Ausflüge unternehmen. Aber die müssen früh gebucht werden. Am besten gleich heute oder morgen. Auch das ist ein Tipp von Meike. So, und wie stellst du dir deinen Urlaub vor?«

»Ich würde sagen, du hast es auf den Punkt gebracht. Daran habe ich nichts auszusetzen. Ausruhen, schwimmen, bummeln und Ausflüge. Aber wohin?«

»Da hat mir Meike so viele Tipps gegeben, das reicht für zwei oder drei Urlaube.«

»Los, erzähl mal, ich bin schon ganz gespannt.«

»Da ist einmal das Cap de Formentor, wenn man Meike glauben darf, das absolute Highlight. Sie hat mir von der fantastischen Aussicht dort vorgeschwärmt. Das wäre ein Ausflug, den man mit Bus oder Mietauto gleichermaßen machen kann. Aber sie meinte auch, dass die engen und kurvigen Straßen nicht leicht zu fahren wären.«

»Nein, das ist nichts für mich«, erklärte Lara, »das traue ich mir nicht zu, so wenig Fahrpraxis, wie ich im Moment habe. Da nehmen wir besser den Bus. Was hat sie denn sonst noch so gesagt?«

»Sie hat mir von einem kombinierten Bus-, Bahn- und Schiffsausflug vorgeschwärmt, der in die Bucht von Sa Calobra geht.«

»Das hört sich aber auch nicht schlecht an. Diese zwei Ausflüge sollten wir machen.«

»Das sehe ich auch so.«

»Hat sie sonst noch was gesagt?«

»Ja, Palma sei eine schöne Stadt. Rund um die Placa Major könnte man gut bummeln. Außerdem hat sie mir noch von verschiedenen Touren erzählt, die sie mit dem Auto gemacht haben. Zum Beispiel die Gebirgsstraße an der Westküste entlang. Da gibt es jede Menge Sehenswürdigkeiten. Oder die Klostertour. Da fährt man verschiedene Klöster an, die allesamt hoch auf Bergkegeln liegen und von denen man zum Teil über die ganze Insel sehen kann. Oder auch die Gärten von Alfabia oder der Botanische Garten Botanicactus oder die Drachenhöhle von Porto Cristo, der Traumstrand Es Trenc, die Höhle von Campanet und und und.«

»Ach du meine Güte, hier gibt es ja wirklich mehr zu sehen, als ich mir in meinen kühnsten Träumen vorgestellt hätte. Dann werden wir wohl am besten heute Abend mal sehen, wann die Reiseleitung im Hotel ist und danach unsere Ausflüge buchen.«

»So machen wir es. Jetzt aber genug geredet, ich will ins Wasser.«

»Ich auch.«

Schnell standen beide auf und liefen barfuß durch den Sand zum Wasser.

»Brrr, ist das kalt«, sagte Silke, als sie bis zu den Knien im Wasser stand, und schüttelte sich.

»Allerdings«, sagte Lara lachend. Sie legte sich auf den Rücken und ließ sich einen Moment lang treiben. Herrlich, dachte sie, endlich mal im Süden. Das war schon immer mein Traum. Endlich ist er wahr geworden. Als sie sich auf den Bauch drehte, sah sie, dass Silke ein Stück weit rausgeschwommen war, und sie beschloss ihr nachzuschwimmen.

Ach ist das schön, dachte sie glücklich, während sie mit kräftigen Stößen ins Meer hinausschwamm. Wenn Mutti mich so sehen könnte, sie würde sich bestimmt darüber freuen, dass ich wieder lachen kann. Wenn Silke nicht wäre, wäre ich bestimmt an Muttis Tod verzweifelt. Vielleicht wäre ich wie Patricia geworden. Oh Gott, jetzt denke ich im Urlaub schon an diese Person, schimpfte Lara mit sich selbst und schob den Gedanken an ihre ehemalige Arbeitskollegin radikal beiseite. Hätte sie geahnt, dass Patricia gar nicht weit von ihnen entfernt ebenfalls am Strand lag und verzweifelt darüber nachdachte, wie sie sich aus ihrer Geldnot befreien könnte, sie hätte sich bestimmt nicht so wohl gefühlt.

Stattdessen dachte Lara wieder an Silke, die ihr im ersten Jahr nach dem Tod ihrer Mutter aus so manchem Tränental geholfen hatte.

Ich muss ihr unbedingt einmal sagen, wie dankbar ich ihr dafür bin. Am besten gleich heute Abend. Da lade ich sie zu einer Sangría ein.

Lara merkte, wie ihre Kräfte allmählich nachließen. Deshalb wendete sie und schwamm zum Strand zurück. Dort setzte sie sich in den Sand und ließ ihren Blick über den gesamten Strandabschnitt schweifen, der gut und gern zwei Kilometer lang war und auf dem sich die Sonnenschirme aneinander reihten. Als sie wieder auf das Meer blickte, sah sie, wie Silke gerade aus dem Wasser und auf sie zukam.

Sie setzte sich neben Lara und meinte: »Toll, was? Hier kann man es aushalten.«

»Ja, ich finde, es ist wie im Märchen.«

»Absolut.«

»Wollen wir dieses Märchen heute Abend mit einer Sangría begießen?«

»Wieso mit einer – mit einer ganzen Batterie voll«, sagte Silke.

Sie sahen sich an und prusteten los.

Als sie am Abend in der Waikiki-Bar saßen und jeweils eine Sangría vor sich stehen hatten, sagte Silke: »Jetzt kann ich Peter Baumgart und seine Frau verstehen, wenn sie sagen, das hier sei das Paradies. Mittlerweile sehe ich das auch so.«

»Ich auch«, sagte Lara, die neben sich bereits eine Einkaufstüte mit einem schönen Aschenbecher darin stehen hatte. Sie hatte ihn in einem der zahlreichen Souvenirläden auf dem Weg zur Waikiki-Bar entdeckt und nicht widerstehen können.

»Auf einen schönen Urlaub«, sagte sie zu Silke und nahm einen tiefen Zug aus ihrem Sangría-Glas. Danach zündete sie sich eine Zigarette an und sah sich dabei auf der Terrasse des Lokals um. »Haben dir die Baumgarts auch dieses Lokal empfohlen?«, fragte sie, aber bevor Silke antworten konnte, verschluckte sich Lara an ihrer Sangría und fing an zu husten. Als sie wieder einigermaßen Luft bekam, sagte sie: »Träum ich oder seh ich am Ende Gespenster?«

»Was ist denn?«

»Dreh dich doch mal unauffällig um«, sagte Lara. »Da hinten sitzt doch wirklich Patricia Pletsch.«

Silke drehte sich langsam um und erstarrte ebenfalls. Es war tatsächlich Patricia, die am anderen Ende der Terrasse in einem großen Korbsessel saß und ihre Sangría schlürfte. Spontan wie Silke nun einmal war, sprang sie augenblicklich auf und wollte das Lokal verlassen, aber Lara hielt sie am Handgelenk fest.

»Silke, bist du verrückt?«, zischte sie. »Setz dich wieder hin und lass dir doch von dieser blöden Kuh nicht den Urlaub verderben.«

»Ja, du hast ja recht«, gab Silke zu und setzte sich wieder hin. »Aber ich werde sie im Auge behalten, wer weiß, was sie wieder vorhat.«

Da Patricia sich nicht einen Millimeter von ihrem Platz wegbewegte, war das recht einfach. Nach und nach machten sich Lara und Silke einen Spaß daraus, ihre frühere Kollegin dabei zu beobachten, wie sie eine Sangría nach der anderen vernichtete. Aber auf die Dauer wurde das langweilig. Deshalb unterhielten sie sich einige Minuten ohne hinzusehen und als sie wieder in ihre Richtung sahen, war Patricia verschwunden.

»Na ja«, sagte Silke, die sich inzwischen wieder vollkommen beruhigt hatte, grinsend, »wenn es sein soll, dann treffen wir sie wieder. Und wenn nicht, ist das weiß Gott nicht schlimm.«

»Das stimmt, beenden wir dieses Thema«, sagte Lara.

Sie blieben noch ein bisschen sitzen, tranken in Ruhe ihre Sangría aus und bummelten anschließend noch eine halbe Stunde durch die Fußgängerzone. Als ihnen die Füße wehtaten, gingen sie ins Hotel zurück.

Die nächsten zwei Tage verbrachten sie mit seligem Nichtstun, das nur von der Organisation der Ausflüge unterbrochen wurde. Mit den Ausflügen zum Cap Formentor und nach Sa Calobra hatten sie Glück, es gab noch Plätze im Bus, aber die Ausflüge nach Palma und nach Porto Cristo waren restlos ausgebucht. Da Lara und Silke aber unbedingt nach Porto Cristo wollten, buchten sie gleich noch ein Mietauto dazu.

»Was sollen wir machen, ein oder zwei Tage?«, fragte Silke ihre Freundin.

»Ein Tag reicht doch, oder?«

»Ja, im Grunde schon, aber wenn wir das Auto nachmittags übernehmen, müssen wir es auch nachmittags abgeben und haben den ganzen Tag die Uhr im Nacken. Übernehmen wir es morgens, ist es schon spät, bis wir losfahren können.«

»Das stimmt, also zwei Tage. Wir müssen ja nicht das größte Auto nehmen.«

»Genau. Der kleine Ford Fiesta tut's auch. Den nehmen wir.«

Gesagt, getan. Wenige Minuten später hatten sie ihre Ausflüge gebucht und in die Wege geleitet, dass der Mietwagen ihnen zum Hotel zugestellt würde. Danach ging es endlich an den Strand.

Lara lag auf ihrem Liegestuhl und hatte sich den Kopfhörer übergestülpt. Sie hörte bestimmt schon zum dritten Mal die CD »Barfuß bis ans Ende der Welt« von ihrer Lieblingsgruppe, Fernando Express. Silke, die diese Musik ebenfalls super fand, beneidete sie darum glühend, hätte aber um keinen Preis der Welt zugegeben, wie sehr ihr ihre Lieblingsmusik fehlte. Zwar hatte sie sich an Laras Rat gehalten und zwei ihrer Lieblings-CDs mitgenommen, aber die Genugtuung, recht gehabt zu haben, wollte sie Lara nicht gönnen. Jedenfalls jetzt noch nicht. Silke war die Vorstellung unangenehm, dass Lara über sie triumphieren könnte. Dabei war es vollkommen nebensächlich, dass Lara gar nicht auf die Idee gekommen wäre, das auszukosten, allein dass sie es konnte, genügte schon.

So gab Silke vor, lieber zu lesen, während Lara auf ihrem Liegestuhl zum Takt der Songs mit den Zehen wippte.

Zum Abschluss eines jeden Badetages gingen sie an den Pool und genossen es dabei ganz besonders, sich im Whirlpool zu entspannen. Als sie am Nachmittag des zweiten Badetages in den Poolbereich des Hotels kamen, sahen sie schon von Weitem, dass Patricia am Beckenrand saß.

»Auch das noch«, flüsterte Silke ihrer Freundin zu. »Muss die ausgerechnet in unserem Hotel wohnen?«

»Nimm's leicht«, meinte Lara, »wir werden ihr schon nicht zu oft begegnen.«

»Warum denkst du das?«

»Sonst hätten wir sie in den letzten Tagen bestimmt schon öfter getroffen.«

»Da ist was dran. Aber es wäre besser gewesen, wenn uns Patricia diesen Anblick erspart hätte.«

Damit hatte Silke allerdings recht. Denn Patricias dürrer, knochiger und ausgezehrter Körper war alles andere als ein Blickfang. In dem roten Badeanzug, den sie trug, sah sie besonders unvorteilhaft aus, da er überall Falten schlug.

Kurze Zeit später – Lara und Silke hatten es sich auf den Liegestühlen am Pool bequem gemacht – ging Patricia unmittelbar an ihnen vorbei, bemerkte sie aber nicht. Viel zu tief war sie in ihre Sorgen und ihr Selbstmitleid versunken, als dass es ihr noch möglich gewesen wäre, viel von ihrer Umwelt wahrzunehmen.

# Kapitel 17

Am Morgen des nächsten Tages freuten sich Lara und Silke darauf, endlich das Frühstück zu beenden. Denn an diesem Tag stand der erste Ausflug auf dem Programm. Die Fahrt sollte zum Cap Formentor gehen. Frohen Mutes gingen sie zur zentralen Bushaltestelle, wo alle Ausflugsbusse Station machten, um Fahrgäste aufzunehmen.

Nachdem sie schon einige Zeit gewartet hatten und der Bus schon seit fast fünfzehn Minuten überfällig war, wurden sie langsam nervös. Da sie zu allem Überfluss auch noch die Einzigen waren, die hier zustiegen, begannen sie immer hektischer auf ihre Armbanduhren zu sehen. Sie fragten sich schon, ob der Bus am Ende überpünktlich und ohne sie gefahren sei. Aber schließlich war es doch so weit. Der Bus mit der Nummer 58 kam, fast zwanzig Minuten später als geplant, um die Ecke und hielt an. Sie stiegen ein und der Busfahrer, ein jüngerer Mann, der galant sein wollte, stand auf und reichte ihnen die Hand, um die steilen Treppen zu erklimmen.

»Ist viel Verkehr heute Morgen«, sagte er entschuldigend, dann setzte er sich wieder ans Steuer und startete den Bus.

Sie fuhren an Cala Bona vorbei, nach Son Servera und von dort weiter nach Arta.

»Ein Segen, dass Patricia nicht an diesem Ausflug teilnimmt«, flüsterte Lara Silke zu. »Das hätte mir gerade noch gefehlt.«

»Da hätte schon die Besichtigung eines Weinkellers auf dem Programm stehen müssen, um Patricia zum Mitfahren zu bewegen«, sagte Silke grinsend, »schöne Landschaften reichen bei ihr nicht aus.«

Auf diese Äußerung musste Lara so sehr kichern, dass es geschlagene zehn Minuten dauerte, bis sie sich wieder im Griff hatte. In der Zwischenzeit hatte der Bus das hügelige Hinterland der Nordküste verlassen und näherte sich auf der nun schnurgerade verlaufenden Straße einer Feriensiedlung, die ihnen der junge, etwa fünfundzwanzigjährige Reiseleiter als Ca'n Picafort vorstellte. Hier, auf der geraden Straße, drückte der Busfahrer aufs Gas, als wolle er einen neuen Weltrekord aufstellen. So kam es, dass sie in Windeseile Port d'Alcudia und Alcudia hinter sich gelassen und den lebhaften Urlaubsort Port de Pollenca mit seinem schönen Strand erreicht hatten. Jetzt ging es auf den Höhenrücken der Halbinsel hinauf, in Richtung Cap. Nach den ersten Kurven konnte man die Bucht in ihrer ganzen Pracht bewundern. Auf dem glasklaren Wasser sah man unzählige Segelboote hin- und herschaukeln. Sogar einige Jachten waren dabei. Nun wurde die Fahrt erheblich langsamer, denn der Bus musste sich in unendlich vielen steilen Kehren den Berg hinauf- und wieder hinunterschrauben. Hin und wieder ging es so dicht am Abgrund vorbei, dass man kaum noch die Bruchkante der steil abfallenden Küste erahnen konnte.

Lara war, obwohl sie angeschnallt war, kreidebleich geworden. Wenn sie das geahnt hätte, hätte sie sich nie darauf eingelassen mitzufahren. Silke neben ihr dagegen strahlte vor Begeisterung und sah sie glücklich an. »Toll, so etwas mal aus nächster Nähe zu sehen.«

Was unterdessen in Lara vorging, ahnte sie, wenn überhaupt, nur ansatzweise. Lara haderte stumm mit ihrem Schicksal und dachte immerfort: Wenn die Fahrt nur endlich vorbei wäre. Bestimmt knallen wir gleich gegen ein entgegenkommendes Auto oder stürzen die Böschung hinab. Lieber Gott, mach, dass wir bald da sind.

Und obwohl sie normalerweise fast nie betete, wurde ihr Stoßgebiet erhört. Denn es ging zwar, nachdem sie ein Waldgebiet durchquert hatten, noch einmal den Berg hinauf, aber schon recht bald tauchte der Leuchtturm, der oben auf dem Cap steht, in Laras Blickfeld auf. Mit jeder Haarnadelkurve, die der Leuchtturm näher kam, atmete sie ein wenig mehr auf und endlich war es so weit. Das Ziel ihrer Fahrt war erreicht. Wenn Lara daran dachte, dass sie den Weg irgendwann auch wieder zurückfahren mussten, wurde ihr kein bisschen wohler. Deshalb blendete sie diesen Gedanken erst einmal aus. Aber bevor sie aussteigen durften und wieder festen Boden unter die Füße bekamen, erklärte ihnen der Reiseleiter noch einiges zu Lage und Alter des Leuchtturmes und ermahnte sie, bis spätestens halb eins wieder am Bus zu sein.

Erst dann stürmten die Insassen aus dem Bus. Lediglich Lara und Silke blieben auf ihren Plätzen sitzen. Lara war noch immer bleich wie eine Wand, wenngleich langsam Farbe in ihr Gesicht zurückkehrte. Silke, die erst jetzt so langsam begriff, welche Höllenqualen Lara während der Fahrt über die Berge durchgestanden haben musste, fragte: »Kannst du allein aufstehen oder soll ich dich stützen?«

»Danke, es geht schon wieder«, sagte Lara tapfer, obwohl sie das Gegenteil dachte.

Aber es wäre ihr im Traum nicht eingefallen, sich eine Blöße zu geben. So stiegen die beiden als Letzte aus und streckten draußen erst einmal ihre müden Glieder. Dann begannen sie ihren Rundgang. Sie hatten ihre Fotoapparate schussbereit umhängen und bei der Schönheit der Landschaft war es kein Wunder, dass der Auslöser Sonderschichten einlegen musste. Sie hatten in Cala Millor schon recht fleißig geknipst, sodass es nicht verwundern brauchte, dass Lara schon nach kurzer Zeit ihren vierten Film einlegte und Silke ihr kaum nachstand. Ohne weiter über die Zeit nachzudenken spazierten sie, fasziniert von den wildromantischen Felsformationen am Cap, auf und ab, bis Lara nach einem Blick auf ihre Armbanduhr plötzlich rief: »Oh, es ist ja schon halb zwölf. Wenn wir noch etwas essen wollen, dann sollten wir uns beeilen.«

»Du hast recht«, sagte Silke und stürmte augenblicklich an ihrer Freundin vorbei die Treppe hinauf.

Oben am Ende der Treppe befand sich der Eingang zu einem kleinen Bistro. Die beiden Freundinnen mussten ihren Platz auf der Treppe recht energisch behaupten, denn es herrschte reger Betrieb vor der einzigen gastronomischen Einrichtung hier am Cap. Von oben kamen einige junge Männer, dem Klang ihrer Stimmen nach Engländer, lärmend die Treppe herunter und beanspruchten so viel Platz, als wenn sie allein am Cap wären. Gleichzeitig drängte eine Familie mit aller Macht von unten herauf. Die beiden Kinder wuselten zwischen all den Leuten hindurch und auch der Mann war schon an Silke und Lara vorbeigestürmt, als er unvermittelt stehen blieb und damit auch die Freundinnen zu einer Vollbremsung zwang.

Ungeduldig drehte er sich zu seiner nicht gerade schlanken Frau um und rief: »Komm schon, Sabine, wir sind gleich da. Bald hast du es geschafft.«

»Na Gott sei Dank«, erwiderte sie, »jetzt brauch ich erst mal eine Cola, ich verdurste fast, Helmut.«

Dann beschleunigte sie, erstaunlich behände für ihren

Umfang, ihre Schritte und Silke musste schnell zur Seite treten, sonst wäre sie gnadenlos überrannt worden. Lara grinste Silke zu, die beiden dachten sich ihren Teil, dann gingen sie weiter die letzten Stufen hinauf. Als sie oben ankamen und den kleinen Raum betraten, traf sie fast der Schlag, denn mindestens fünfundzwanzig Leute drängten sich um die beiden Theken. Dennoch waren sie schneller an der Reihe, als sie gedacht hatten. Jede von ihnen nahm zwei Flaschen Wasser, einige Postkarten, zwei Kugelschreiber und ein Feuerzeug. Silke nahm außerdem noch einen schönen Aschenbecher, den sie ihrer Freundin Jutta mitbringen wollte. Dann verließen sie den engen und stickigen Raum wieder und machten es sich etwas abseits auf einer der Treppen so bequem wie möglich. Sie tranken jeweils eine ihrer Wasserflaschen leer und ruhten sich etwas aus, da es an diesem Tag brütend heiß war. Lange konnten sie jedoch nicht sitzen bleiben, denn es wurde immer voller. Außerdem würde der Bus bereits in einer halben Stunde wieder starten und sie hatten noch nicht alles fotografiert. Deshalb gingen sie noch einmal zu der Plattform, von der aus man das Cap de Formentor in seiner vollen Pracht bewundern konnte. Hier wechselte Silke, die einiges vom Fotografieren verstand, erneut den Film ihrer teuren Spiegelreflexkamera und sagte zu Lara: »Schau, das Licht ist jetzt vollkommen anders als vorhin. Die Felsen stechen jetzt, da sie von der Sonne angestrahlt werden, viel intensiver gegen das Blau des Meeres ab.«

»Du hast recht«, sagte Lara und hielt mit ihrer einfachen Kamera ebenfalls drauf.

Sie schossen noch einige Aufnahmen, die ihre Erinnerungen an diesen Urlaub noch lange wach halten würden. In der Zwischenzeit waren die ersten Teilnehmer der Ausflugsgruppe bereits in den Bus zurückgeströmt.

Auch Lara und Silke fanden sich wieder dort ein und es dauerte nicht lange, da war auch der Reiseleiter wieder an Bord. Er zählte die Teilnehmer seiner Reisegruppe durch und freute sich, endlich einmal eine Gruppe erwischt zu haben, in der alle pünktlich waren. Kurz darauf startete der Busfahrer und brachte seine Gruppe wieder sicher an die Ostküste zurück.

Nur zwei Tage später stand für Lara und Silke der zweite große Ausflug an. Dazwischen hatten sie einen geruhsamen Strandtag eingelegt und sich gefreut, dass ihnen Patricia Pletsch weder am Strand noch im Speisesaal über den Weg gelaufen war. Hätten sie gewusst, dass es Patricia inzwischen noch viel schlechter ging als damals in Kahlenfurth, hätten sie bestimmt nicht so abfällig über sie gesprochen, wie sie es taten. Aber davon ahnten sie nichts, als sie am Ende der ersten Urlaubswoche wieder am Busbahnhof standen und auf ihren Ausflugsbus warteten. Dieses Mal war er pünktlich und die beiden konnten die Fahrt genießen. Sie sahen interessiert hinaus, als der Bus Manacor passierte, das an diesem Tag viel freundlicher wirkte. Die Reiseleiterin, die diese Gruppe betreute, erzählte ihnen von den mallorqinischen Kunstperlen, die kaum von echten zu unterscheiden wären und hier in mehreren Fabriken hergestellt würden. Dann hatten sie Manacor auch schon hinter sich gelassen und näherten sich dem verschlafenen Landstädtchen Vilafranca, das dank der neuen Umgehungsstraße genau wie Montuiiri und Algaida ruhig weiterschlafen konnte.

Plötzlich sprang ein Mann aus der Reisegruppe ruckartig auf und rief seiner Frau zu: »Du Eva, mir ist da gerade etwas eingefallen.«

Die Angesprochene, die mit ihrem etwa fünfjährigen

Sohn zwei Reihen weiter vorne saß, stand ebenfalls auf und drehte sich kurz um. Sie sah in die vergnügt aufblitzenden Augen ihres Mannes und fragte lachend: »Was hast du denn jetzt schon wieder für einen Schabernack im Kopf?«

»Als die Reiseleiterin vorhin etwas über Vilafranca erzählte«, sagte er grinsend, »fuhren wir gerade an der Abzweigung zu dem Städtchen Petra vorbei. Du musst unbedingt deiner Kusine Petra eine Karte von hier schreiben, du weißt, dass sie sonst sauer ist. Für diese Karte habe ich auch schon den passenden Spruch.«

»So, welchen denn?«

»Schreib doch einfach …«, begann er und musste so herzhaft lachen, dass der halbe Bus mitlachte. Kurz darauf setzte er von Neuem an: »Wir wollten dir aus Petra schreiben, doch leider hat's nicht sollen sein, wir kamen wegen Bauarbeiten nach Petra gar nicht rein.«

»Gerne«, rief die Frau belustigt zurück, »aber nur wenn du deiner Schwester Petra die gleiche Karte schreibst.«

Der Mann wurde puterrot im Gesicht und schnappte nach Luft, während er sich wieder auf seinen Sitz fallen ließ. Das war zu viel, er war sprachlos. Aber der Konter seiner Frau war gelungen, denn inzwischen lachte selbst der letzte Griesgram im Bus.

Nur aus der hintersten Reihe rief ein dicker junger Mann: »Wieso Bauarbeiten?«

»Ganz einfach«, klärte ihn sein Sitznachbar auf. »Haben Sie das Umleitungsschild nicht gesehen? Außerdem habe ich, als ich letzte Woche nach Petra zum Markt wollte, festgestellt, dass man dort inzwischen ganz modern geworden ist. Wie bei uns zu Hause haben sie alle Straßen gleichzeitig aufgerissen.«

Wieder lachte die ganze Schar aus vollem Hals und von

vorne, vom Platz gleich hinter dem Busfahrer, kam der nächste Einwurf: »Meine Frau und ich wollten gestern mit dem Leihwagen rein, keine Chance. Gesperrt wegen Bauarbeiten ist genau der richtige Ausdruck. Aber seien Sie nicht traurig. Dort herrscht ohnehin Fotoverbot. Wegen ausgeprägter Hässlichkeit.«

»Das ist ja heute eine lustige Runde«, flüsterte Silke Lara zu und diese gab ihr im Stillen Recht.

Der Busfahrer ließ sich von seinen albernen Mitfahrern jedoch nicht ablenken und steuerte das schwere Gefährt zügig und sicher auf die Stadtgrenze von Palma zu. Er fuhr auf einer vierspurig ausgebauten Straße, die direkt am Hafen entlanglief, in die Stadt hinein und es dauerte gar nicht lange, da tauchte rechter Hand die Kathedrale La Seu auf.

Maria, die Reiseleiterin, erklärte, dass die Kathedrale das Wahrzeichen von Palma sei und dass es dort, wo man die lange Mauer sehe, einen schön angelegten Park mit künstlichem Süßwassersee gebe, wegen dem allein sich bereits ein Ausflug nach Palma lohne.

Kurz darauf bog der Bus nach rechts ins Stadtzentrum ab. Er musste an fast jeder Ampel halten, sodass die Insassen in Ruhe alle Straßen betrachten und so etwas Stadtluft schnuppern konnten. Viel zu schnell waren sie am kleineren der beiden Kopfbahnhöfe von Palma angelangt, von wo es nur wenige Minuten später mit der historischen Eisenbahn, die der »Rote Blitz« genannt wurde, weitergehen sollte. Nicht nur Lara und Silke knipsten munter drauflos, aber das war kein Wunder, denn der alte Zug mit seinem rotbraun gestrichenen Holzaufbau war schon ein Unikat.

Kurz vor der Abfahrt kauften sich die meisten Teilnehmer des Ausflugs am Bahnhofskiosk noch etwas zu trinken und stiegen dann ein. Der Schaffner gab dem Lokführer ein Zeichen und los ging es. Mit einem sanften Ruck setzte sich das alte Bähnchen in Bewegung und schaukelte beim Verlassen des Bahnhofs heftig über einige Weichen, bevor es langsam Fahrt aufnahm. Sie ratterten flott durch einige triste Vororte der Inselmetropole, die so gar nichts mit dem historischen Stadtkern gemein hatten. Aber noch bevor Lara etwas zu Silke sagen konnte, kam die Gebirgskette näher und die Häuser wurden weniger. Kurz darauf hatten weite Mandel- und Olivenplantagen sowie einige Felder die Stadt abgelöst.

Lara und Silke stellten sich vor, wie schön das erst im Februar, zur Mandelblüte, wenn alles in frischem Grün stand, aussehen müsste, aber sie hatten angesichts des Panoramas gar keine Zeit, lange darüber nachzudenken. Denn nun begann der Zug ins Gebirge hochzuklettern und man merkte es der alten Bahn an, dass sie damit ihre liebe Mühe hatte. Es war eine schöne Fahrt durch eine grandiose Landschaft, weite Brücken wechselten sich mit Tunnels ab und schließlich war der lange Scheiteltunnel erreicht. Bestimmt fünf Minuten lang herrschte fast Dunkelheit im Zug, nur einige schwache Lampen an der Decke der Waggons sorgten für notdürftige Beleuchtung. Dann endlich tauchte der Zug wieder in den gleißenden Sonnenschein und fuhr in weitem Bogen den Hang hinunter, Soller entgegen.

Ein ganzes Stück oberhalb der Stadt hielt der Zug zum Fotostopp an einer kleinen Bahnstation und fast alle stiegen aus, um die Aussicht zu genießen. Von hier aus hatte man einen tollen Blick auf die Stadt und Lara und Silke bekamen fast schon feuchte Augen, so überwältigt waren sie von dem Anblick. Aber nicht nur ihnen ging es so.

Sie fuhren noch ein kurzes Stück weiter bis an die

Stadtgrenze von Soller und hielten dort an. Ein steiler schmaler Pfad, der von einer üppigen Blumenpracht gesäumt wurde, führte zur Hauptstraße hinunter, wo ein Bus wartete, der die Ausflügler die letzten fünf Kilometer nach Port de Soller fahren würde.

»Schade, dass wir nicht mit der historischen Straßenbahn fahren können«, sagte Silke.

»Ach, gibt's hier auch eine historische Straßenbahn?«, fragte Lara.

»Ja«, sagte Silke gerade, da wusste es einer der Mitfahrer mal wieder ganz genau: »Ja, die ist von neunzehnhundertzwölf und verbindet Soller mit Port de Soller. Die Bahn …«

Weiter hörten Silke und Lara gar nicht zu, denn der Bus hatte unweit vom Hafen angehalten und alle strömten hinaus, um einen möglichst guten Platz auf dem Schiff zu ergattern. Die Reiseleiterin trieb alle zur Eile an, denn es blieb nicht mehr viel Zeit, bis das Schiff ablegte. Trotz einiger gemurmelter Proteste waren alle Teilnehmer innerhalb weniger Minuten an Bord und die meisten stiegen geradewegs aufs Oberdeck hinauf. Auch Lara und Silke nahmen dort auf den Bänken Platz und zückten ihre Fotoapparate. Allein Lara machte schon sechs, sieben Bilder von der Bucht von Soller. Sie wollte zu Hause ein Fotoalbum anlegen und die Bilder so aneinander kleben, dass ein Panoramabild des Strandes entstehen würde.

In der Zwischenzeit hatte das Schiff endlich abgelegt und sie verließen langsam die windgeschützte Bucht. Sie fuhren gut fünfundvierzig Minuten die Küste entlang und während dieser Zeit genossen es Silke und Lara, wie der warme Mittelmeerwind mit ihren Haaren spielte. Silke stand auf und trat an die Reling, wo Lara schon einige Minuten stand.

»Du, Lara, das ist schon ein toller Ausflug. Ich glaube, dass wir es goldrichtig gemacht haben, als wir uns dafür entschieden haben.«

»Da stimme ich dir voll und ganz zu.«

»Wollen wir diesen schönen Tag heute Abend mit einer Sangría beschließen?«

»Du stellst vielleicht Fragen. Das machen wir doch jeden Abend so und mir kommt das Zeug schon bald zum Hals raus.«

»Bitte warte damit bis nach dem Urlaub«, bat Silke grinsend. »Sangría trinken macht zu zweit einfach mehr Spaß.«

»Da hast du allerdings recht«, gab Lara nicht minder grinsend zurück.

Ein Ruck, der durch das Schiff ging, unterbrach ihr Gespräch. Der Kapitän hatte die Motoren gedrosselt. Silke sah erstaunt hoch und meinte: »Sieh mal, wir sind gleich da.«

Meine Güte, jetzt ist die Zeit aber schnell vergangen, dachte Lara, diese Schifffahrt war richtig schön – nur ein bisschen kurz.

Immerhin dauerte es noch einige Minuten, bis der Steuermann das Schiff an die Hafenmauer bugsiert hatte und es gut vertäut war. Nun konnten sie endlich von Bord gehen. Kaum hatten sie wieder festen Boden unter den Füßen, da rief die Reiseleiterin: »Bitte alle mal herhören! Wir treffen uns gleich da oben vor dem Haus, da zeige ich Ihnen dann, wo heute Nachmittag der Bus abfährt. Anschließend haben Sie etwas Zeit zur freien Verfügung.« Sie zeigte auf ein recht großes Gebäude oberhalb des kleinen Hafens und begann dann, den schmalen Pfad dort hinaufzugehen.

»Wir lassen uns jetzt erst mal etwas Zeit«, sagte Silke zu Lara, »wenn ich sehe, wie sich dieser Pulk den kleinen

Weg hochschiebt, habe ich gar kein Verlangen danach, da mittendrin zu stecken. Aber so wie es aussieht, ist das tatsächlich der einzige Weg nach oben.«

»Die Reiseleiterin muss sowieso warten, bis alle da sind«, sagte Lara. »Also ist es egal, ob wir die Ersten oder die Letzten sind.«

Kurz darauf setzten sich auch Silke und Lara in Bewegung und eine knappe viertel Stunde später war die Gruppe wieder vollzählig.

»So!«, rief nun Maria, die Reiseleiterin. »Jetzt ist es fast zwölf. Um halb fünf treffen wir uns dort drüben. Dort steht unser Bus. Wenn Sie früher zurück sind, können Sie ab etwa vier Uhr schon einsteigen, dann ist der Bus für Sie geöffnet. Aber denken Sie dran, nur in den Bus mit der Nummer 114 steigen.«

Danach gab sie noch ein paar wertvolle Tipps und erzählte etwas über die Schlucht des Torrent de Pareis. Als die Gruppe zu bröckeln begann und die Ersten das Weite suchten, schloss sie mit den Worten: »Danke, das war's. Und nun einen schönen Aufenthalt in der Bucht von Sa Calobra.«

»So, Lara«, meinte Silke, nachdem auch sie sich etwas von der sich auflösenden Gruppe entfernt hatten, »was machen wir denn als Erstes?«

»Ich würde vorschlagen, jetzt den schönen großen Andenkenladen aufzusuchen. Im Moment sind fast alle anderen im Restaurant, da hätten wir den Platz, den wir dort brauchen.«

»Du hast mal wieder völlig recht – also nichts wie hin.«

Wenige Minuten später hatten sie den Laden gestürmt und sich gleich am Eingang mit zwei Körben ausgerüstet, die sich auch schnell füllten. Sie dachten mit schlechtem Gewissen an die vielen Kugelschreiber, Feuerzeuge und

Ansichtskarten, die sie bereits in Cala Millor und am Cap de Formentor erstanden hatten. Dennoch konnten sie nicht widerstehen und packten ein, was nicht niet- und nagelfest war.

Erst als Lara rief: »Ich hab genug, ich geh zur Kasse«, fand auch Silke den Weg dorthin.

Als sie kurz darauf zwei große Tüten in ihren Umhängetaschen verstauten, waren sie zwar um einige Euros ärmer, aber rundum zufrieden. Draußen reichte Lara ihrer Freundin eine der beiden Wasserflaschen, die sie ebenfalls erstanden hatte, und die beiden tranken gierig.

»Hast du eigentlich Hunger?«, fragte Lara, als sie die Wasserflasche wieder abgesetzt hatte.

»Nein, Hunger habe ich keinen. Mir reicht es voll und ganz aus, das halbe Mittelmeer leer zu saufen«, sagte Silke grinsend.

Lara lachte bei dieser Vorstellung laut los und Silke konnte nicht anders, sie musste mitlachen. Nachdem sie sich wieder beruhigt hatten, meinte Lara: »Wenn ich mir vorstelle, dass der Rest unserer Gruppe jetzt da oben im Restaurant sitzt und stundenlang aufs Essen wartet, dann ziehe ich es vor, gemütlich hier herumzubummeln.«

»Ich auch.«

»Wir könnten doch zum Torrent de Pareis wandern. Die Reiseleiterin hat doch gesagt, es wäre gar nicht mal weit.«

»Auf, machen wir, das wir hinkommen. So viel Zeit bleibt uns nun auch wieder nicht.«

Sie orientierten sich zur Sicherheit noch einmal an einer Übersichtstafel, dann gingen sie los. Sie wanderten den breiten und geteerten Weg entlang, der nach einer Weile immer schmaler wurde, bis sie schließlich sogar hintereinander gehen wussten. Sie kamen durch einige höhlenartige Gewölbe von unterschiedlicher Länge hindurch, in denen es kühl und dunkel war und etwas modrig roch. Eines dieser Gewölbe war so lang und dunkel, dass es Silke und Lara Angst und Bange wurde, obwohl an einer Seite dicke Taue als Geländer sowie zur Orientierungshilfe gespannt waren. Dann endlich war es so weit, sie traten wieder ans Tageslicht. Doch was sie nun sahen, entschädigte hundert Mal für ihre Mühen. Vor ihnen lag ein weiter Kiesstrand und rechts von ihnen türmte sich in einiger Entfernung eine riesige Felswand auf.

Silke deutete dorthin. »Sieh mal, Lara. Zwischen den beiden kleineren Felsen, das ist der Einstieg zum Torrent de Pareis. Da hineinzuklettern ist allerdings sehr gefährlich und mit unserem Schuhwerk nicht zu empfehlen. Jedes Jahr kommen darin Menschen um, die sich und ihre Kletterkünste überschätzen.«

»Toll sieht das aus!«, rief Lara überwältigt. »Aber woher weißt du das alles?«

»Im Gegensatz zu dir lese ich gern Reiseführer und -berichte. Ich habe mich zu Hause bereits gründlich auf Mallorca vorbereitet und hatte eigentlich vor, einige der Reiseführer mitzunehmen.«

»Und wo sind sie?«

»Zu Hause auf meinem Flurschränkchen«, erklärte Silke mit einem entschuldigenden Lächeln, »denn sie hatten einfach keine Lust, auf diese Reise mitzukommen, und haben es sich dort bequem gemacht.«

Nach dieser Schilderung mussten die Freundinnen herzhaft lachen und traten, nachdem ihre Fotoapparate einmal mehr Schwerstarbeit geleistet hatten, zufrieden den Rückweg an. Als sie wieder bei den Häusern angekommen waren, tranken sie im Selbstbedienungsrestaurant noch einen Kaffee und begaben sich dann zu den Bussen. Sie hatten Glück, es war gerade vier geworden, und der Busfahrer öffnete ihnen die Tür des Busses, als sie dort ankamen. Sie ließen sich erschöpft auf einer der hinteren Sitzbänke nieder und warteten darauf, dass die anderen Mitglieder ihrer Reisegruppe endlich eintrafen.

Erstaunlicherweise konnte es pünktlich losgehen und der Bus begann sich in wilden Serpentinen den Berg hinaufzuschrauben. Wie die Reiseleiterin ihnen erklärte, war diese Straße so gebaut, dass sie auf vierzehn Kilometern Strecke achthundert Höhenmeter überwand und an ihrer steilsten Stelle, dem sogenannten Krawattenknoten, sich in einer Dreihundertsechzig-Grad-Drehung selbst überquerte. Spektakuläre Ausblicke auf die hinter ihnen liegende Bucht waren der Lohn für diesen extremen Aufstieg, den nur Silke so richtig genießen konnte.

Nachdem sie den höchsten Punkt der Straße erreicht hatten, ging es unweit des Klosters Lluch wieder hinunter in Richtung Inca. Dort, im Zentrum der Lederwarenindustrie der Insel, wurde noch ein kurzer Verkaufsstopp in einer Lederfabrik eingelegt. Während Silke die angebotenen Waren zu teuer erschienen, kaufte sich Lara eine Brieftasche, die ihr gut gefiel.

»Wenn ich mir demnächst mal wieder ein Auto zulegen will, muss ich ja meine Papiere irgendwo unterbringen«, erklärte sie ihrer Freundin grinsend.

»Oh, dass du an ein Auto denkst, das wusste ich ja noch gar nicht. Wann soll es denn so weit sein?«

»Vielleicht noch dieses Jahr. Sobald ich weiß, was ich will. Verstehst du etwas von Autos?«

»Nicht sehr viel. Aber sag, wo hast du denn auf einmal das Geld dafür her?«

»Das erzähle ich dir heute Abend beim Essen«, sagte Lara und stieg in den Bus, da es bereits Zeit zur Weiterfahrt war und der Busfahrer schon zum zweiten Mal ungeduldig hupte.

Schnell ging es auf einer großen Straße an Sineu und Manacor vorbei und als der Bus eine gute Stunde später am Busterminal von Cala Millor hielt, waren sie so geschafft, dass sie direkt in den Speisesaal gingen und anschließend ihre Sangría auf der Hotelterrasse tranken. Um noch einmal loszuziehen, waren sie einfach zu müde. Auf der Terrasse erfuhr Silke dann auch, dass Lara von ihrer Tante so viel geerbt hatte, dass sie nicht nur ein Auto kaufen, sondern auch noch ihre Wohnung abzahlen und etwas sparen konnte. Silke war in keiner Weise neidisch, wie Lara es befürchtet hatte, sondern freute sich mit ihrer Freundin darüber, dass das ewige Rechnen um jeden Cent für Lara ein Ende hatte, auch wenn der hohe Preis dafür war, dass sie nun ganz allein auf dieser Welt war. Eine gute Stunde später, es war noch nicht einmal ganz elf Uhr, fuhren sie in den vierten Stock und gingen zu Bett.

# Kapitel 18

Das ganze Wochenende über war Ausruhen am Strand angesagt, denn erst am Dienstagmorgen um neun Uhr würden Silke und Lara ihr Mietauto bekommen. Bis dahin wollten sie tagsüber faulenzen und abends durch Geschäfte und Tavernen bummeln. Meistens blieben sie jedoch in der Waikiki-Bar oder dem Playa Verde, einem kleinen Lokal auf der Strandpromenade, hängen, von dessen Terrasse aus man schön aufs Meer hinaussehen konnte.

So kam es, dass sie am Montagabend, es war noch nicht einmal neun, beobachten konnten, wie Patricia über die Promenade gewankt kam. Sie war, wie man unschwer erkennen konnte, bereits schwer angeschlagen und die Freundinnen verzogen prompt das Gesicht, als sie die Richtung änderte und auf das Playa Verde zusteuerte.

»Dieses Weibsbild kann einem die ganze Urlaubslaune verderben«, sagte Silke.

»Wie wahr, wie wahr.«

»Eigentlich müssten wir uns um unsere ehemalige Kollegin kümmern, so wie die aussieht«, sinnierte Silke weiter.

»Bist du verrückt? Dazu habe ich nicht die geringste Lust. Egal, wie dreckig es ihr geht. Das hat sie sich schließlich ganz allein selbst zuzuschreiben!«

»Du hast ja recht«, lenkte nun Silke ein und hoffte, dass Patricia die Bar zwei Häuser weiter anstreben würde.

Aber leider war dem nicht so. Patricia Pletsch steuerte zielsicher auf das Playa Verde zu und ließ sich am Nebentisch nieder. Sie zündete sich eine Zigarette an und bestellte eine große Sangría, die sie kurz darauf mit gierigen Zügen bis zur Hälfte leer trank. Dann sah sie hoch und zuckte förmlich zusammen, als sie Silke und Lara erkannte. Als die beiden dann noch den Fehler begingen, »Oh, hallo Patricia« zu sagen, stand sie auf und kam zu ihnen herüber.

»Was macht ihr denn hier?«, fragte sie bereits leicht lallend.

»Wahrscheinlich das Gleiche wie du«, antwortete Silke, die ahnte, was kommen würde, ungehalten.

Und tatsächlich schien Patricia nicht zu merken, dass sie an diesem Tisch nicht gerade erwünscht war, denn sie holte ihr fast leeres Glas und die Zigaretten vom Nachbartisch und setzte sich zu ihnen. Kurz darauf brachte der Wirt ihr eine neue Sangría. In der nächsten halben Stunde trank Patricia vier Gläser und redete unablässig auf Lara und Silke ein; und in aller Regel ging es dabei um die ehemalige Firma. Als Silke schließlich genug hatte und energisch zu protestieren begann, kam Patricia zum traurigen Höhepunkt. Sie erzählte ihnen aus ihren verkorksten Leben.

»Alles fing damit an, dass meine Eltern sich scheiden ließen. Damals war ich sieben und gerade in die Schule gekommen. Mein Bruder Patrick war schon sechzehn, gerade mit der Hauptschule fertig und begann eine Lehre als Mess- und Regelmechaniker. Ihm machte seine Ausbildung viel Freude und er arbeitete sich innerhalb weniger Jahre nach oben. Nur für mich, seine kleine Schwester, hatte er nichts übrig. Er blieb nach der Scheidung bei seinem Vater und ich hatte mal wieder die Arschkarte gezogen. Ich musste zu meiner Mutter. Mein Vater hatte bald eine neue Freundin und heiratete sie ziemlich schnell. Damit wurde meine Mutter, die schon immer recht labil gewesen war, nicht fertig. Sie begann zu trinken. Irgendwann verlor sie deshalb auch noch ihre Arbeit und konnte uns kaum noch über die Runden bringen. Dann wurde die neue Frau von meinem Vater schwanger und bekam einen Jungen. Patrick zog daraufhin mit zwei Freunden in eine WG und ich hatte die Hoffnung, zu meinem Vater zu kommen. Aber der interessierte sich ausschließlich für seine neue Familie und ich war abgemeldet. Na ja, viel hatte ich bis zu diesem Zeitpunkt, da war ich elf, ohnehin nicht von ihm gehabt. Meine Mutter trank in dieser Zeit immer mehr. Die Sozialhilfe reichte hinten und vorn nicht und meine Mutter fing an, sich wahllos mit Männern zu treffen, die ihr hin und wieder etwas zusteckten. Damals hab ich mir geschworen, nie so zu werden wie sie ...«

Silke und Lara sahen sich an und es war klar, dass sie das Gleiche dachten: So unähnlich, wie Patricia offenbar selbst glaubte, war sie ihrer Mutter gar nicht mehr.

Patricia sah einen Moment lang schweigend vor sich hin, trank ihre Sangría leer und griff nach dem nächsten Glas, das der Wirt kurz zuvor bei ihr abgestellt hatte. Sie nahm einen tiefen Zug daraus, dann sprach sie schnell weiter: »Die Schule hab ich einfach so durchlaufen; zum Lernen hatte ich keine große Lust. Dennoch hab ich einen halbwegs guten Abschluss hinbekommen. Irgendwie hab ich anschließend auch noch eine Ausbildung zur Stenotypistin gemacht, obwohl ich nicht weiß, wie ich das geschafft habe. Das war die Zeit, als meine Mutter an einen ganz ausgefuchsten Taugenichts geraten ist. Er hat sie auf den Strich geschickt und wollte das auch mit mir tun. Aber vorher wollte er mich einreiten, wie er das genannt hat. Da bin ich mit achtzehn oder neunzehn von zu Hause abgehauen, so genau weiß ich das nicht mehr, und bin nach Kahlenfurth gekommen. Ich habe mich anfangs mit kleineren Jobs über Wasser gehalten, bevor ich vor dreizehn Jahren zur Versicherung kam. Übrigens starb meine Mutter irgendwann vor vier oder fünf Jahren an ihrer Alkohol- und Tablettensucht. Was aus meinem Vater und meinem Bruder geworden ist, weiß ich nicht. Ich hab sie nie mehr wiedergesehen. Aber jetzt ist sogar Kahlenfurth schon Geschichte.«

Lara und Silke sahen sich an. Beide wären nur zu gern gegangen, aber es erschien ihnen dann doch zu herzlos, Patricia in ihrem Schmerz einfach allein sitzen zu lassen. Schließlich hatten sie so viel aus Patricias Leben erfahren, dass sie fast schon Mitleid mit ihr hatten – aber nur fast. Patricia hatte sich in der Vergangenheit einfach zu viel erlaubt, als dass sie ihr verzeihen konnten. Sie hofften, dass Patricia endlich genug hätte und von selbst gehen würde. Aber Patricia hatte Sitzfleisch und auch viel Durst. Sie trank drei weitere Sangrías und konnte nun nur noch lallen. Da sah der Wirt sich veranlasst, ihr die insgesamt zehnte Sangría an diesem Abend zu verweigern. Das wiederum ließ Patricia sich nicht bieten und sie wurde aggressiv. Doch der Wirt blieb hart, es gab nichts mehr. Da stand Patricia erstaunlich behände auf und rannte ohne zu bezahlen davon. Lara, Silke und der Wirt sahen ihr kopfschüttelnd nach.

Silke sah auf ihre Armbanduhr und sagte: »Was, es ist schon nach elf Uhr? Wollen wir gehen oder trinken wir noch ein Glas?«

»Die nötige Bettschwere habe ich zwar schon, aber ich könnte trotzdem noch einen vertragen!«

»Gut, dann trinken wir noch ein Glas und gehen dann zu Bett.«

»Ja«, sagte Silke nach kurzem Nachdenken, »schließlich bekommen wir morgen um neun unser Auto.«

Am nächsten Morgen um halb zehn saßen Silke und Lara in ihrem kleinen Auto und Silke steuerte den Mietwagen Porto Cristo entgegen. Als sie über die steile Gefällstrecke zum Hafen hinunterfuhren, sorgte dieser Anblick für das erste Aha-Erlebnis ihres Ausflugs. Sie konnten nicht anders, sie mussten anhalten und eine ganze Serie von Bildern schießen.

Anschließend fuhren sie weiter zu den Coves del Drac, den Drachenhöhlen, die am anderen Ende des Ortes auf einer Anhöhe lagen. Silke steuerte auf dem großen Parkplatz eine Bucht nahe dem Eingang an, danach gingen sie zur Kasse, um die Eintrittskarten zu besorgen. Hier erfuhren sie, dass in fünf Minuten eine Führung beginnen würde, deshalb liefen sie schnell zum Einstieg in die Höhle, wo schon gut und gern dreißig Personen darauf warteten, dass es endlich losging.

Dann war es so weit. Im Gänsemarsch ging es eine ziemlich steile Treppe weit unter die Erdoberfläche hinunter. Zwischendurch kamen sie immer mal wieder zu ebenen Strecken und Plätzen, wo der Führer stehen blieb und die Sehenswürdigkeiten der Tropfsteinhöhle in vier Sprachen erklärte. Die fünfköpfige Familie, die meist vor ihnen herging, hatte sogar den Kinderwagen ihres jüngsten Sprosses mit in die Höhle genommen und der Vater, der das Teil schleppen musste, kam auf den teilweise recht rutschigen Stufen ganz schön ins Schwitzen.

Endlich waren sie an der tiefsten Stelle angekommen, wo es ebenerdig weiterging. Lara und Silke staunten, welche Steinformationen es hier unten zu sehen gab, und als sie auf den unterirdischen See stießen, der, wie sie erfuhren, der größte Europas war, wussten sie, dass es richtig gewesen war, hierher zu fahren. Nun kam der Höhepunkt der Führung. Sie gingen zur Hälfte um den

See herum, bis sie an eine Stelle kamen, wo Bänke terrassenförmig aufgestellt waren. Hier nahmen sie Platz und kurz darauf verlosch das Licht in der Höhle, sodass nur noch der See angestrahlt wurde. In diesem Augenblick kamen vom anderen Ende drei Ruderboote herbei, in denen Musiker saßen und ein kurzes klassisches Konzert gaben. Obwohl weder Lara noch Silke viel für klassische Musik übrig hatten, waren sie vom Klang der Instrumente und der sanften Beleuchtung, die den See in den unterschiedlichsten Farben schimmern ließ, so fasziniert, dass sie sich vor Rührung die Augen wischen mussten.

Alle in der Führungsgruppe fanden es schade, dass das Konzert kaum länger als zehn Minuten gedauert hatte, aber es half nichts, schließlich wartete die nächste Gruppe bereits darauf, in die Höhle gelassen zu werden. Zum Abschluss konnte man wählen, ob man mit einem Boot über den See gerudert werden oder lieber über feste Stege zum Ausgang gehen wollte. Lara und Silke entschieden sich dafür, festen Boden unter den Füßen zu behalten, und so traten sie bereits fünf Minuten später wieder ans Tageslicht.

»Mensch, war das schön«, sagte Lara, als sie wieder am Auto angekommen waren.

»Ja, das stimmt. Wenn ich jemals wieder nach Mallorca komme, fahre ich bestimmt wieder hierher.«

»Ich komme wieder, ganz bestimmt«, meinte Lara. »Was machen wir jetzt? Du bist doch der wandelnde Reiseführer.«

»Das kommt drauf an, worauf du mehr Lust hast. Lieber hoch oben auf einem Berg die Aussicht genießen oder durch einen üppig grünen Garten wandern?«

»Am besten beides.«

»Das schaffen wir heute nicht mehr, es ist fast schon fast Mittag.«

»Aber wir haben das Auto ja auch morgen noch.«

»Stimmt. Deshalb schlage ich Folgendes vor. Wir fahren heute auf den Berg Sant Salvador bei Felanitx und genießen die Aussicht vom gleichnamigen Kloster aus über das Land. Morgen fahren wir dann zu den Jardins d'Alfabia, einem Garten, in dem es üppig blühen soll. Was hältst du davon?«

»Ich richte mich da ganz nach dir, du hast die ganzen Reiseführer studiert.«

»Okay, dann fahren wir heute zur Eremita de Sant Salvador und gehen anschließend noch ein bisschen in Manacor bummeln. Fährst du?«

»Ja, solange ich keine Serpentinen fahren muss.«

»Das letzte Stück auf den Berg hinauf fahre ich«, versprach Silke.

Es war ein sonderbares Gefühl für Lara, nach fast zwei Jahren zum ersten Mal wieder am Steuer eines Autos zu sitzen. Auf den ersten fünf Kilometern fuhr sie langsam und vorsichtig, aber dann taute sie auf und fuhr dafür, dass sie so lange nicht gefahren war, gar nicht mal schlecht. Sie fand sogar so viel Spaß daran, dass sie, als Silke das Steuer drei Kilometer vor dem Kloster wieder übernahm, fragte, ob sie auf dem Rückweg noch einmal fahren könne.

Am Mittwochmorgen brachen sie sehr früh auf, um einerseits genug Zeit für die Jardins d'Alfabia zu haben, und um andererseits Patricia nicht zu begegnen. Sie wunderten sich ohnehin darüber, wie Patricia das Hotel bezahlen konnte, wo sie doch, wie es schien, schon seit einem halben Jahr keiner geregelten Tätigkeit mehr nachging. Aber sie wollten sich mit Gedanken an Patricia und ihre sonderbare Lebensführung nicht den Tag vermiesen.

Dieses Mal fuhr Lara von Anfang an und Silke, die mehr Talent im Kartenlesen hatte, lotste sie. Schließlich hatten sie vor, über kleinere Straßen nach Manacor zu kommen. Als sie dort angekommen waren, mussten sie aber feststellen, dass schon bedeutend mehr Zeit als eingeplant vergangen war.

»Wir wollen ja heute Nachmittag um fünf zurück sein. Wollen wir nicht doch lieber die großen Straßen nehmen?«, fragte Silke.

»Ja, mir ist es recht. Wenn du fährst, geht's außerdem ein bisschen schneller. Willst du?«

»Ja, gern.«

Da Silke zügig, aber nicht riskant fuhr, brauchten sie für die knapp fünfzig Kilometer bis zur Umgehungsautobahn von Palma trotz des regen Verkehrs nicht viel mehr als dreißig Minuten. Es war es noch nicht einmal halb elf, als sie auf dem Parkplatz vor den Gärten standen.

Die Besichtigung war ein voller Erfolg. In den mit üppigem Grün bewachsenen Laubengängen war es angenehm kühl und schattig, obwohl das Außenthermometer am Armaturenbrett des Autos bereits achtundzwanzig Grad angezeigt hatte.

Als Lara und Silke um eine Ecke bogen, die sie in einen schattigen Innenhof zwischen zwei Gebäuden führte, rief Lara plötzlich begeistert: »Silke, sieh mal, eine Bar.«

»Wir müssen fahren, wir können nichts trinken«, wollte Silke gerade antworten, da sah sie, was Lara gemeint hatte: An dieser Bar wurde frisch gepresster Zitronensaft ausgeschenkt.

»Ja, das ist mal was anderes«, sagte sie deshalb.

Sie tranken jeweils zwei Becher Saft, setzten sich dann auf eine der vielen Bänke, die auf der Hoffläche verteilt um den kleinen Teich in der Mitte herumstanden und gaben sich ihren Tagträumen hin.

Auf einmal rief Silke: »Lara, sieh doch mal auf deine Uhr!«

Erschrocken fuhr Lara hoch, denn sie war gerade sehr tief in Gedanken versunken gewesen und brauchte einen Moment, um zu begreifen, was ihre Freundin gesagt hatte. Aber dann sah sie, warum Silke sie so erschreckt hatte: Es war schon fast ein Uhr.

»Wenn wir noch nach Sineu und dort Kaffee trinken wollen, dann sollten wir jetzt fahren.«

Gemütlich, aber dennoch zielstrebig gingen sie zum Ausgang, fielen noch schnell über den Andenkenladen her und als sie das Auto erreichten, setzte sich zu Silkes Erstaunen wieder Lara ans Steuer.

»Dirigiere du mich, ich habe wieder Spaß am Autofahren gefunden«, sagte Lara lachend.

»Na klar«, sagte Silke und packte die Karte aus.

Über Bunyola, Santa Maria del Camí und Sencelles erreichten sie am frühen Nachmittag den Marktplatz von Sineu mit seinen kleinen Straßencafés. Als sie sich in Richtung Cala Millor aufmachten, war es schon fast siebzehn Uhr.

Beim Abendessen sahen sie sich unauffällig nach allen Seiten um, aber Patricia Pletsch war Gott sei Dank nirgends zu entdecken.

»Vielleicht«, so sagten sie sich, »ernährt sie sich nur noch von flüssiger Nahrung.«

Ganz abwegig war der Gedanke nicht, wenn man überlegte, wie dünn sie geworden war.

»Heute hole ich mir zum Abschluss mal wieder ein Eis«, sagte Silke, »darauf habe ich richtig Appetit.«

»Du hast recht«, sagte Lara. »Zum Teufel mit den

Kalorienbomben! Das ist ja zum Haare ausraufen, wenn man sich immer wieder sagen muss, dass alles Mögliche zu viele Kalorien hat.«

»Wieso?«, fragte Silke. »Du hast doch kein Problem damit, du bist doch schlank.«

»Das war aber nicht immer so. Bevor ich zur Norddeutschen Industrieversicherung kam, war ich sogar richtig fett. Aber selbst als wir anfingen zusammenzuarbeiten, war ich noch nicht wirklich schlank. Das müsstest du doch noch wissen.«

»Du«, bekannte Silke, »das habe ich total vergessen.« Während sie das sagte, wurde sie rot wie eine Tomate. Um ihre Unsicherheit zu überspielen, fragte sie: »In welche Richtung wollen wir denn heute Abend bummeln?«

»Also mein Vorschlag wäre in Richtung Cala Bona zu gehen. Denn ich habe da ein ganz bestimmtes Geschäft im Auge, in dem es ganz besonders schöne Aschenbecher gibt.«

»Aschenbecher? Sag mal, wie viele hast du denn bis jetzt zusammengetragen?«

»Ach, erst vier. Da ist noch Platz für ein oder zwei.«

»Verstehe, bei mir ist es ja auch nicht viel anders«, meinte Silke augenzwinkernd. »Und anschließend gehen wir in die Waikiki-Bar. Dort ist immer ein ziemlicher Menschenandrang und damit setzen wir uns weniger der Gefahr aus, dieser blöden Patricia über den Weg zu laufen.«

»Ja, genau so machen wir es.«


Am nächsten Morgen, es war Donnerstag, ging Patricia zur Abwechslung mal wieder frühstücken und beendete die Mahlzeit mit einem Flachmann. Anschließend wankte sie aus dem Hotel und torkelte ziellos in den

Morgen hinaus. Der Rezeptionist sah ihr mit gerunzelter Stirn nach, denn wenn sich noch mehr Gäste über sie beschwerden würden, müsste er sie vor die Tür setzen.

Silke und Lara bekamen von alledem nichts mit, da sie sich schon seit einer halben Stunde am Strand befanden und ihre letzten Urlaubstage genossen. Schließlich würden sie bereits am Montag wieder zurückfliegen.

Unterdessen wurde Patricia erst jetzt so richtig bewusst, dass sie direkt in die nächste Katastrophe hineinsteuerte, da sie inzwischen nahezu pleite war. Bald würde sie nicht nur ihre Unterkunft nicht weiterbezahlen können, sie würde sich auch keine billigere Unterkunft leisten können, geschweige denn ein Rückflugticket nach Deutschland.

Sie hatte sich ihren beruflichen Neuanfang auf Mallorca so schön vorgestellt und nun musste sie erschüttert feststellen, dass sie auch hier gescheitert war. Von einer depressiven Hysterie gepackt, lachte sie mitten auf der Promenade so laut auf, dass die Passanten kopfschüttelnd stehen blieben, aber sie nahm keine Notiz davon und beruhigte sich erst wieder, als sie keine Luft mehr bekam. Vollkommen in ihre Grübeleien versunken und mit der ganzen Welt auf Kriegsfuß stehend setzte sie ihren Weg fort und blieb schließlich in der Waikiki-Bar hängen. Hier trank sie erst einmal eine große Sangría und es war ihr völlig egal, dass es noch nicht einmal Mittag war. Ihr Gemüt verfinsterte sich immer mehr und je deprimierter sie wurde, umso mehr trank sie. Sie versank so sehr in ihre Angst vor dem Morgen, dass sie Zeit und Raum um sich herum vergaß. Erst als sich das Lokal am späten Nachmittag zu füllen begann, schrak sie hoch und dachte: War ich etwa den ganzen Tag hier?

»Na ja, ist ja auch egal«, murmelte sie vor sich hin und bestellte erneut eine Sangría.

Mit Gedanken wie: Wie wird es weitergehen; mit was bezahle ich morgen meine Rechnung; ist doch egal, ob ich in Deutschland oder hier bin, mich vermisst ja eh niemand, verbrachte sie den Rest des Abends. Als sie nach elf die Waikiki-Bar verließ, fasste sie einen traurigen Entschluss. Sie würde, obwohl sie das nie wollte, den Weg ihrer Mutter gehen müssen. Sie musste sich prostituieren, um die nächsten Tage finanzieren zu können.

Aus diesem Grund steuerte sie eine Bar von zweifelhaftem Ruf an, die sie vor einigen Nächten entdeckt und die bis drei Uhr morgens geöffnet hatte. Die Kolibri-Bar lag etwas außerhalb der Touristenzone in einer ruhigen Seitenstraße und hierher verirrten sich nur Leute mit eindeutigen Absichten oder gescheiterte Existenzen.

Als sie die Bar betrat, winkte ihr der Wirt, der sie von ihren zwei vorangegangenen Besuchen schon kannte, zu und brachte ihr unaufgefordert eine Sangría. Patricia hatte sich einen Platz in der hintersten Ecke gesucht, zündete sich eine ihrer letzten Zigaretten an und wollte die Szene etwas beobachten, bevor sie ihr Vorhaben in die Tat umsetzte. Irgendwie hatte sie doch noch Hemmungen, so weit zu gehen. Dann ging die Tür auf und ein junger Mann, der nicht gerade vertrauenerweckend aussah, trat ein. Zielstrebig ging er auf Patricias Tisch zu und setzte sich unaufgefordert zu ihr.

Patricia verzog das Gesicht zu einer Grimasse, die sie für ein Lächeln hielt, und lallte: »Wa… was wü… wün… wünschen Sie?«

»Ein paar schöne Stunden mit Ihnen«, sagte der junge Mann unumwunden und fasste Patricia in den Schritt.

»Verdammt, was soll das!«, keifte Patricia, die von dieser Entwicklung völlig überrumpelt war, und versetzte ihm trotz ihres Zustandes eine Ohrfeige, die nicht von schlechten Eltern war.

»Ach, eine Raubkatze?«, fragte der Mann mehr belustigt als verärgert, da kam auch schon der Wirt herbei und sagte: »Carlos, lass es, du siehst doch, dass die Frau nur ihre Ruhe will. Sie ist keine von denen. Sie wird nicht für dich arbeiten.«

»Wenn du dich da mal nicht täuschst«, sagte der junge Mann, der Carlos della Fuentes hieß und in Manacor ein Bordell betrieb. Er war beim Wirt gut bekannt, denn hier war eine der Adressen, wo er unter den Gescheiterten der Insel Frischfleisch für seinen Betrieb anwarb.

In diesem Augenblick wachte Patricia, die zwischenzeitlich vor Erschöpfung kurz eingeschlafen war, wieder auf und sagte zum Wirt: »Lassen Sie mal, ist schon in Ordnung.«

Verwundert machte der Wirt kehrt und ging hinter den Tresen zurück. Patricia war inzwischen alles egal. Sie ließ sich von dem Mann mit weiteren Gläsern des spanischen Nationalgetränks abfüllen, bis er um kurz vor drei ihre Rechnung bezahlte und sie, die inzwischen kaum noch geradeaus gehen konnte, nach draußen führte.

Patricia dachte in ihrem Rausch: Na, ist doch prima, den ersten Schein, den ich nicht auszugeben brauchte, hab ich schon verdient.

»Na, mein Hübscher, was machen wir denn mit der angebrochenen Nacht?«, fragte sie und wunderte sich trotz ihres Rausches über ihre Courage.

Überrascht, bei ihr so leichtes Spiel zu haben, überlegte Carlos kurz, ob sie für seinen Betrieb taugen würde, und sagte dann: »Ich schlage dir ein gutes Geschäft vor. Ich kenne einen schönen Platz. Da bist du lieb zu mir und wenn wir uns gut verstehen, dann kann ich dir einen Job besorgen.«

Ich hab's geschafft, ich hab das große Los gezogen,

dachte Patricia und ließ sich von dem Mann zu seinen Sportwagen führen.

Kurz darauf fuhr der Mann los und steuerte die Landzuge an, auf der das Castell Punta n'Amer stand. Weit unterhalb des Castells parkte er und führte die mehr stolpernde als laufende Frau hinauf zu dem kleinen Turm. Den Nachschlüssel für die Holztür am Eingang hatte er sich schon vor Jahren besorgt. Es machte auf die Frauen, die er abschleppte, immer viel Eindruck, wenn er ihnen am Morgen, wenn sie wieder nüchterner waren, einen romantischen Sonnenaufgang präsentierte. Fast alle fuhren anschließend mit ihm nach Manacor und waren überzeugt, einem Gentlemen begegnet zu sein. Worauf sie sich wirklich eingelassen hatten, merkten sie erst, wenn es kein Zurück mehr gab.

Auch in diesem Fall schien alles genau so zu laufen, denn Patricia war Wachs in seinen Händen, als er sie am Fuß der Treppe, die zur Aussichtsplattform hinaufführte, leidenschaftlich küsste und anschließend nach oben schob.

# Kapitel 19

Am Freitagmorgen, vier Tage vor ihrer Abreise, saßen Lara und Silke gemütlich beim Frühstück und aßen in aller Ruhe. Schließlich wollten sie ihre letzten Urlaubstage am Strand und mit schönen Spaziergängen verbringen und sich nicht abhetzen.

Silke hatte gerade mit einem Schluck Kaffee den letzten Rest ihres Brötchens hinuntergeschluckt, da sagte Lara: »Ich glaube, wir sollten uns so langsam in Richtung Strand bewegen und die letzten Tage, die uns noch bleiben, gut ausnutzen.«

»Da hast du recht, Lara. Der Urlaub war bis jetzt so schön, da soll er auch ohne Hektik ausklingen. Was hältst du denn von folgendem Vorschlag? Wir gehen jetzt bis um zwei an den Strand, dann duschen wir und laufen anschließend zum Castell Punta n'Amer hoch. Da wollten wir ja auf jeden Fall noch hin.«

»Stimmt. Da wollten wir noch hin. Das hätte ich jetzt fast vergessen. Es wäre schön, wenn wir das noch schaffen.«

»Dann habe ich sogar noch eine bessere Idee.«

»Welche denn?«

»Wir gehen gleich.«

»Wie meinst du denn das?«

»Jetzt ist es noch nicht so heiß, da macht das Laufen doch viel mehr Spaß. Wir könnten dort oben im Selbstbedienungsrestaurant eine Kleinigkeit zu Mittag essen. Und heute Nachmittag machen wir den Pool unsicher.«

»Die Idee ist wirklich super. Aber sie hat einen Haken. Ich bin fürs Spazierengehen nicht richtig angezogen. Da müsste ich erst noch mal aufs Zimmer gehen und mich umziehen.«

»Ich auch.«

Eine gute viertel Stunde später waren sie unterwegs. Sie kamen schnell voran, denn sie hatten den Weg über die Strandpromenade vorgezogen. Ihren obligatorischen Einkaufsbummel über die Fußgängerzone würden sie später, auf dem Rückweg zum Hotel, machen.

Als sie das Ende der Promenade erreichten, mussten sie ein Stück über den Auslauf des Strandes gehen, um einen Pfad zu erreichen, der ein ganzes Stück bergauf führte, bevor er in einen breiteren, befahrbaren Weg mündete. Gerade als sie dort angekommen waren, kam ihnen mit großer Geschwindigkeit ein Geländewagen entgegen, der Unmengen an Staub aufwirbelte.

»Igitt«, entfuhr es Silke, »jetzt habe ich lauter Sand im Mund.«

»Tröste dich«, bemerkte Lara trocken, »lieber Sand im Mund als im Getriebe.«

Nach vielleicht einhundert Metern machte der Weg eine Biegung. Dahinter wartete die nächste Überraschung, denn zwei uniformierte Polizisten hatten eine Straßensperre errichtet. In einiger Entfernung sahen Lara und Silke einige Autos stehen, darunter einen Polizeiwagen und einen Leichenwagen.

»Was ist denn geschehen?«, fragte Silke und der Beamte antwortete in gutem Deutsch: »Heute Nacht ist eine Frau vom Turm gestürzt. Hier ist im Moment gesperrt, Sie müssen wieder umkehren. Morgen wird der Weg zum Castell wieder frei sein.«

»Wer ist denn die Frau?«, fragte Lara.

»Dazu kann ich Ihnen keine Auskunft geben«, sagte der Polizist und forderte die beiden nochmals auf, wieder zurückzugehen.

Lara und Silke wandten sich um und gingen langsam in Richtung Stadt zurück. Unterwegs rätselten sie über die Frau, die dort oben den Tod gefunden hatte.

»Silke, denkst du auch, was ich denke?«, fragte Lara.

»Wenn du meinst, dass ich mich darüber wundere, dass wir Patricia schon lange nicht mehr gesehen haben, dann denken wir das Gleiche.«

Unterdessen waren sie auf der Promenade angekommen und hatten eigentlich vor, auf dem schnellsten Weg zum Hotel zurückzukehren, da sie der Vorfall oben am Castell doch ziemlich mitgenommen hatte. Aber zwei Straßen unterhalb des Hotels fiel Lara plötzlich ein, dass sie ja nichts mehr zu lesen hatte.

»Du Silke«, sagte sie, »ich muss noch mal schnell in den Buchladen neben dem Playa Verde gehen und mir was zu Lesen holen. Ich hab nichts mehr.«

»Gut, dass du das sagst. Ich habe ja auch nichts mehr. Das hätte ich jetzt in der Aufregung fast vergessen.«

Nachdem sie sich mit Lesestoff versorgt hatten, gingen sie schnell noch ins Playa Verde, um eine Kleinigkeit zu essen. Sie tranken lediglich eine Sangría, denn das Erlebte wirkte noch zu sehr in ihnen nach, als dass sie hätten fröhlich sein können. Jedoch schrieb Silke im Lokal die längst fälligen Ansichtskarten an ihre Eltern und ihre Schwester in Australien. Kurz darauf brachen sie zum Hotel auf. Dort kaufte Silke Briefmarken an der Rezeption und ließ ihre Ansichtskarten in dem Briefkasten verschwinden, der auf der Theke stand. Kaum hatte sie das getan, sprach sie der Rezeptionist auf Deutsch an: »Frau Jansen, haben Sie schon gehört, was heute in den frühen Morgenstunden geschehen ist?«

»Das mit der Frau, die vom Turm des Castells gestürzt ist?«, fragte Silke. »Ja, eine furchtbare Geschichte.«

»Sie wohnte übrigens hier und kam aus der gleichen Stadt wie Sie«, sagte der Rezeptionist.

»Hieß sie Patricia Pletsch?«

»Ja, genau. Kannten Sie die Frau?«

»Sie war früher eine Arbeitskollegin von uns. Vor einem halben Jahr wurde sie entlassen, weil sie gestohlen und betrogen hat.«

»Oh«, sagte der Portier nur und Lara fragte: »Ist sie tot?«

»Ja, sie muss sofort tot gewesen sein. Genickbruch, wie der Kommissar, der uns die Nachricht überbrachte, erzählt hat. Übrigens kommt Kommissar Hernandez von der Mordkommission in Palma noch mal ins Hotel, um mit Ihnen und anderen zu sprechen, die mit ihr Kontakt hatten.«

»Mordkommission?«, fragten Lara und Silke verwundert.

»Ja, bei unklaren Todesfällen wird die immer hinzugezogen«, meinte der Portier. »Bitte halten Sie sich morgen ab zehn Uhr bereit für die Befragung.«

Am nächsten Morgen sprachen Silke und Lara sowie einige Leute, die mit Patricia aneinander geraten waren, über eine Stunde mit den Beamten.

»Wie ist denn das passiert?«, fragte Lara nach ihrer Befragung.

»Ich weiß zwar nicht, wie diese Frau an den Schlüssel zum Turm gekommen ist«, sagte Kommissar Hernandez, »aber es steht definitiv fest, dass Fremdverschulden ausgeschlossen ist. Sie muss in stark alkoholisiertem Zustand über die Brüstung gefallen sein.«

Nach dem Gespräch gingen Lara und Silke bedrückt

an den Strand. Lara, die noch um einiges gedankenversunkener wirkte als Silke, sagte nach einer Weile: »Auch in unserem Leben ist nicht alles so verlaufen, wie es sollte. Stell dir einmal vor, wir hätten unsere Arbeit oder unsere Freundschaft nicht. Wie leicht wäre es möglich gewesen, dass wir an dem gleichen Punkt angekommen wären wie Patricia.«

»Nein, das glaube ich nicht«, antwortete Silke, »wir sind nicht so labil, wie Patricia es war.«

»Sag das nicht. Ich brauche mir nur vorzustellen, dass ich meine Arbeit verliere, du vielleicht heiratest und Ulli Lachner genug mit ihrer Parfümerie zu tun hat – dann säße ich zu Hause rum und käme auch ins Grübeln.«

»Ja, ich glaube, ich weiß, was du meinst«, sagte Silke nachdenklich. »Aber was gedenkst du, dagegen zu tun?«

»Ich habe lange mit mir gekämpft, aber es ist an der Zeit, dass ich mich ernsthaft um eine Partnerschaft bemühe, mir einen Freund suche. Wenn ich ehrlich zu mir selbst bin, sehne ich mich doch schon länger nach Zweisamkeit.«

»Ja, mir geht es im Grunde nicht anders«, gestand Silke zögernd, »aber ich bin doch so schüchtern. Mich lachen alle Männer aus.«

»Silke, so darfst du nicht an die Sache herangehen. Außerdem sind wir älter und reifer geworden und bis zu einem gewissen Grad trifft das ja auch auf die Männer zu. Du wirst sehen, es gibt den ein oder anderen, der das sogar recht süß findet.«

»Na ja, wenn du meinst«, sagte Silke nicht gerade überzeugt und bat dann: »Komm, lass uns über etwas anderes reden.«

Lara tat ihr den Gefallen und so wurden es noch zwei unbeschwerte Ferientage, bis sie am Montagabend um

halb sieben vor dem Hotel abgeholt und zum Flughafen gebracht wurden. Während ihre Maschine nach
Münster zurückflog, dachten sie zufrieden an die beiden Urlaubswochen zurück und waren glücklich, dieses
Paradies auf Erden gefunden zu haben.

# Epilog

Lara und Silke waren noch nicht lange aus dem Urlaub zurück, da überschlugen sich die Ereignisse in Kahlenfurth. Silke bekam völlig überraschend von Herrn Timpe die Leitung des Schreibbüros übertragen und als sie zu Jutta Senger fuhr, um ihr von dieser Neuigkeit zu erzählen, kam ihr die Freundin freudestrahlend auf zwei Krücken entgegen und erzählte ihr, wie gut es ihr ginge. Jutta hatte gewaltige Fortschritte gemacht, das lag an ihrem neuen Krankengymnasten. Dieser hatte aber auch ein probates Mittel, Jutta zur Mitarbeit zu bewegen: die Liebe. Jutta hatte sich Hals über Kopf in den fünf Jahre jüngeren Mann verliebt und er erwiderte diese Gefühle. Selbst Janika und Danika wollten dem neuen Glück ihrer Mutter nicht im Wege stehen, obwohl es ihnen schwer fiel, sie mit ihm zu teilen.

Aber auch in Laras Leben hatte ein neuer Wind Einzug gehalten. Mit dem Geld ihrer Tante hatte sie sich schon kurz nach ihrer Rückkehr ein neues Auto gekauft und den kleinen, aber kräftigen Opel Corsa Fridolin getauft. Ihre Eigentumswohnung hatte sie abgezahlt und als Emil Motschmanns wichtigste Kraft saß sie beruflich fest im Sattel.

Als Ulrike Lachner sie eines Tages wieder einmal besuchte, fragte Lara, was es denn in ihrem Leben Neues in Sachen Männer gebe.

»Eine Beziehung kommt für mich nicht mehr in Frage«, antwortete Ulli, »aber dass ich deswegen auf dem

Trocknen sitze, brauchst du trotzdem nicht zu glauben. Wenn ich mal Lust habe, rufe ich einfach Horst oder Werner an ...«

Da wusste Lara, dass über kurz oder lang etwas geschehen musste.

Dennoch kehrte wieder etwas Ruhe im Leben von Lara und Silke ein. Nur die Sache mit Patricia brannte ihnen noch lange auf der Seele. Sie trafen sich hin und wieder, um in Erinnerungen an ihren schönen Urlaub zu schwelgen, und oftmals kam das Gespräch auf Patricia, von der es wohl nie mehr bekannt würde, ob es ein Selbstmord oder ein Unfall war, der sie das Leben gekostet hatte.

»Wir hätten uns mehr um sie kümmern sollen, nachdem sie uns ihr Leid geklagt hat« war einer der Sätze, der dann des Öfteren fiel.

Das sahen sie beide so.

Etwas turbulenter wurde es erst wieder, als Ulli ganz aufgeregt bei Lara anrief und ihr sagte: »Ich hab's. Das ist die Lösung für dich und deine Kollegin.«

»Was ist?«, fragte Lara irritiert.

»In vier Wochen beginnt ein Tanzkurs für erwachsene Singles. Das wäre doch was für euch.«

Erst einmal legte Lara geschockt auf, doch der Gedanke hatte sich in ihr festgesetzt. Auch Silke hatte, als Lara ihr davon erzählte, irritiert dreingeschaut. Aber Lara hatte sie einfach mit angemeldet. Nächste Woche würden sie zum ersten Mal hingehen.

# Nachtrag

Sehr geehrte Leserinnen und Leser,

noch einige erklärende Worte zum Schluss.
Den Hauptschauplatz des Romans, Kahlenfurth, das
60.000 Einwohnerstädtchen am Südrand der Norddeutschen Tiefebene werden Sie auf der Landkarte vergeblich suchen, denn es entspringe ebenso der Fantasie
wie Personen und Handlungen des Romans oder auch
die ‚Norddeutsche Industrieversicherung' bei der die
Hauptpersonen des Romans beschäftigt sind. Viel Spaß
dabei, wenn Sie mit den Akteuren durch die Gassen
und Straßen des fiktiven Städtchens bummeln.